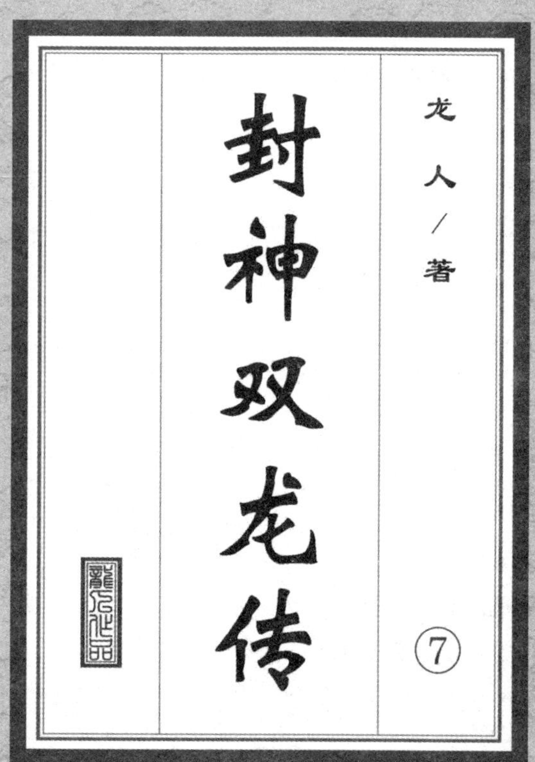

封神双龙传

龙人/著

⑦

二十一世纪出版社集团
21st Century Publishing Group
全国百佳出版社

图书在版编目（CIP）数据

封神双龙传：全10册／龙人著．-- 南昌：二十一世纪出版社集团，2017.10

ISBN 978-7-5568-3102-9

Ⅰ．①封… Ⅱ．①龙… Ⅲ．①侠义小说－中国－当代 Ⅳ．① I247.5

中国版本图书馆 CIP 数据核字 (2017) 第 243767 号

封神双龙传 龙 人 著

责任编辑 敖登格日乐
出版发行 二十一世纪出版社集团
（江西省南昌市子安路75号 330025）
www.21cccc.com cc21@163.net
出 版 人 张秋林
经 销 新华书店
印 刷 北京龙跃印务有限公司
版 次 2018年1月第1版 2018年1月第1次印刷
开 本 710mm×1000mm 1/16
印 张 160
字 数 1728千
书 号 ISBN 978-7-5568-3102-9
定 价 498.00元（全10册）

赣版权登字—04—2017—744

目　录

第九十七章　幻境如真

诸人几个回合之间的来往不过是瞬间的事情，但耀阳在旁已经看清玄衣老者的长相，惊呼道：“‘邪神’幽玄！”

眼见众人败下阵来，耀阳想到此人的可怕，加上上次的重伤更是拜他所赐，心中只要一想到被这老东西抢去轩辕剑，便浑身上下不舒服，耀阳想也没想，当即扑了出去，倚弦虽然并不认识幽玄，但听耀阳说起过曾经大难不死的经历，此刻见了兄弟的仇人，也觉得分外眼红。

兄弟俩顾不得掩藏身份，双双鼓足元能风遁而起，疾身扑向幽玄。

面对“邪神”幽玄这样的绝世高手级人物，倚弦丝毫不敢大意，身形扑出之时，同时祭出了龙刃诛神。

幽玄首先被龙刃诛神的神芒所震，然后偏头看到耀阳，禁不住咦了一声，冷哼道：“原来是你这小子？想不到今天还带一个不错的小家伙来助拳，不知死活的东西，留下龙刃诛神，老夫或许可以考虑放你们一条生路！”

耀阳哈哈大笑起来，道：“你这老家伙上次以大欺小，追杀我这么紧，这次看老子的本事，怎么好好修理你！”说罢双手挥舞，当头两记炎刀齐斩而出。

幽玄冷笑道：“凭你？”

说话间，幽玄拂袖击出劲气如潮，轻而易举便击碎了耀阳的炎刀，只是面对随后而至的倚弦不敢轻视，强悍的龙形剑气已袭到他的眼前。幽玄骇然，虽然他自认修为通天，但对于三界首屈一指的龙刃诛神的剑气却还不敢存有丝毫大意轻视的念头，身子急速闪开。

这时，耀阳再次挥动炎能幻化成刀，这次虽然只有一刀，但其中所蓄玄能却比刚才两记强多了。幽玄正避过龙刃诛神的锋头，对此亦不得不正视，回身蓄力一拳正面迎上，适时将耀阳的炎刀击破。

龙刃诛神却又再度袭至，破空赶近，幽玄只能还身后退。

此时，婥婥俏目紧盯龙刃诛神，看清倚弦的模样，不由惊道：“……小易!”

“他？怎么可能，好妹妹，你莫非是想他想糊涂了，他怎么会出现……”姮姮起初并未细看，但说到这里却停住了，因为她注意到龙刃诛神，也由此看清了倚弦的长相。

“他为何会在这里?”两姐妹的心中充满了疑问。

刑天抗等一众妖魔一辈的少辈高手也发现原来一路上带领他们闯入八卦符阵的竟是这两人，不由都是大惊。

两兄弟的攻守合作无间，接连不断向幽玄发起狂攻，虽然并不能奈何幽玄，但交替轮流的攻袭已经将他完全缠住。

幽玄暗惊，他想不到这个叫耀阳的小家伙竟会比上次在蟠山上强了这么多，而且今次还带来一个这么厉害的少年高手，单看龙刃诛神的剑道火候，他完全可以体会到近来为何会将这少年形容的好似神话一般了，因为就在这片刻之间，事情变得就越来越难缠了。

由于本身修为的提升，耀阳亦更清楚的感应到幽玄的强悍，不过他丝毫不惧，配合倚弦以龙刃诛神向幽玄发出强势攻击，两兄弟心意相通，联手攻击起来丝毫没有一点破绽，幽玄一时也无从下手，竟无法逼得两人退步。

其实以现在倚弦的修为，配合龙刃诛神的威力，即使单打独斗对着如九尾狐这样的高手也未必会败。而耀阳的修为也是日进千里，无论是法道修为还是身手反应，抑或是作战经验，都远非当日蟠山之时可比。所以两兄弟联手，虽然对付的是像幽玄这样的绝世高手，却也不落下风。

耀阳的炎龙炎刀疯狂击出，倚弦的龙刃诛神配合体内的冰魄元能剑剑如电，炽热的刀劲、冰寒的剑气没有片刻断续地紧密连击，丝毫不给幽玄一点缓气的反击时间。

刑天抗几人怎么也没想到这两人联手竟能顶住“邪神”幽玄，看得几人骇然相视，各人眼中那嫉妒之色无法隐藏。不知不觉中，耀阳和倚弦两人的修为已经超过他们这辈青年高手甚多。

不过现在明显不是他们惦记这个的时候，众人都想着如果能拿到轩辕剑的话，他们自信未必不能强过这两人。

趁着兄弟俩联手拖住幽玄，几人不约而同地冲向幻境之中，径直向轩辕剑而去，就算是婥婥姐妹和玉璇也不甘人后，微震一下立即跟上。

虽然耀阳与倚弦能合力破阵，并联手抵抗幽玄，但此时也绝对不可能坐看其他人抢走轩辕剑。

幽玄又哪肯放弃已经就要到手的肥肉，奈何倚弦和耀阳的联手攻击威力之强，容不得他分心，惊急之下，幽玄大喝出声：“惊锋!”手中突然多出了一片手掌大的白银色刀片，锐利的锋刃闪耀着寒光刺目。

在幽玄的全力催动下，刀片赫然旋转起来，旋出锐利无比的惊人刀气，刀气强悍之极，远不是耀阳发出的风刃可比，“邪神”幽玄的实力果是非同小可，但这刀片亦不可小看，能成如此刀气，足见此名“惊锋”的刀片绝非凡品。

耀阳和倚弦不备之下，怎么敢抵挡如此强劲的刀气，不由得被迫连连后退。此时“惊锋”接连爆出银光，耀阳和倚弦突感身形一滞，周身不知何时多了跟“惊锋”类似的连片银光。

“小辈，算你们行，竟然能迫老夫使出多年未用的神器‘惊锋’!”幽玄怒哼一声，自不跟两兄弟纠缠下去，转身一手挥出劲气飙出。幻境周围仿佛立即起了一道气墙，刑天抗六人堪堪赶到，竟硬是将他们挡在气墙之外。

刑天抗等人又如何肯罢休，叱喝出声，刀剑飞击直扑幽玄。幽玄冷笑道：“看来老夫还真老了，随便一些小辈都想欺负老夫，今日老夫不拿出点真本事看来是不行了。”

幽玄手指微拨，“惊锋”幻出银光如华，像是月光般洒出，密密麻麻地将所有的方位尽数封住，六人不能再近一步。

“凭你们这些小辈也敢跟老夫斗?”幽玄手指再弹，“惊锋”有如活了一般，银光跳跃不定，让人捉摸不透。刑天抗六人根本不知从何防起，再次被迫后退。幽玄以一人之力，执神器“惊锋”横扫妖魔两宗六大年青高手，修为果是惊人。

这时耀阳和倚弦早已脱出银光的禁制，乘机扑上，耀阳知道其他花招对幽玄这样的高手没什么用处，直接挥出元能炎龙向幽玄怒啸冲去。

倚弦没有动手，他怕受到暗算，只是持龙刃诛神在耀阳身旁戒备护法。他看出幻境隐约有些奇怪的变化，八卦光芒闪烁变幻，云彩异常流动，看起来似乎是八卦法界，但不知有什么用途。

耀阳身如疾电，炎龙炎刀狂扑幽玄，幽玄挥手一记击破耀阳的攻击，耀阳转眼又踢出无数腿影向幽玄压去，此时刑天抗等六人也已围击上来。幽玄逼退耀阳又得应付刑天抗等人，而且此时刑天抗等人更不敢大意，不再像刚才别有用心，留了好几手，刀剑强袭幽玄，只因轩辕剑如果先被幽玄拿到手，这里谁都拦不住他。这六个妖魔两宗最杰出的年轻高手不遗余力地联手强击岂是等闲？即使强如幽玄也不敢小觑他们。

顿时冰锋群起，风刃怒作，烈焰滔天，幽玄身形闪动，气劲爆散，勉强将六人的攻击迫散，“惊锋”起变，刀片化身万千，却如暴雨般向众人倾下。耀阳急闪，这招看似很普通，但看那化出来的刀片威力竟差不了“惊锋”本身多少，他如何不知厉害，哪会傻到硬抗。其余六人也不是没眼光之人，急忙躲避，面对满天而下的刀雨甚是狼狈不堪。

幽玄刚要乘机去取轩辕剑，却发现耀阳在退避之时已经出招，在他上方蓦地虚幻一把巨大无比的气刀向他当头砸下。这一手幽玄上次见识过了，但此时气刀更强劲数倍，他只能停身全力一拳向上击出。“砰!”气刀破碎，就在这转瞬间，耀阳再次扑了上来，炽热元能立即将幽玄完全包围住。

幽玄低喝一声，浑身劲气勃然而发，骇世魔能将耀阳的攻击轻易化解。刑天抗等人却亦是不依不饶，连接不断的魔能强势地攻向幽玄，他们手中虽没有神器，但是本身法宝兵器也是不凡，即使不能给幽玄威胁，也让他手忙脚乱。

幽玄竟被几个小辈纠缠不清，大是恼怒，口中默念几句，双指合并一指，“惊锋”惊涨数十倍，猛地旋转起来。长达数丈的“惊锋”在急旋之下，刃气惊人，仿佛将虚空割裂，让所有的人都陷入进退维谷的地步，大有生死不由人的感觉。

幽玄对自己的魔刃绝招有莫大信心，早知对付这几个小辈没有问题，现在他出手，刑天抗等人不死也得重伤，耀阳和倚弦也未必能抵挡得住。不过，幽玄的目的当然不是为了杀这些小辈，就算耀阳和倚弦对他有足够的威胁，此时也不是解决他们的时候，因为最重要的是拿到轩辕剑。

幽玄身子一闪已到轩辕剑前，此时，耀阳和倚弦刚摆脱魔能束缚，想要阻止幽玄已是不及。幽玄哈哈大笑道：“轩辕剑终于落入老夫之手了。”伸手就去拿九龙环绕的三界神器轩辕剑。

谁知就在他的手指触到轩辕剑的一瞬间，突然金光暴闪，接着一切化为乌有，只有放满其他各类神器的空阔武库大殿。原来幻境果真是幻境，一切都是假相，却竟是迷惑了这里所有的人，幻境如真，让人难辨真伪。

“这怎么可能？”所有人都难以置信。

包括幽玄在内的所有人都目瞪口呆，这样真实的幻境，竟将他们这些妖魔两宗的杰出高手尽数骗过了。如果论起眼力和见识，三界之中也没有几个能比“邪神”幽玄这样的人物强的，说到对于八卦妙法、相关阵法的了解，也没多少人在悟得八卦妙法的倚弦和耀阳之上。但他们竟丝毫没有察觉到这个幻境并不是真实的。

不见了轩辕剑，一时间谁都没了再缠打下去的兴趣。

“这是怎么回事？”耀阳讶道。

倚弦沉思道：“你还记得‘破天阁’吗？”

“破天阁？”耀阳一震，道，“你认为这也是像‘破天阁’一样的海市蜃楼？”

倚弦点头道：“不错，我刚才想到当时在陈塘关‘破天阁’五行大阵下的弓箭幻影，也是如此，而且这一切都甚是相似。由此可推测出这应该是轩辕剑所在之处的‘海市蜃楼’幻影结界而已。想要真正进入那个地方，想必绝不容易。”

耀阳沉声道：“那就是说轩辕剑即将出现，若我们能进入其中，就有可能得到轩辕剑。”

倚弦苦笑道：“但是如此说来，同样的道理，幽玄刚才定然是触动了某个法阵的机关，让幻境假相消失。假相消失，势必会有真正的轩辕剑出现，但是相应的，没有人可以猜到会有什么样的后果，或许会导致不知几许人丧命，我们也有危险……”

倚弦说得没错，他的话还在说，在众人尚未反应过来之前，整个大殿的图壁符能开始发挥作用，整个武库震动起来，石块烟尘四飞，移山填海一般的压力立即填满整个武库。

激飞石块竟充满元能，无数的激石在武库中纵横，密密麻麻的一片，无处不在，众人竟是无处可躲。

众人尽管是舞得密不透风，但那些激石仍让众人吃够了苦头，这些石块在莫名元能的激飞下，拥有强大的威力。众人还要分散精力去抵挡武库大殿的压力，稍有疏忽即遭飞石击中，虽无大碍，但伤处那火辣辣的痛楚却决不好受。

众人之中唯有幽玄的修为超人，鼓起气劲暴涨，双手飞舞间将所有激石尽数挡开，那武库大殿突如其来的压力也对他构不成任何麻烦。

耀阳和倚弦两人背对背站着，各自应付来自四周的碎石，所以对付这些相对轻松。倚弦挥手迫飞激石，眼光却有意无意间瞥向婥婥与姮姮姐妹，眼中尽是担心的神色，不过好在淳于琰与刑天抗颇有风度，几人围拢一圈合力布成结界阻挡激石，这才保得一时无虞，倚弦这才放下心来，突然咦了一声，道：“小阳，武库大殿在动！”

耀阳正一心想着怎么去找轩辕剑，没心思跟倚弦闲扯，闻言懒洋洋地道：“废话，武库不动，哪来的这么缠人的烂石头。”

倚弦摇头道：“你也知道这是废话啊？你不想想我说这废话干嘛……现在迟了，你自己看——”

耀阳一怔，转头四顾，发现整个武库大殿的所有出路不知何时都已被封死，严密的岩石将所有的来路尽数堵住。

其他人也察觉到了，正大感吃惊中，武库大殿再颤，然后众人能明显地感觉到这大殿在缓缓下沉。庞大的武库大殿下沉，似有一种泰山崩塌之感，给人精神上一种莫名的压力。

“武库大殿陆沉了！”耀阳微笑着道，脸上竟丝毫没有紧张的神色。

倚弦知道耀阳是什么意思，道：“人为财死，鸟为食亡。虽然说大殿如此变故，必定是因轩辕剑即将出现，但是恐怕其中机关阵法不会让我们好过。”

耀阳哈哈一笑道：“咱们兄弟俩可是从生死关头走过好几次，难道还怕它不成？我倒想看看霸着轩辕剑的机关阵法有多厉害。”

倚弦闻言大笑道：“你小子就贪！”他同样没有丝毫惊惧，毕竟经历这样的场面多了，怎都不会因此慌张失神。

耀阳眼中神光烁然，傲然道：“我当然贪。只要是无主之物，我何乐而不贪？包括这个天下三界，只要给我机会，我都要将之掌握在自己手中。如果这轩辕剑注定是归我的，我就要亲自拿到手。而且三界内除了我耀阳外，还有何人有资格获得轩辕剑的承认。”

倚弦感应到耀阳说话时周身激起的王者霸气，心下大是感叹不已，但难免有些担心，瞪了耀阳一眼，道：“神器唯有缘者得之，如果是你的，就算你不去找，也最终会到你手中，不是你的，就算争得头破血流也没用。我告诉你，别像小人得志一样得意忘形，太过骄傲的人永远都成不了大事！”

耀阳点点头，洒然道：“不是骄傲，这是我的自信。如果说这神器自行飞到我手中，我一点也不稀罕。我要得到它，就要亲自去拿。如果注定是别人的，我也想看看何人有这样的资格拥有轩辕剑，看看他是否有资格做我的对手。”

倚弦再度明显感觉到耀阳强烈的自信，现在的耀阳已不是当初无能无知之辈，而是一个在生死之间经过，完全能够承受得住胜负得失压力的超卓人物。他心中既欣慰又不免担心耀阳会因此吃亏。

兄弟俩正说话间，武库大殿的底部又有变化，在一堆堆废旧神器当中，荧光流动，看起来有些异样。

“水！”玉璇靠得相对比较近，首先掠身遁空，惊呼出声。

的确，那满地的荧光全是晶莹剔透的流水折射光线而形成，水质青绿纯净，一看便知应是深潭幽湖蓄足年月所形成的流水，众人亦早已看清，这莫名的湖水逐渐涨起，只是谁也不知道，这湖水究竟是从哪里来的？

当然，这对他们这些横行三界的妖魔道来说根本没有什么很大危险，众人也没想过此时破了大殿离去，谁都知道幻境被破，轩辕剑所藏之处就会出现。轩辕剑出世的冲天剑气可不是假的。谁能拿到轩辕剑就可能成为另一个轩辕黄帝，统一三界中人无不觊觎的天下。试想如此强的诱惑，他们怎么抵挡得住。

随着大殿不断地下沉，湖水慢慢将众人淹没。

当所有人幻出结界沉浸在水中之时，周围的水景开始变化，最终缓缓形成了跟刚才幻境极其相似的景色，八卦卦相依然发出柔和淡光，五颜六色的云彩竟也能在水底存在，并还按照刚才的情况变动翻腾。

什么都没变，只有以轩辕剑为首的四大神器杳无踪迹。

众人四处查找，都不见一点神器的踪影。这时，武库大殿不再下沉，却亦无其他任何变化。然而那四大神器在哪里呢？

但到了这种地步，这些人中有谁肯死心离去。还没有找到轩辕剑，谁也无心再打斗。包括幽玄在内的所有人都开始四处寻找轩辕剑的下落。

婥婥姐妹看了倚弦一眼，特别是婥婥眼中含有的哀怨神色让倚弦为之心酸不已，但最终还是没有过来寻他说话，转而去仔细地搜查各个地方。

倚弦苦笑一下，知道她们只是奉了师尊之命，不得已去找寻轩辕剑罢了。他也无权干涉，亦不知如果见了她该说什么为好。

耀阳没有动，他并不认为这样四处找就能找到轩辕剑，但他更关心的是另一件事，思忖着转头向玉璇看去，看她脸上的神情非常急切，比之刚才找能解开她禁制的神器更甚。

耀阳心中疑心再起，立即掠到她的身边，问道："你现在在找什么？"

"废话，当然……"玉璇顿了顿，用俏目白了耀阳一眼，道，"当然是找能破除禁制的神器，同时看看或许能发现轩辕剑也有可能。"

"真的？"

"你怀疑我？"玉璇甜甜一笑反问道，却没有着恼的神色。

耀阳笑道："我怎么会怀疑你，只是你何必还要找轩辕剑呢？"

玉璇乌亮的眼珠子一转，道："我当然有我的道理，能破除禁制的神器未必能找到。如果能找到轩辕剑给我师尊，或许他会替我解开禁制也说不定!"

耀阳目露失望之色，喃喃道："原来如此……"

"好了，不跟你说，找东西要紧。"玉璇迫不及待地继续搜索。

耀阳叹了口气，知道自己又被她利用了，什么寻找能破除禁制的神器，说到底还不是为了抢夺轩辕剑？只是因为她知道倚弦曾经助祝蚺进入武库之中，是最有可能破掉八卦符界的人，所以才骗他们入套。现在她的目的已经达到，哪里还有什么顾忌，自然是全力去找寻轩辕剑了。

耀阳虽然也想着利用玉璇避过妖魔二道的重重封锁进入武库之中，这样互相利用的事情原本对他而言也丝毫没有吃亏，但又觉得被玉璇所骗的感觉实在是很糟糕，毕竟这已经不是第一次了。

倚弦踱到耀阳的身边，见他神色不对，问道："怎么了?"

耀阳望着玉璇，苦笑道："我们又上当哩!"

倚弦拍了拍他的后背，叹道："这点你应该早就想到才对，我们也只是为了能进武库才同意跟她合作的。你现在还这么在意……是不是真的喜欢上她了呢？唉，大丈夫何患无妻？你又不止一妻二妻的，再则说来，她始终是陆压之徒，怎么会真心实意地帮我们哩!"

"也许……"耀阳反问道，"你呢？我看你的脸色也不是很好啊。"

倚弦滞了一下，不知该怎样回答，道："我也不知道。"

耀阳搂住他的肩膀，勉强笑道："好了，男女之间的事情最是烦人，最好的办法就是别去想它。你看，时间虽然过得不多，但以陆压等人的身手，应该不久就会来了。我们若不赶快拿到轩辕剑，到时恐怕想走都难。"

"你真能放得开?"倚弦问道，"还有就是，你真以为轩辕剑会在这武库之中吗?"

耀阳迟疑一下，摇摇头，他不敢肯定，也同样没有任何人可以肯定，除非轩辕重生，伏羲亲至。

兄弟俩肯定符阵外的几大高手将很快进来，加上各自心绪的失落，两兄弟顿时浑然失去了寻找争夺轩辕剑的兴致，各自背对着呆坐在水底不动，看着眼前身际结界外的流水晃动，各自觉得有些心烦意乱。

“我们这算什么?”耀阳突然抬头道，“既然不想再找轩辕剑，我们不若走了。再这样下去，就无疑等死。那些老不死的家伙也快到了吧。”

“好吧!”倚弦本就无意轩辕剑，现在见连耀阳都说走了，他还有什么话说? 只是他还是对婥婥有些放不下心来，忍不住又回头看向婥婥。

就在倚弦回头之际，却意外看清了此时水底的整个环境，他蓦地浑身一震，轻呼道:“这是什么? 小阳，你也来看看。”

“什么事值得大惊小怪的?”耀阳诧异地随倚弦看去，却也是目瞪口呆——

在流水中的幻境不知何时已经变了。那是一片广阔无垠的莫名空间，微尘似纱如雾般流溢浮动着，仿佛数之不尽的山川河岳隐蕴其中一般，蕴含着某种奇异玄奥的灵能，似真似幻朦胧如梦，处于其中的自己是无比的渺小和虚幻。

这是何等熟悉的画面，两兄弟永远都不会忘记。

“虚灵幻境?”两兄弟对视一眼，同时惊道。

想当初，他们便是通过“虚灵幻境”进入轩辕古墓之中，进而窥得天地奇学——“轩辕图录”，所以这情景怎么都无法从他们的记忆中抹去。

轩辕剑乃轩辕黄帝亲手铸造，随轩辕黄帝征战天下。有轩辕剑的地方，会有这些或许并不稀奇。但两兄弟的目光却注意到这武库大殿的图壁上，各种图壁在八卦卦相的融合下紧密地连接在一起，几如天衣无缝。

不过，两人更注意到如果以不同的卦相来分，竟刚好将这庞大无比的图壁分成了九分，不多不少的九块!

九块轩辕图录?

两兄弟惊讶地对望一眼，同时想到这个可能性。虽然这图壁跟九幅“轩辕图录”看起来完全没有一点相似之处，但如果说伏羲武库中这样的图壁没有特别之处，打死他们也不信，而且据说此处正是轩辕剑的所在之处!

兄弟俩想到心中一直深藏的玄法疑难，于是兴趣大生，相视微笑，再次飘然回到图壁之前。

琢磨着图壁上若有若无的镌刻画面，两兄弟脑海中划过一幅幅“轩辕图录”的画面，但无论怎么看，两者似乎都没有任何的联系。

盘古开天、夸父追日……乾卦在天，坤卦在地……究竟这跟“轩辕图录”有什么关系呢？

图壁是真正的远古魄石所砌，固胜金石，即使想切割一点下来也不是易事。远古魄石看起来没有任何光泽，却是罕世之物，不过若比起这满库神器来就差得远了，更别说是名震三界的轩辕剑。

然而，现在这远古魄石砌成的巨大壁画灵动奥秘，仿若天成，却始终没有一处能跟“轩辕图录”扯上关系，两兄弟再怎么也看不出其中有什么端倪。

两人许久未能从中看出些什么来，不由一起叹了口气，此时他们却发现包括幽玄在内的其余诸人也到了图壁之前。想来，他们的举动被其余众人看在眼里，定是找寻“轩辕剑”之举，便学他们观望图壁，认为机关应该在其中，希望自己能找到。

两兄弟心中直笑得打翻，却也懒得去指明什么，先不论他们能否随便将“轩辕图录”说出来，就算他们真说了，这几人也未必相信，现在还不如花时间在对图壁的研究之上。

于是，刚才打得你死我活的一群人此时都和睦相处，漫步在图壁前，细细查看这宏伟无比的图壁，看起来倒像是在欣赏这图壁所蕴含的艺术性。

当然，耀阳和倚弦跟其他人的目的不同。他们为的是能通过这图壁来为自己在“轩辕图录”上的疑难解答，而其他人无不是为了能拿到轩辕剑。

试问，就连见过真正“轩辕图壁”的耀阳和倚弦再怎么看也无法从中看出什么，更别说其他对“轩辕图录”及八卦妙法丝毫不知的人，一群人苦思良久也没理个头绪出来。

倚弦摸着图壁的纹路，无奈叹道：“这壁画果然是鬼斧神工，每一条纹路都一气呵成，毫不拖泥带水，纹路之间的连接丝毫没有一点突兀，就如一刀劈成。这简单纹路的纹路形成如此庞大宏伟的图壁，可惜始终看不出它到底藏了如何的秘密。”

耀阳点头道：“这伏羲大神的确是三界奇才，竟能做出如此图壁，实在是令人佩服。”他学着倚弦也顺着图壁纹路没有任何意义地摸索着。

“太昊伏羲名不虚传啊……”倚弦正顺着纹路而走，突然浑身一震，眼中精光一闪而过，细细地抚摸着纹路揣摩起来。

倚弦的面部变化极为微小，但耀阳仍注意到他的异样，问道：“怎么了？”

“你看这纹路——”倚弦手指沿着纹路划过，问道，“你看到什么？”

“什么也没看到……”耀阳说到一半，看着这奇妙纹路的轨迹，蓦地神光一闪，转口轻声道，“不对，这是……跟‘轩辕图录’第三幅中的一部分有些相似，但又有所不同？看来这些石壁真的跟‘轩辕图录’有莫大关系。”

“不错。”倚弦点头。

耀阳恍然道：“原来如此，难怪怎么看这图壁也看不出什么奥秘来，原来真正的秘密是藏在这些图壁的纹路之中。”

“如果我所料不错，这壁画可分为九幅，每幅纹路变化都能与‘轩辕图录’相对应，如果我们能将这些纹路尽数参透，说不定能解决‘轩辕图录’中我们许多不明白之处。”

两兄弟震惊莫名，却都没表现出来，而其他人离得较远，又全心扑在这图壁之上，哪有心思去管别人死活。至于婥婥姐妹更是不想看到倚弦，以免更加心伤。所以谁都没发现他们的神色有变。

耀阳环视所有图壁，疑道：“不知伏羲武库跟轩辕古墓有什么关系，为何两者都会有‘轩辕图录’，按理轩辕黄帝远在太昊伏羲之后，如果说轩辕古墓有八卦妙法还有得说。”

倚弦摇头道：“这就不是我们所能知道的，无论是伏羲，还是轩辕都是三界不世的人物，每个人都有莫大神通，有能力改变三界大势。他们能做到现在这些事情也不奇怪。难怪这么多人经过八卦符气的洗礼，都无法参悟一点八卦妙法，而我们却相对容易得多，原来并不是因为我们天资聪明过人，而是两者之间有如此的联系，如果没有‘轩辕图录’在先，恐怕打死我们也根本无法参透这劳什子八卦妙法。”

耀阳却笑道：“你说的话很对，但有一点我不敢苟同，如果说我们的天资差的话，那三界之中就是蠢材遍地了。虽然谦虚要紧，但是决不能妄自菲薄。自知之明可不只是要知道自己的不足，也要对自己的长处有明确的认识，否则如何能明人自明哩！”

倚弦顺着纹路而行，回首笑道：“你就会吹，我不跟你废话了。依我所想的，我们上次所见的图壁没有卦符却是虚幻莫定，但是现在的图壁严实却有卦符，所以我们当日在‘虚灵幻境’所见的变化自然是卦符之间的变化。‘轩辕图录’由混沌而始，分阴阳，转化万千。而八卦以乾天为至阳，以坤地为真阴，八卦齐具，可以得首末，乾坤必对阴阳，如此一一对照即可。”

耀阳点头表示同意，两人立即顺着顺序开始研究这图壁的纹路。

“混沌起始，天地不分，后阳升而阴沉，天地遂开……”两人逐步顺着图壁的纹路而行，这庞大无比的图壁纹路蕴含了无穷的变化，将天地万物，三界六道至理尽数囊括。每看一幅，耀阳和倚弦都大有所悟，以往对‘轩辕图录’中的诸多疑难一一获得解答。

两人通过图壁纹路的变化，终于开始真正领悟“轩辕图录”，如果说以前只能算是一知半解，现在却是大部分都领悟在心，只是“轩辕图录”实在太过深奥庞大，即使完全悟通，也不可能一下子就能运用出来，所以以后的成就就在于他们怎么把现在所悟得的一一消化。

两兄弟此时丝毫不再顾及其他任何事物，全部精神投入在“轩辕图录”和这图壁纹路之中，心神之外的所有一切都自行被过滤。幽玄等人看到他俩的奇怪情形，大是惊疑，所有人都全部盯着两人的行动。

两兄弟依次行至最后一幅图壁之前，顺着整体纹路的感觉，将它和“轩辕图录”结合起来，形成清晰的一切感悟，法道玄妙在这一刻变得无比清楚。

“混沌分阴阳，阴阳而致万物，天地变化尽在九幅‘轩辕图录’之中。八卦合而为一，互补不足，连绵循环，永不枯竭……”

两人心神完全浸淫这玄奥至极的法道天地中，顺着纹路，气机牵引之下，不由自主地同时触碰到最后图壁的符纹上，不自觉地两人的元能都以“轩辕图录”之法涌入符纹之中。

谁知，异变顿生——

突然一声惊天龙吟，图壁上的卦相发出各色光芒，瞬间将被湖水充满的武库大殿照得透彻。

“轰！”震耳巨响中，水流爆旋，远古魄石飞射，九条黄色光龙破壁而出，冲破水流。轩辕剑在九条黄龙之中由三大神器伴随之下傲然而出，这满殿湖水竟不能靠近轩辕剑三丈之内，仿佛为轩辕剑所慑。

轩辕剑终于真正出现了！

这次绝对不再是幻境。

轩辕剑一出，所有人的法宝神器随即引起感应，即使是幽玄的神器“惊锋”也在轩辕剑之前臣服。只有倚弦的龙刃诛神兴奋莫名，龙吟作响，与轩辕剑遥相感应。

三界之中，只有龙刃诛神能跟代表天下王者的轩辕剑相提并论！

并列三界最强神器的两把剑终于都再度出世！

众人在震惊之中一哄而上，破开重重水浪，全都向轩辕剑抢去，何人不想得到轩辕剑？但是幽玄毕竟修为远比这里的所有人都强，更对轩辕剑觊觎许久，岂会让这些小辈如愿。

只见幽玄双指一点，“惊锋”围着轩辕剑狂舞，银光闪烁，虽不敢接近轩辕剑十丈之内，但在幽玄的魔能催逼下，瞬间布下一个防御结界，刑天抗等人甫一赶到，就被阻在幽玄的结界之外，无法再近前半步。

幽玄傲然道：“想从老夫手中拿走轩辕剑，小辈们休要做梦。”

刑天抗等人如何肯罢休，淳于焱更是冷哼道：“想独霸轩辕剑？那还得问我们是否同意。今天就让你知道——你已经老了，还是早早退隐回乡种田吧！”

没人会浪费时间，说话间六人已同时冲向幽玄，刀劲剑气窜出，划破这层层湖水，惊起满殿水浪翻腾怒荡。幽玄不敢大意，他无法空出手去拿轩辕剑，只能先回身应战，挥出“惊锋”，银练破开激流，如乘风破浪，银光在水中怒闪，毫不为激荡的湖水所阻，瞬间将刀劲剑气尽数破去。

武库之中立时有如翻江倒海，在妖魔两宗两代高手相互攻击的魔能激荡下，激流狂暴，即使最强的暴风卷海也不过如此。

刑天抗、淳于淼、姬旦、婥婥、姮姮和玉璇这妖魔两宗最杰出的年轻高手，在这一刻为了轩辕剑不再做任何的保留，尽展实力。

面对如此强势攻击，身为魔宗现有最强一辈顶尖高手的“邪神”幽玄也决不会留手，威震三界的惊人修为今天亦是真正地展现出来。

在这充满湖水的武库之中，战况异样激烈。湖水狂冲，忽而急转，寒劲将湖水凝成坚冰，但转而或被烈劲击得粉碎，或被炎劲烧融，再复波涛汹涌。或是炎劲将湖水烧化，却又猛地被寒劲所凝固。

幽玄的“惊锋”破开激流，荡波狂猛，银光如练，狂舞在刑天抗等人的周围，锐利无比的风刃激闪，向六人劈头斩去。这些饱含魔能的风刃可谓无坚不摧，六人怎么敢挡，纷纷急闪避开，当然他们也绝非无力还手，刀剑法宝尽出，避开风刃直向幽玄本身而去。

幽玄叱喝一声，双手挥出，魔劲化成铁壁将所有攻击尽数挡住。

“惊锋”狂攻刑天抗等人。六人只能躲闪，因为他们手中的法器根本无法与这柄魔刃硬抗，但是六人也尽出绝招，毫不留情地向幽玄展开迂回攻击，在湖水怒荡中，双方相持难下。

幽玄以一人之力对付全力以赴的妖魔两宗六大青年高手，竟还绰绰有余，真是强悍到家，当然那不可小觑的魔刃“惊锋”也有莫大助力。但是他真正忌惮的却不是跟他交战的六人，而是还未动手的耀阳和倚弦。刚才一战，他比刑天抗等六人更加清楚耀阳和倚弦的实力，这两人配合无间的联手之威已经超越了眼前这帮年轻之辈应有的修为。

看着轩辕剑真的出现了，耀阳怎么会放过这么好的机会？乘幽玄动手无暇分身之际，他怒喝一声，全身五行玄能集于手上，双掌合起全力一击。超强的天火炎劲冲在幽玄布下的结界之上，火光四射，霹雳巨响，整个结界竟硬是被击出一道裂痕。倚弦没有动手，却持龙刃诛神全神贯注盯着幽玄，怕他偷袭耀阳。

幽玄一见大急，奈何却被刑天抗等人缠住。刑天抗等人也决不肯放手，轩辕剑落入耀阳手中，他们自信还能抢过来，但如果为幽玄所得，以他的惊人修为如果想持剑逃走，那即使陆压等老一辈的绝世高手在场，恐怕也未必能留下他。

耀阳再接再厉，全身元能再集于右掌，成手刀轰地一刀劈下。惊人的五行玄能狂出，加上此时倚弦掌中龙刃诛神的助力，只听“砰!”一阵惊天响声，白光耀眼，几乎令人目盲，结界终于告破。

耀阳不及歇息缓气，已然乘势冲向轩辕剑。

第九十八章　圣库结界

幽玄大惊，哪肯让耀阳得到轩辕剑，一咬牙，拼着受伤，鼓起全身魔能化界硬挡住刑天抗等六人攻击，双眼暴睁，睚眦皆裂，样子狰狞可怖，竟吓得三女不由向后退了一步。

此时幽玄已叱喝道：“百魔傀儡符！”三道乌光以肉眼难见的速度，击向刑天抗、淳于焱和姬旦。三人自然知道“百魔傀儡符”是什么玩意，大惊欲闪，谁知这一招却是幽玄拼着元气大伤全力而为，其之威力岂是常人可比，身形刚起便被三道乌光击中，瞬间失去了意识。

“去！”在三女惊呼中，幽玄双指点出，魔能一动，操控已经失去自主意识的刑天抗三人向耀阳倚弦两兄弟杀去，自己则回身向轩辕剑扑去。

耀阳正要去拿轩辕剑，谁知却也像水一样被轩辕剑旁近的莫名力量堵在三丈之外，根本无法近身半寸。

“还有结界?”耀阳嘟囔一句，就见刑天抗等人向他们兄弟袭来。如果有时间的话，耀阳或许还能凭着轩辕图录和八卦妙法破掉这结界，但是现在哪可能有让他片刻喘气的机会。

耀阳回头一击，天火炎劲击出，三条巨大炎龙攻向刑天抗几人，然后喊道：“小倚，看你的。”倚弦自然知道破结界的话，这把龙刃诛神的确有奇大威力，二话不说，就是一剑劈出，龙形剑气呼啸而出。倚弦劈出这一剑，已拉回转击刑天抗等人，此时刑天抗三人刚好破去炎龙。

龙形剑气着实地砸在轩辕剑外的结界上，竟真的迫起结界一阵颤抖，耀阳早已见机再加上一拳，硬生生将结界打出一个缝隙出来，早一步窜入结界之中。

幽玄适时赶到，紧随着耀阳窜了进去。

倚弦被刑天抗等人牵绊，根本没有空闲出手截住幽玄，只能任幽玄冲入进去，紧接着结界重新再合，转眼又变成原样，完全没有一点破损的痕迹。

见到幽玄紧随耀阳进去，倚弦不由为之担心，但是刑天抗、淳于焱和姬旦哪一个不是妖魔两宗精心培养出的高手，三人合击的威力岂同等闲？倚弦再强也不可能无视他们的强袭。

刑天抗三人各出法宝元能，四面八方向倚弦强攻，倚弦低喝出声，龙刃诛神斩出剑气狂烈，寒气瞬间将身际三尺内的湖水凝成坚冰，坚冰化成冰剑混合剑气直袭三人。

三人神志虽受魔符控制，但是本身修为并未降低，反而更加凶狠，一个个悍然不惧，硬是将龙刃剑气击散，进一步强击倚弦。

淳于焱的姹女魔杖最是麻烦，得到湖水之助更显威力，“姹女幽魂”通过湖水奇袭，带给倚弦无比的麻烦。刑天抗持刀连斩，刀劲坚实无比，如果耀阳在此，定能感觉到刑天抗的身手远胜当日在落月谷之时，除了有兵器之利外，本身的修为亦是大为提高。姬旦身为妖帝卓长风之徒，平日不见他有多厉害，但此时却实力尽展，剑气纵横，实力未必下于刑天抗。

倚弦如果和耀阳联手，以两人的默契互补不足，连幽玄也能抗衡，但此时独战在场六大年轻一辈高手中最强的三人，腹背受敌之下，不免落了下风。

耀阳甫一进入幻境，顿觉眼前一阵光华大盛，激得他不由自主伸手遮眼。此时，他身后的结界护壁竟然完全缝合起来，令他与方才混乱的纷争场面隔绝起来，耳边一片自然而然的恬静。

耀阳心中一紧，想到结界外面身处险境的倚弦，他岂能抛开兄弟而独自去寻什么轩辕剑呢？耀阳连忙回身，双掌运足元能，大吒一声“开”，试图再次打开幻境结界，将倚弦一并接进来。

谁知任耀阳如何努力，此时都丝毫没有用处，整个结界如同天然无缝一般，不但寻不到丝毫缝隙，而且仿佛不惧任何元能异劲的袭击。虽然耀阳想到方才是兄弟齐心一击，才得以打开结界，但此时的他哪肯就此甘心，接连试了几次，甚至不顾幽玄可能就在不远，弄得几乎筋疲力尽。

桀桀怪笑声从耀阳身后传了过来，幽玄如同幽灵一般现出身形，冷冷道："外面的人拼了命想进来，你小子倒好，得了便宜进来却死命还想着出去，真不知道你是个什么怪胎！"

耀阳气喘吁吁，竟也不回头看幽玄一眼，没好气地道："你爷爷我要是跟你一样，那还用的着叫你老小子做什么劳什子'邪神'？傻瞪眼看着干吗，还不过来帮忙呀，我出去了你岂不少了竞争对手，那些宝物都让给你吧！"

此言一出，幽玄愣了半晌，竟不知该怎样答他，只是阴阴一笑，道："想不到三界之中还有人胆敢背对我，说出这样一番不知死活的话！"

随即，幽玄很快反应过来，桀桀怪笑道："好小子，居然想我攻击你，然后利用我的元能力量助你脱出幻境结界，果然有胆色！"

耀阳心中叹了一口气，知道瞒不了这只老狐狸，只能回身很无奈地望着身前三丈开外孑然而立的幽玄，道："我都说不跟你争什么宝物了，你还不肯帮忙。而且摆明站在这里让你杀，你也不动手！喂，你到底想怎么样？"

任耀阳言词如何尖锐，幽玄都丝毫没有跟他计较的意思，索性负手立在原地，回身一指，道："如果你肯仔细看看现在所处的幻境，就会知道我为什么不会杀你，反而不想你出去了！"

耀阳方才心系结界外的倚弦，所以进入幻境便没有细看过，此时闻言心中自然被激起好奇心，顺着幽玄所指的方向望去，入目的幻境景致令他不由自主为之震撼，并徒然生出万千感慨出来。

相信世上没有比此处景致更完美的地方了，整个幻境完全被一层五颜六色的水晶柱体所覆盖，不知从何处透出的光线，被晶体棱棱角角的表面所折射开来，均匀散布在幻境中每一处角落，尤其是晶体本身的颜色投射，构建出梦幻般的迷离色彩，让此时的幻境笼罩在一层朦胧极美的意境中。

正是因为这些光线的折射，让耀阳浑然看不见身际三丈外的任何事物，尽管如此，不知为何，他却始终感到前方有一种怪异的吸引力，仿佛只要进入这缥缈迷离的幻境，世上便没有任何可以与之比拟的事物了。

幽玄望着耀阳眼中渐露的迷离神情，知道他定力尚浅要糟，便骤然出言叱喝道："没用的东西，还不醒来！"

耀阳心中一震，从迷离中醒过神来，忙收敛心神，暗叫一声厉害。

幽玄道："这是幻境最后一层障碍，称之为'心境幻界'，心神定力不足者必会遭其灵能反噬，陷入神智迷乱之中，无法自持，最终疯癫成性，非但进不去幻境，而且会在此中迷失方向，受困难出，最终灵元寂灭！"

耀阳奇怪地看着幽玄，道："幽玄，既然你可以不受幻界所惑，自己进去取了宝物不就行了，何必还来教我这些，况且你我有仇，上次在蟠山你还急于置我于死地，今儿个怎么转性了？"

幽玄面无表情地阴笑道："此一时彼一时，昔日在蟠山是怕你误了我徒儿的大事，自然是痛下杀手，决然不会留情。今日你我同舟共济，那又自当别论！"

"好一个同舟共济！"耀阳无奈摇头道，"如果说起脸皮厚，我还差你一筹！"

听着耀阳讥讽的一番话，幽玄丝毫不觉尴尬，继续解释道，"老夫虽然不受幻界的影响，但是很奇怪我横穿整个幻界，却始终一无所获。既然现在你进来了，我们自然是在同一条船上！"

耀阳冷笑道："你还是想利用我去取那些宝物神器！"

幽玄桀桀怪笑道："幻境中有四件神器，如果寻到了，就算分你一件，也没什么大不了的！"

耀阳仰头大笑出声，道："恐怕到了那个时候，我这条小命就朝不保夕了！"

幽玄憋了半晌，此时再也隐忍不住，目露凶光，叱道："小兔崽子，不要敬酒不吃吃罚酒，老夫看上你是你的福气，再啰里啰嗦，我废了你！”

耀阳眼中精芒绽现，毫无所惧地回望幽玄，一字一顿地道：“你可以试试看！”

幽玄冷哼一声道：“原来你还是想激怒我出手，然后希望可以借我的元能助你出了结界，也好搭救你的兄弟，是吗？”说到这里，幽玄阴狠的目光一闪即逝，道，“好，我就成全你！”

语罢，幽玄果然右脚脚尖点地，身形腾空掠起，双拳轰出一道沉闷无匹的气劲，潮涌般疾速向耀阳奔袭而去。

耀阳心中大喜，掌中“牵机玄引诀”蓄势待发，他早已盘算良久，无非就是在等这一刻的来临，以他现在的修为而言，尽管仍然不是幽玄的对手，但是毕竟曾经与幽玄交过手，自信只要将其袭来的元能拳劲引至结界壁上，然后配合自己的元能，定然可以将幻境结界打开。

耀阳寻思着哪怕因此受幽玄背后一击，一旦结界一开，自然会有大批高手蜂拥而至，届时便由不得幽玄撒野，这样既可解了小倚的困，又令幽玄无法得逞，再则为了搭救倚弦，他即便受伤又如何。

他心中已有定数，自然毫无慌张，迎面卓立，门户大开，一副来者不拒的飒然风姿，令此时攻击过来的幽玄都为之心折。

耀阳的异能感应到对方强劲元能奔袭的轨迹，果断做出反应，右臂平伸而出，“牵机玄引诀”随即迎了上去，一切都如同耀阳所想，然而当他施法催动本身元能导引幽玄拳劲之时，他发现自己错了。

奔袭而至的拳劲看似来势汹汹、刚猛有力，实际上却远非耀阳所想的那样，尽管耀阳曾想到幽玄不可能这么容易让自己得逞，但还是没有想到幽玄这一击所做的手脚绝非自己可以应付的了。

姜还是老的辣，幽玄曾与耀阳一战，虽然丢了老脸让耀阳从他手下逃生，但是耀阳的斤两却被他牢牢计算在心中，此时用来算计他自然是轻车熟路。

幽玄轰然大笑，道：“臭小子，别以为自己有点造化就没大没小，今天就是教你什么知道叫作尊重老前辈，乖乖就范吧！”

言罢，他双拳气劲兀的一收，被耀阳“牵机玄引诀”所化的元能气劲顿时化为乌有，令耀阳用力不及，元能抽取用空，反而被变化的劲气催得激向一边，身形自然而然随之曳然一顿。

仅此一顿的工夫，幽玄后继而来的元能结界已然将耀阳锁在涡心之中，耀阳毕竟已非昔日耀阳，虽然遭逢变数，却没有因此慌乱，而是镇定地挪步回身，浑身元能劲气迸发，期望可以脱出幽玄的元能结界。

幽玄双手元能加剧催发，禁不住赞道：“好小子，看不出来你上次侥幸不死，竟然又大有进步，只是可惜不能顺服于我，白白浪费了这块好料子！”

耀阳被幽玄的结界锁定，根本无暇听到这些感慨，他知道在幽玄这等绝顶高手手中失去先机是一件很可怕的事情，但是他并不气馁，只要有任何机会，他都会想尽办法脱困而出，因为他只要想到小倚此时正在结界外受到众人围攻，他便感到心急如焚。

无奈方才为了打开幻境结界，耀阳已经虚耗了不少元能，尽管他一身尽皆五行玄能所附，但毕竟还是一具肉身而已，盈虚冲合的经脉气血仍然影响着他正常的玄能发挥。

幽玄再度摇头道：“急则气乱，你难道就这几分本事？”

耀阳闻言清醒过来，当即抛除脑中所有思绪，全心全意静下心来，五行玄能在倾颓中回应过来，寓养于战的行功秘法应运而起，忍受着幽玄的结界侵袭，几个周天过后，归元异能独特的禀性开始发挥作用。

循着归元异能的迥异禀性，耀阳的五行玄能成功破开幽玄的结界困扰，腾身掠空数丈，拉开了自身与幽玄之间的距离。

幽玄大惊道：“你小子到底修炼的是什么秘功，竟能破除老夫的禁制？”

耀阳傲然大笑，道：“幽玄，我劝你莫要倚老卖老，你的禁制有什么了不起的，还不是就是四脚猫少了一只脚！”

幽玄一愣，随即听懂了耀阳话中的意思，老羞成怒道：“竟然敢说老夫的禁制是三脚猫，好小子有种！我现在就让你尝尝什么叫作盖世绝学！”

幽玄架起如狼似虎之势，周身元能澎湃鼓动，狂风般向耀阳席卷而来。耀阳顿觉气息一窒，知道幽玄这次玩真的了，哪敢大意，辨明方向便疾身抽离，他清楚自己与幽玄之间的距离，只有游离开来加大距离，他才有可能寻机达到目的，否则就算硬拼，百合之内他必会被其击杀或生擒。

幽玄冷笑连连，并不因为耀阳的躲闪战略而有所懊恼，双手元能依旧轮转而动，毫不松懈地追击四处躲闪的耀阳，唯独所使用的元能不再刚猛有力，而是偏重柔化封制，这让心有所图的耀阳有些一筹莫展。

耀阳心中打定主意，情知幽玄对他已然有所防范，只有激怒他才有可能达成自己的目的，否则即便这样躲避下去，他自知熬不过太久也会被幽玄禁制住。

想到这里，耀阳果断顿足而立，迎着有些措手不及的幽玄，蓄势已足的元能挥掌击出，同时震身叱喝一声："乾天龙炎斩！"

幽玄正心中窝火，此时见耀阳停住身躯准备硬拼，心中大喜："来得好！"说罢，他身形临空错步，就势迎出一击，掌中元能应运而发，只听"砰"的一声闷响，两股元能在空中交错相击，巨大的冲击劲道排空而起。

耀阳的修为毕竟欠缺火候，如何是幽玄的对手，而且他撑得一口气，竟硬生生没有退后半步，当即被气劲激得体内一阵气血翻腾，喉头一甜，腥血差些狂喷而出。

耀阳素来硬挺惯了，既然可以为不退后半步而直面元能劲气的冲击，此时更不会为了这一口淤血而没了面子，索性一口咽下，面不红心不跳地与幽玄对面而立，道："说你三脚猫还不认，这会儿相信了吧！"

幽玄果然受不得挑衅，心中大恼，喝道："臭小子，受死吧！"言罢，幽玄全身元能齐聚，整张老脸骤然变得惨绿起来，显然是周身元能运转某种密法所导致的结果，而且看得出来应是一种极为霸道的功法。

耀阳背贴身后的幻境结界，等的便是这一刻，卓然而立，嘴角轻逸出一丝毫无畏惧的轻蔑微笑，让此时的幽玄更为愤怒，"铮吟……"一声轻响，"惊锋"出手，道："小王八蛋，莫要怪老夫心狠手辣了！"

沉闷至极的气劲在瞬时间爆发，"惊锋"挟其威势破空而出，令二人身周十丈内的空间宛如忽然静止一般，耀阳的异能感应到自身被幽玄魔功锁定，此时再也无法挪出半步，额间冷汗不由缓缓沁出。

幽玄的“惊锋”毫无预兆地划空而至，庞大的沉闷压力如同泰山压顶般逼近，耀阳偏又生出无法躲闪也无力躲避的感念，熟读《幻殇法录》的他明白这是一种控制他人心神、导人强生幻念的魔功秘法。

耀阳深吁出一口气，缓缓伸臂成抱球状，周身元能尽皆运行开来，五行玄能蓄五归一，在身周五寸开外铸成一道坚实的结界层，尽管耀阳平时并不擅长结界封印之道，但此等紧急时刻唯有按照《幻殇法录》中的记载姑且一试了。

耀阳被“惊锋”耀目的一泓光线刺得双眼不由一眨，刀芒劲气已然疾速掠至身前，结界中蕴藏的归元异能首先感应到“惊锋”的位置，耀阳脑中灵思一闪而过，手底架势更是随机应变，在灵应若神的归元异能导引下，合十的双掌恰如其分地夹住了电闪而至的“惊锋”刃尖。

幽玄心有所感，心中大为震惊，双目魔芒绽现，难以置信地看着眼前这一幕，掌中魔能愈趋加剧催发，誓要以本体魔能将耀阳吞噬。

耀阳双掌虽然夹住了奔袭而至的“惊锋”，但幽玄贯注在刃身的强大魔能却绝非他所能承受，当即被刃身中奔袭而至的元能震至双臂发麻，险些把持不住那柄魔刃，被其余势破入体内。尽管如此，耀阳仍然被幽玄的强劲元能震得口喷鲜血，身形倒飞而出。

不过，这一切正在他的预料之中，耀阳等的便是这一刻，拼着受重伤也要借幽玄的强劲魔能破开身后的幻境结界。所以在受劲之初，耀阳奋力顶住来势，令幽玄更加愤恨催功攻他，待到感应来势愈加猛烈，他才双足劲点向后疾退。

耀阳将本体元能尽数集中于背部，加上幽玄强大魔能的推动，其势自是威不可挡，当即重重撞在幻境结界之上，只听一声轰然巨响，耀阳背后感到一阵异动，他以为是结界有所松动的缘故，心中正感高兴之际，归元异能却骤然感应到背后另一种奇异的变化传来。

倚弦方才破阵本就耗费不少元能，加上刚才跟幽玄苦战，此时再力敌三人，不由感觉体内冰火异能微弱，竟有不支之感。

其实，随着幽玄遁入幻境，刑天抗等三人所中的魔符之能渐解，开始恢复心智，亦看清此时对手的模样，但心中的嫉恨却令三人丝毫没有停手，反而出手更加强横，招招必杀。

倚弦看清三人眼神由浑浊变为清醒，知道“百魔傀儡符”失去效用，三人此时早就清醒不受控制，这样还是不断攻击他，完全是想致他于死地。泥人也有几分泥性，倚弦不由勃然大怒，龙刃诛神旋斩而出，反守为攻，斩出的冰寒剑气向眼前三人刺去，可惜受湖水所阻，速度威力都差了一档次，并不能对三人有多大的威胁。

刑天抗在上，淳于焱在正面，姬旦在背后。倚弦首尾难顾，龙刃诛神搅得武库之内水流狂激，竟只能堪堪抵住三人攻击。

淳于焱的姹女魔杖不怕湖水阻碍，反而借水之助，发挥超常威力，给倚弦很大威胁。倚弦面对三面强击，元能不继之下，终于在防御上露出一丝纰漏，被淳于焱见机一杖硬击迎上。

倚弦急忙闪避，虽然及时避开淳于焱的攻击，但腰间皮囊却被淳于焱的魔杖划破，当即掉出一块绫布出来，只见布质古朴，其上纹路奇特，赫然就是原本与龙刃诛神同在“晶魄离魂天”中的三界奇宝之一——乾元绫。

围攻的三人顿时眼中精光一闪，同时将目光聚集在乾元绫之上，眼中俱是贪婪觊觎之色，攻击也不由微微一缓，倚弦乘机摄回乾元绫，将它胡乱塞入怀中。

乾元绫的价值或许并不如轩辕剑，但是能引起陆压和应龙此等人物觊觎的宝物岂是凡品？三人立即心生歹念，决意将倚弦这个眼中钉干掉，然后抢走乾元绫，这样即使拿不到轩辕剑也不至于空手而归。

倚弦的元能耗损过剧，虽然掺杂归元异能的冰晶火魄禀性殊异，但毕竟倚弦未能完全加以炼化，所以时间越坚持的久便越难以聚集，尽管他凭借坚韧的毅力撑住，硬生生跟三人苦战良久，但实质上已经开始节节败退，几可说败相已定。

刑天抗、淳于焱和姬旦看出时机将至，更是丝毫没有放手的意思，频频施展绝学痛下杀手，勿要将倚弦诛杀当场不可。

这时，两声娇叱从旁响起，婥婥与姮姮姐妹终于看不下去了。婥婥杏目怒睁，插入战圈之中，直接叱道：“你们还不住手，不管是什么事，都等五族宗主他们来了，再做定夺也不迟。”

刑天抗、淳于焱和姬旦三人眼见倚弦不支，如何肯在这时候停手，刑天抗更柔声道：“此子是我刑天氏乃至圣门宗族的大敌，祝蚺祝宗主便是被其所杀，若是不将之除去，我圣门终会受他所害，婥婥妹子，此事你们最好别管。”

“什么事我们不能管？这事我们偏要管，圣门之事哪轮得到你们做主。”姮姮可没婥婥这么客气，直接加入战团，掌中“柔月丝绫”径直向刑天抗三人刺去，其利远比刀剑，三人生怕造成更大的误会，急忙退开，这就让倚弦有了喘气的机会，停下来跌坐于地，汗如雨下。

婥婥也不落后，挡在倚弦前面，道：“有我们姐妹在，今日你们休想动他！”

刑天抗、淳于焱和姬旦根本不知道他们的纠葛，不由大愣，刑天抗更是百思不得其解，讶道：“姮姮小姐和婥婥小姐何必为外人跟我们自家人动气？”

姮姮冷道：“不必废话，在师尊等圣门宗主来之前，谁都不能动他，如果你们非要动手，就尽管冲我两姐妹来！”

姬旦有些狐疑道：“姬某认为就算弈姬前辈在此，恐怕也不会对杀这么一个小辈有什么意见，难道你们想用怀柔的手段不成……”

婥婥并不动气，冷静地道：“这个不劳阁下费心，反正现在我们帮定他了。”

“既然两位小姐心意已定，我们看在你们的面子上暂时不与这个家伙计较。”三人不明所以，刑天抗和淳于焱知道婥婥姮姮姐妹实力不弱，加上一个倚弦，他们三对三实在无力讨好，而且五族之间关系微妙，如果这时跟防风氏翻脸影响太大，只能就罢手。

姬旦自然不会一个人反对，淡笑道："既然如此，姬某也不会插手。"

"咦，怎么看不清了?"刑天抗的注意力马上投向轩辕剑所在的结界处，不由大惊，众人随他的目光看去，果然轩辕剑的周围不知何时笼罩了一片黑幕，将幻境里面所有的一切都封住，他们丝毫看不到里面发生了什么事。

同时整个武库大殿狂震起来，蓦地宛若雷鸣般的呻吟之声发出，整个武库竟猛地爆开，水流激飞，转眼就少了一半，顶上已经可见青天白日。

众人大疑道："这是怎么回事?"

玉璇叹道："一定是幽玄或耀阳触动了轩辕剑的封印，以至幻境的结界如此，这有如轩辕黄帝全力布下的封印结界，我们现在想破了这道封印，然后进去抢夺轩辕剑几乎是不可能了。"

"什么?"几个人都傻了眼，那就是说轩辕剑已经不属于他们了。

"这是怎么回事?"耀阳体会着背后幻境结界所产生的细微颤动，大口地喘了一口气，心中感到大为不解，心忖道："难道除了结界洞开之外，还会发生其他变化不成?"

幽玄原本准备趁机摄回魔刃"惊锋"，然后要了耀阳的小命，谁知幻境结界本体骤然产生的变化令他不由打了一个激灵，随即想到耀阳方才的举动，魔能甫动摄回"惊锋"，大惊道："想不到还是中了这小子的圈套!"

幽玄自然知道一旦结界洞开，外面的妖魔高手统统涌入其中，加上那个神秘的魔族高手，他到时候恐怕一点好处也捞不上，看着此时若有所思的耀阳，心中大为光火，但又不得不苦思对策。

谁知片刻过后，结界的颤动忽然停止下来，一切在片刻间变得寂静无声。

耀阳暗骂一声"他姥姥的"，喷出口中残余的几线淤血，想到如此拼命辛苦竟然都不能撞开这个结界，懊恼的心中不知是该夸赞轩辕剑的护界还是该跺脚招呼黄帝老头的十八代祖宗。

幽玄桀桀怪笑道：“小子，想不到你千算万算，最后还是注定要留在这里，看来你是走不掉了，乖乖的为我去破阵吧！”

狰狞的笑声在整个幻境中震荡开来，却还未等音落下来，幻境中的晶体异芒突然尽数旋转起来，令整个幻境笼罩在奇光异彩当中，说不出的魅惑诡异。

幽玄笑声骤止，周身元能聚集成界护体，左顾右盼，不知发生了什么事情。

此时，耀阳反而高声大笑起来，道：“你还不是一样，自身难保！”

幽玄哪里还顾得上跟耀阳斗气，他的魔灵异心明显感应到幻境中极不寻常的变化，面对像是轩辕剑这般的神兵利器，他又非修炼神玄二宗的正道体躯，怎能不尽量小心谨慎。

耀阳的感应不同于幽玄，他虽然懊恼不能撞破结界，但是结界的波动以及晶体芒光的映射，却让他心中安定下来，就连心中焦急倚弦是否安全的情绪也被心中忽如其来的安详所抚平。

整个幻境似乎蕴藏着无穷尽的能量，在无数芒光的交叉映射下，充盈在四壁结界之上，引至结界做出规律性的颤动，如同一个有生命痕迹的物事正在进行吞吐呼吸一般。

耀阳见幽玄如此紧张，心中好奇，大声问道：“喂，幽老头，你知道这是怎么回事吗？”

幽玄正色道：“此地乃是轩辕剑藏身千年之所在，况且还有其他三样神器拱护左右，然后吸日月之精华，夺天地之造化，圣器早已通灵，现在这般现象理应是因为你方才的撞击让它生出感应，所以开始自我防护！”

耀阳闻言咋舌道：“想不到这年头连这轩辕剑也成妖成魔了？”

幽玄冷哼一声道：“你小子莫要在这里卖口乖，如果我所料没错的话，现在整个幻境已经被结界封闭，我们出不去，外面的人也进不来！”

听到幽玄说出不去，耀阳心中又开始犯急，奇怪的是他的心境变化竟牵引到结界的运转，一切就像回音壁一样，结界因此带给他一种格外清爽的回应，似乎在告知他倚弦已然安全的消息，令耀阳心情再度平和下来。

耀阳心中啧啧称奇，转而心念一动，对身前不远的幽玄道：“幽老头，你怎么这会儿转性了似的，刚刚还在喊打喊杀的，怎么现在却不过来对付我，还跟我在这里啰里巴嗦的！”

幽玄抬起阴森森的眼神扫了耀阳一眼，道：“你以为我会放过你吗？只不过现在结界灵能遇强则强，逢变则变，一旦发现异常的元能恐怕就会反其道而行之，所以你现在最好别在这里挑衅老夫，否则就算现在我不杀你，来日也必将取你这条小命来祭老夫的‘惊锋’……”

耀阳大悟，明白自己方才的想法没错，心中终于改变主意，道：“幽老头，就算咱们现在同舟共济吧，我想问你一个小小的问题？”

幽玄显然对耀阳的态度转变感到满意，道：“识时务者为俊杰，你小子还算识相，问吧！”

耀阳环视幻境，目光中透出不解道：“我们起初入得武库之际，根本没有见到你的踪迹，却在我们好不易破了护阵后被你得了便宜，而且从刚刚种种现象表明——你比外面任何人都更为了解整个武库……”

不等耀阳说完，幽玄独有的桀桀怪笑应声传来，道：“没想到你小子挺聪明的，这都被你看出来了！”笑声骤止，幽玄正容说道，“你我既然已经身处武库核心之中，所以关于伏羲武库的秘密告知你也无妨。其实，武库在此间存在已有数千年，三界之中仅只我才是唯一的知情人，只因我邪神传人一脉的创始人乃是当年伏羲爷身边的忠仆，因主人逝去才流落三界成魔。故而，三界中没有任何人比我更清楚武库的构建与禀性！”

耀阳恍然道：“原来如此！想不到幽老头你的出身还很显赫。对了，你既然清楚武库，为何自己却偏偏取不到轩辕剑呢？”

幽玄没好气地冷哼道：“能够亲身入得武库助伏羲爷飞升，那毕竟是上辈人的事情，我怎会清楚？况且武库中存有轩辕剑之事，更是我最近才得到的消息，所以能不能得到轩辕剑尚是未知之数！”

耀阳点点头，露出入幻境之后首次愿意合作的坦诚笑容，道：“好吧，幽老头，你说说看，我究竟能帮到什么忙？”

幽玄一怔，反而露出不敢相信的古怪表情，道：“你小子转变的还挺快，究竟是哪根筋忽然想通了！”

耀阳假意一叹，道：“就算我不合作又能怎样，还不是只能龟缩在这幻境之中，哪里都去不了！如果跟你合作自然就不同了，只要不跟你争什么神兵宝物，自然可以免去受牵连的麻烦！”

“哦！”幽玄轻哦了一声，道，“姑且可以信你！”说到这里，幽玄指着不远处笼罩在芒光辉映的幻境，继续道，“你现在什么都不用做，只要能完全入得幻境阵心便可！”

耀阳不解道：“你不是说你刚刚进去过了，既然什么都没有，怎么现在还让我去呢？”

幽玄道：“这幻境是以心相锁定为阵，不同心境的人进得其中，自然会有不同的结果呈现，所以我进去空手而回，并不代表你也一样！”

“锁定心相为阵？”耀阳不解道，“你是说这幻境取各自心相来确定是开启还是关闭，那岂不是越多人入阵越好！”

幽玄双眼翻着魔芒，没好气地说道：“刚刚还说你聪明，怎么这会儿就脑筋不灵光了呢？方才不是跟你说过了，此阵遇强则强，逢变更变，若是那么多人齐齐进得其中，那还不乱套了，到时候恐怕没有一个人可以生离此境！”

耀阳拍了拍头，不好意思的一笑道：“我只是想到幻境心相了。好吧，我这就进去试试看！”

幽玄目光闪烁，点头道：“放心，有我从旁传音指点你，不会有什么事情的！”

耀阳点头应声掠空而起，身形翩然落在五丈开外，然后毫不迟疑地迈开步子，径直行入幻境阵心。

幽玄看着耀阳身形遁空毫无迟滞的飒然，心中妒意更强，忖道：“想不到这小子接我‘心魔度厄诀’一击，居然还能如此轻松，看来假以时日必将成为心腹大患，还是早些除根为好！”

想到这里，幽玄打定主意，只要幻境开启拿到轩辕剑等四样神器，便要当场将此子诛杀，免留后患。

此时，无数晶体光芒闪现的幻境中传来耀阳的问话声：“幽老头，这些水晶柱子难道是整个幻境心相的核心吗?”

“不错!”幽玄扬声道，“不过，你千万不要以为只要倾毁它们就能破阵，它们既是幻境锁定心相的核心，更是支撑整个武库的大梁所在，一旦倾毁，我们就永远出不去了!”

远远的传来一声轻咦和一阵笑声：“幽老头不说的话，我还真有这想法!”

幽玄摇头传音道：“你有什么想法最好早点问问老夫，千万别一个人做蠢事!”

“知道哩!”耀阳的声音一答即没，看样子已经进入幻境之中。

其实，说这些话的时候，耀阳正端坐在一根晶柱下，强自运行体内迟滞不前的五行玄能疗伤，他当然清楚幽玄一旦利用他完毕，不论是否寻到轩辕剑，他只要落到幽玄手中都必死无疑，只有养精蓄锐伺机一搏，才有可能出了这鬼地方见到明日西岐城的日出。

不知是身处玄门宗室之地的缘故，还是受了轩辕剑灵气眷顾的关系，耀阳感到体内的五行玄能运行的丝毫没有阻碍，几个周天运转之后，玄能将伤势压制下去，体内积郁的淤血便被逼了出来。

吐掉口中翻出的淤血，耀阳长长地吁出一口气，睁开双眼，暗骂幽玄果然下得狠手，这才起身伸展了一下手脚，细细观望眼前这个奇魅瑰丽的空间——

他所处的地方正是方才眼力无法企及的幻境阵心，此时得以细观幻境全貌，耀阳更是深深为之惊叹。只见在他身周五丈开外目力所及的地方，尽是根根晶体高柱林立，莫名光线映照出的芒光显得格外迷离，远近层叠的朦胧光影，以及心中某个声音的呼唤，愈发显出前方蕴藏的诱人美景。

越是看不见的景致越是令人心驰神往，耀阳此刻完全领会到这句话的含义，同样的道理，其实令他更心动的还是在于，幽玄都无法探知的秘密就在自己脚下，试问他如何能抵抗这股诱惑?

一路前行，耀阳的耳边终于传来幽玄极不耐烦的催促声，他很随意地搪塞了几句便瞒过了幽玄，通过这一点他几乎可以肯定，他现在亲眼所见的一切都是幽玄方才入得幻境后无法见证的，甚至他可以肯定，即便现在幽玄亲自进入阵中，两人哪怕近在咫尺，眼中所见的景象都不会有一丝一毫的相似。

“锁心为阵，万相化境。”

或许，《幻殇法录》上记载的这一句话，可以很贴切地用在这里。

耀阳体会着此时此刻体内微妙难言的变化，玄能缓缓随着外界晶体芒光肆意流动，每过一处晶柱他都能感应到与前不同的滋味，那种玄之又玄、说不出的感觉令他禁不住徘徊流连，直恨不得永远莫要走完眼前的路程。

脚下步子轻挪，转过一处晶体柱，耀阳顿觉眼前一亮，所有晶柱芒光仍然盘旋四周，而在眼前豁然开朗处却是一块水天交接的动人景致，脚下一望无际的水就这样缓缓荡漾着，眼前的天际明媚无云，水的尽头仿佛成了天的尽头，无分彼此地融合在一起。

水天一色，正如耀阳兄弟俩当日在陈塘关第一次所见到大海一样。

水纹轻漾，映照出耀阳的忐忑心境，让他瞬时间变得如同眼前水一般清澈明亮，耀阳不由惊叹道：“万相化境果然神奇!”但是，他转念又想到，“糟了，这幻境之相难道像是最初入武库那样，也是一道关卡不成?”

第九十九章　圣剑复苏

正当他冥思不得其解之际，耳边响起幽玄的传声：“小子，你究竟碰到什么难题没有？或是看到幻境中有些什么？”

耀阳暗中叹了口气，知道此时只能求教幽玄了，于是无奈传音道：“不知道为什么，我看到的是一片水天一色！”

幽玄显然怔住了，半晌才回道：“你小子的本心里究竟在想什么？怎么会令幻境生出水天混沌的景象呢？”

耀阳闻言也是一怔，道：“我心里想的是什么，幻境就会出现什么？”

幽玄忙解释道：“这个心指的是每个人的本心，并不是平常左思右想的魂魄杂识，而是说先天本命元心的映射……唉，临时跟你说这些你也不懂！总之，你现在什么都别想，要做的只是以本心溶入眼前的幻景，只要时机成熟，幻象自会消逝不见，到时候你就能看到幻境本来的面目！”

耀阳轻“哦”了一声，他怎会不懂何谓“本心”，这些概念甚至在《玄法要诀》中就已经出现过了，以他现在的修为与悟性，这样的区区小题又怎会难倒他。

本命元心的造化，来源于禀性修为的境地。

耀阳岂会不知这最根本的诀窍，何况让他毫无惊惧的原因还在于，从最初步入武库开始，他就真切感应到体内玄能与武库符气之间亲密的依赖性，尤其是“轩辕图录”的成就更让他没有理由相信会在藏有轩辕剑的武库中遭遇任何厄运。

他尝试着一脚踩入水中，沁凉的温度令他几乎不敢肯定是否真如幽玄所说，眼前这一切只是一个幻象，镇定心神，他盘膝坐入水中，身形入水所带动的水纹缓缓荡漾开去，加上迎面而来的和风送爽，都让他啧啧称奇。

毕竟他与倚弦虽然混迹三界的时日并不久，却因缘际会去过三界很多神秘无常的异地，耀阳仍对眼前这片地方感慨至深，心中禁不住想到：“如果真是心相定境，不知小倚进来后会见到什么样的景象呢?”

想到此处，耀阳心神一震，顾虑到倚弦在结界外的处境，不敢再有片刻迟误，他定下神来，闭目凝神进入本心归元的状态，他想不到面对幻境此时应该怎么办，所以只能听从幽玄的指示，以本心溶入幻境，试看幻境是否真是本命心相所凝。

耀阳经过数度生死考验的修行，在归元异能的辅助下，一身五行玄能早已登堂入室，再得《幻殇法录》的玄妙广奥，法道修为更是一日千里，再非昔日插科打诨、偷懒修持《玄法要诀》的三脚猫耀阳。

一呼一息之间，耀阳浑然忘我，已然进入玄法寂境，体会着体内生动的五行玄能流溢，他忘乎所以地遁行周天，令体内元能畅通无阻的将方才体内的伤势郁积清理干净。

随着周天运转的玄能达至体脉极限，耀阳的心神骤然一震，灵台神识渐渐感应到幻境中蕴藏的某种力量所在，他下意识缓缓开启归元异能独有的功效——当体脉六识被修炼中的玄能关闭，唯独归元异能窜行于玄能之外，非但不受控制，而且可以分出一识，令他可以一心二用，看到体外甚至更远的事物。

耀阳从倚弦口中得知，原来兄弟俩体内的归元异能都有相同的妙用。而他则为此取了一个非常不错的名字——玄心正目。

玄心正目此时所见的仍然是一片水天一色。

正当耀阳的归元灵识陷入不解之际，玄心正目忽然生出强烈的感应，水天一色的灵境突变，从方才的一波不惊骤然变得翻天巨浪，层层叠叠向他涌来，巨大的浪头兜头将他冲翻在地，仿佛当日四海之水齐犯陈塘关一般。

耀阳大惊失色，正要起身躲避，却发现六识竟然完全被幻境结界锁住了，他不能看、不能听……身躯如同盘根老树一般，根本无法挪动分毫，偏偏玄心正目又可以见到身旁的滔天巨浪，感受到扑面而来的汹涌大水，躯体失去控制，在浪尖中四处翻转，浮浮沉沉，着实苦不堪言。

耀阳惊忖道："难道这仍是幻境不成?"

尽管他自认有五行玄能护体，不论是否身处幻境，还是面对真正的惊涛骇浪，都不会有丝毫惊怕，但此时仍旧不免惊惧这疑幻似真的一切，因为它居然可以任意将他锁定，令他无法掌握自己的自由，然后任其处置。

玄心正目所见的惊涛骇浪一波一波地席卷过来，将他打入浪底，然后玄心正目所见的便是水底的混沌一片，他果断的放弃归元异能的灵识，浑然不去理会外面的一切景象，专心一致让思感沉入寂境。

时间仿佛一分一秒都凝滞在思感的寂境之中，耀阳任由体内的五行玄能自行周天运转，渐渐的浑然忘我，甚至感应到整个幻境，乃至天地万物都溶入到玄能的气息回转之中，那种灵应自然而然让他心中生出欢喜的心绪。

直至思感再度悸然一动，耀阳的灵识才复苏过来，归元异能的殊异令他有如神助，睁开玄心正目一看，心中大震，他的躯体仍然处在水底之中，但眼前的景象却完全变了，竟然是当日在"虚灵幻境"中所见的景象。

……光怪陆离的战争场面，不世功绩的轩辕黄帝，亘古不变的九块图壁，还有那些图壁上玄奥莫测的禀性变化，揭示万般变化本源的灵性文字都一一呈现于耀阳的玄心正目之前，他的六识也在瞬时间齐齐恢复正常。

耀阳伸展了一下手脚，难以置信的在水中划动身躯，感觉竟然与灵体当日在"虚灵幻境"中翔游一模一样，他游离于九块图壁之间，再一对照图壁上的清晰变化，心中对玄法的领悟登时又上了一个层次。

当细细看完九块图壁，耀阳回首俯视整个空间，一时间竟呆住了，道："这究竟又是心中的幻象呢，还是真正的图壁所在呢?"

想到这里，耀阳游离至第九块图壁处，犹豫了半晌，终于屏去脑中诸般杂思，运足玄能探手向图壁抹去——

异变骤生!

图壁在玄能甫临的瞬间"砰"的发出一声巨响，一道裂缝从触手之处延伸开来，很快遍及整块图壁，然后轰然一声塌倒下来，随着一块图壁的倾毁，其余八块图壁同时间塌毁在耀阳眼前。

“‘轩辕图录’难道就这样被自己摧毁了？”

耀阳不敢相信地望着自己的手，再看水中翻涌的尘浪，一切都是那么真实地发生在眼前。

就在耀阳不知所措的片刻间，眼前的情景豁然一空，一切都在面前烟消云散，出现在他眼前的是一座七八丈高的水晶台，耀眼的芒光四处流溢闪动，给人无法想象的奇诡，然而最让耀阳惊叹的是高台之上摆放的物事——

硕大的四样神器安详置放其上，八卦芒光柔和浮动，云雾蒸腾飘扬，围绕在神器周围，尤其是那柄青龙剑柄，白虎吞口的四尺神刃，绚丽剑光爆发无比神威，九条黄色光龙环绕此剑升腾狂舞，云雾翻腾中，周围三大神光缭绕的神器向此剑微微倾斜，仿佛臣子般俯拜在其下。

“轩辕剑!”

不只耀阳发出这样的惊叹，另一道惊呼声同时在半空响起，不消说自是结界破阵，幽玄也已看到四大神器现身，身形更是遁空而至，企图抢在耀阳之前将轩辕剑占为己有。

耀阳想到方才受的折腾，心中恨得牙痒痒的，破口骂道：“你姥姥的，你少爷我这么辛苦才弄出这把破剑，你老小子就想这么容易占我的便宜!”

说话间，耀阳身形遁空而起，却不是去拿剑，而是法诀催动元能，径直照准幽玄的身躯击出一击，火热的炎能疾速袭向幽玄胸腹部。

幽玄还以为耀阳只会同样去抢轩辕剑，甚至早已蓄足魔能准备将之一击必杀，却料不到耀阳竟会提前来攻，当即回身将预备攻击的魔能幻成一道结界，这才适时将耀阳的一击挡住，奈何太过仓促，加上夺剑心切，虽然挡住耀阳炎能一击，却未能躲过耀阳紧接而来的一脚突袭。

虽然一脚的力道被幽玄的护界魔能抵御，耀阳仍然大感爽快之极，一击立收，傲然遁空而立，大笑道：“‘邪神’幽玄，我呸!”

幽玄被攻得措手不及，大感狼狈，又听耀阳口出狂言，气得大恼，但是深知结界幻象的解除有时间限制，哪肯为了一口闲气失了夺取神器的大好机会，当即冷哼一声，眼中魔芒闪过，道：“老夫大人大量，现在暂时不想跟你这小辈一般见识！”

耀阳岂会不知幽玄心中的如意算盘，道：“幽老头，你别尽挑些好听的说，你心里是不是想着现在取了轩辕剑，然后再拿我来祭剑哩！”

幽玄不跟他啰唆，身形一闪，很快抛离耀阳的阻隔，切入水晶高台上，眼看与轩辕剑的距离不到丈许。

耀阳的反应却是不慢，体内玄能合五化一，抛去任何法道要诀，以纯粹的精湛玄能成“泰山压顶”之势全力向幽玄的背后击去。

完全恢复元能甚至更精进一层的耀阳的倾力一击，就连“邪神”幽玄也不敢轻视，幽玄迫不得已只能回身抵挡，周身魔能幻成护身结界将攻击而来的元能尽数阻隔在外，尽管以他如此强悍的魔能护体自是不会轻易受伤，但仍被耀阳体内掺杂归元异能的力道波及护界，魔躯免不了一震。

耀阳凭借元能反震的程度，探知幽玄被自身元能所震，仰头大笑道：“幽老头，现在知道本少爷的厉害了吧！”

幽玄心头大震，暗忖道：“想不到这小子短短一刻钟的时间便好像换了个人似的，看样子必然是心腹大患，必须加快除去才行，若是一个不好让他得到轩辕剑的话，日后定会坏我大事！”

幽玄掐指暗算，估摸着幻境结界尚有一盏茶的时间才会再度封闭，当即站定身形，眼中魔芒流溢，望定眼前这位堪称三界年轻一辈最出类拔萃的少年高手，道：“既然你这么想找死，老夫如果不成全你，岂不枉称邪神之名！小子，记住这是你自找的，去到阴曹地府之后千万莫要怨我！”

耀阳目中玄芒立现，丝毫无惧望着幽玄，道：“幽老头怎么那么多废话，难道就不怕耽误了取轩辕剑的时间？”

幽玄此时背对身后丈许外的四大神器，感受到来自神器本身的微妙灵应，偏偏无法立时拿到手中，那种心痒难搔的恨意实在难受到了极点，但他又知道身为妖魔之躯的自己想要得神兵利器为己用，又不是一时半刻可以做得到的，尤其在此过程中必须避免骚扰，所以最好的办法莫过于在最短时间内将耀阳灭掉，然后好好收服四样神器归为己用。

幽玄听了耀阳激人的话并不再回话，而是凝神静气，掌中“惊锋”立现，他纵横三界这么多年，很少在对战之初便将“惊锋”擎出，可见他已经动了真怒。

耀阳的异能感应很快便体会到幽玄真正的实力，感应到阵阵逼人的气劲袭来，虽然还未近身进攻，但那种紧迫沉郁的魔能压迫却紧紧传来，“邪神”之名果然名不虚传。

幽玄大喝一声，排山倒海般的元能幻成一道坚不可摧的壁垒，防护在自身周围，似是酝酿了片刻工夫，魔能壁垒轰然响动，随着“惊锋”魔刃的电射而出，很快布成一条无法逾越的结界，笼罩在耀阳身前五丈方圆，令耀阳顿时陷入进退维谷之境。

耀阳深知这一击完全没有留有余地，是“邪神”幽玄毫不留情的全力一击，只有除去自己这个后患，幽玄才能安安稳稳地去拿四大神器。

耀阳哪肯示弱，翻身遁空而起，瞬时后掠数丈距离，周身五行玄能疾速凝聚，合五化一，双掌送出体内浩然元能，凝元幻形，集中于一点之上，照准异能感应中的“惊锋”魔刃迎击而上。

“铿……”气元交击，一声脆响。

耀阳甫击即收，拼尽全力的元能一击原本只是为了将幽玄的攻势拖缓片刻，此时时机正好，就在他身形拧转之间，“无间遁法”施展开来，身形立时凭空消逝不见，避开了潮浪般汹涌而来的魔能。

幽玄冷哼一声，望定耀阳方才遁空不见的地方，双掌翻动，袭出的“惊锋”魔刃趁势回转一圈，蓄势已足的魔能顿时向四围空间荡漾开来，波及范围足有方圆五丈开外。

这一招果然厉害，耀阳隐遁当空的身形当即受到魔能波及，周身一紧，护界玄能一震，虽然分散的魔能攻击力减弱不少，但压迫力的强大仍然令耀阳气闷难忍，散乱的气血险些喷出口来，身形从隐遁中现了出来。

不等耀阳有任何时间缓冲身形，幽玄的“惊锋”魔刃已然如影随形袭至，他暗骂一声老狐狸，好在经过战场无情的淬炼后，他的反应比之从前敏捷数倍，更经过与黄天化一战，他学会玄能攻防的轻重缓急之分，当即一口元能吸足，身形顿落，从半空中稳稳当当地落在高台的边缘之上，恰恰避过“惊锋”一击。

这些变化看得幽玄都为之暗暗赞赏不已，但眼见耀阳已经站在神器高台的另一端，心中难免有些担心，眼光更加一瞬不眨地望着耀阳，双掌缓缓煽动，“惊锋”顿在半空中纹丝不动，似乎只要耀阳趁机掠夺神器，便会狠下杀手一般。

耀阳心中感到好笑，暗自运转元能，平定方才受到魔能波及后的翻腾气血，有意无意地瞄了身旁的四大神器，笑着说道：“幽老头，这样眼睁睁看着偏偏又拿不到的滋味肯定不好受吧！其实你一个人年纪大了，也拿不动这么大一堆东西，说不定我还能勉强给你做一回搬运工！”

幽玄知道耀阳在拖时间，当即负手暗掐时间，道：“我倒是没什么的，拿不拿得到这些东西不过是时间问题，但是你的兄弟现在在外面不知是生是死，难道你就不担心吗？”

耀阳心头巨震，他始终最为担心的莫过于此，但在此关键时候岂能露出破绽，于是从容满面，装作满不在乎的样子，好整以暇道：“我兄弟自有‘龙刃诛神’护身，虽然不见得可以敌过那些妖魔联手，但料想从容遁走自是不成问题，况且那些傻瓜舍不得这几样废物哪肯去追，所以我兄弟此时定然已经出了武库，等我取了轩辕剑与他会合哩！”

“你敢……”幽玄一听耀阳要取轩辕剑，顿时大恼，嘶吼着掠空而起，身形伸展间配合“惊锋”魔刃，扑向耀阳立身之处。

耀阳早知幽玄会有所动作，脚下一溜，人便遁行至四大神器旁近，在硕大的神器之间游走，避开了幽玄的正面攻击，害得幽玄的“惊锋”急忙收回，生怕撞中神器，引发什么不可测的后果。

“小兔崽子，你……”幽玄看耀阳在神器中穿梭游走，搞得自己又不便攻击，气地跺脚破口大骂，当下顾不得什么，腾身飞掠向轩辕剑，全然不理会耀阳，似要趁机夺取轩辕剑。

耀阳虽然不知道如何取剑驾驭之道，但是怎能眼睁睁看着幽玄就此得手，于是震身大喝一声，飞身扑上故技重施，烈焰炎能再度一拥而上，全力阻止幽玄的行动。

阴郁的冷笑声响起，幽玄在耀阳全力攻袭的刹那时回身，原来这个动作完全是为了吸引耀阳而发，耀阳立时明白过来，但是攻袭而出的玄能如潮涌般泄出，五行玄能去势如潮，根本不可能再临时变招。

幽玄作势扑向轩辕剑的身形凭空化去，原来竟是虚影所化，而他本体魔躯早已挟“惊锋”魔刃一击当空，疾速袭向元能击空立足不稳的耀阳，魔能铺天盖地宛如罗网，惊锋魔刃裹起令人窒息的利芒更是当先袭至。

耀阳随机应变，身躯玄能临时布成一道护体结界，脚下步子交错前催，疾速退步防守，但是有心算无心，更何况对手还是三界中屈指可数的魔道高手——“邪神”幽玄，饶是耀阳再如何应变神速，此时也显得格外心有余而力不足。

“啊……”一声闷哼，耀阳的玄能护界硬生生受了幽玄一击，强大的压迫力险些令他当场昏过去，但在他坚强意志力忍耐下，居然挺住了这浑厚的魔能一击，然而纵使他躲过了魔能冲撞之威，却无法避开犹如附骨之蛆般近距离缠身的“惊锋”魔刃。

“噗嗤……”惊锋魔刃在耀阳身上穿胸而过，耀阳只觉一阵剧痛袭来，胸前豁然一空，喉头一甜，口中翻涌的鲜血一口喷洒出来，尽数洒落在身前四大神器之上，然后眼前一黑，傲立的身躯仰面倒在地上，一动不动了。

幽玄顺势收回“惊锋”，望着倒在高台上的耀阳，桀桀怪笑道：“小兔崽子，这次知道老夫的厉害了，竟敢在我邪神面前如此嚣张跋扈，找死！受我十万魔血铸就的‘惊锋’一击，灵元枯耗，魂魄还要受百世奴役，乖乖等着……”

却还没等幽玄将话说完，一阵异常的鸣吟声响起，幽玄的魔灵异心骤然一动，体内的魔能护界自然而然运转而生，无端端的心中直觉发毛，不由双目凝神向前望去，此时此刻的震惊实在不言而喻——

眼前四大神器之首的轩辕剑竟然自行震鸣出声，然后剑身上的龙芒异彩缓缓动了起来，绝世神兵跃然腾空！

幽玄知道这是神兵沉睡千年后觅主重生的迹象，当即身躯遁空飞离高台，以免受神兵抵御外物时的池鱼之殃，但他百思不得其解，轩辕剑怎会无故重生呢，当他凝神贯注细细审视轩辕剑时，这才恍然大悟，同时禁不住大恨，仰天长嚎一声，可见心中是何等愤恨难消。

原来在此时的轩辕剑身之上，竟然出现了斑斑点点的血迹，点点血痕都被剑身上的龙芒所包围，发出嗤嗤的芒光流转之音，显然是这些异样的血迹唤醒了这柄沉睡千年的圣剑轩辕！

而这血迹正是方才耀阳受惊锋穿胸而过后喷涌而出，也就是说唤醒轩辕剑灵识的正是此时生死未知的耀阳！

可叹幽玄在旁只能眼睁睁看着轩辕剑重生，却惧于几大神器的浩然灵能，不敢在此时再有丝毫作为。

轩辕剑在剑体九条光龙的闪耀牵引之下，缓缓浮空掠动，挪移至耀阳的躯体上空，柔和的芒光挥洒而下，将耀阳毫无知觉的躯体笼罩在整个光晕之内。

几乎同一时间，四围水晶柱台的芒光齐齐曜亮。

幽玄明白幻象结界将再次充斥整个幻境，无奈时机已经尽失，只能等待下一个有可能的机会，当即回身遁走，回到幻境的边缘地带，临行前极端仇视的目光紧紧盯了高台上的耀阳一眼，眼中的无比愤恨可想而知。

迷蒙的芒光结成迷雾般的心相结界，将四大神器再度与尘世隔绝开来。

婷婷和姮姮一左一右扶着元能完全透支的倚弦到了武库的一旁，两姐妹见他虚弱至此，便要联手输入魔能替倚弦疗伤。

倚弦勉强一笑，拒绝道：“不用了，等会儿恐怕还要应付不少事情，刚才也有些消耗，所以不要再为我浪费了。放心，我很快就能恢复。刚才……多谢你们救了我！”

婷婷美眸如水，娇靥如花般微笑道：“这算得了什么，你刚才耗了不少元能，还是让我们助你一臂之力吧。”虽然笑得千姿百媚，但是仍然可以看出笑容背后的难言酸楚。

婷婷和姮姮对他的关心都是出于真心，倚弦心中甚是感激，道：“真的不必了，这点消耗我还能恢复过来。你们自己可要小心，我怕形势会有变化。何况你我修炼的法道禀性各不相同，所以恐怕会越帮越忙……”

姮姮道：“既然这样，你放心疗伤，我们为你护法便是！”

“谢谢……”倚弦吁出一口闷气，默运冰火异能按照疗伤之法缓缓运转开来，婥婥和姮姮分别护在左右，极是关心。刑天抗和淳于焱看得心头妒火中烧，却也没有什么办法。

不久之后，大批人终于来到。

为首的是那个黑衣老者，妖魔两宗强者为尊，那黑衣老者的修为极是可怖，妖魔两宗各人以自身利益为主，谁也没想跟他在这时翻脸，利益才是妖魔两宗最终追求的目标，当然如果认为这些不世人物会真的对黑衣老者口服心服，那这个想法就太天真了。

形形色色的众人全部看向那块幻境之地，却只能见道一片黑幕，根本看不清楚那里面的一切。

众人惊疑莫定，陆压毕竟是非常人物，比较镇定，神色不动地斜睨了黑衣老者一眼，问道：“不知阁下可知为何会这样？”

黑衣老者一脸从容地道：“这还不是轩辕搞的鬼。”

其他人不由失声道：“怎么回事？轩辕黄帝不是早就遁世飞升了吗？”

黑衣老者看向幻境，眼中神光一闪即没，冷哼道：“轩辕虽不现三界，但以他的修为却能将一身修为‘轩辕玄元’尽数贯注于轩辕剑之上。轩辕剑借此玄元，能自行保护自己。若没有得到轩辕剑的承认，成为它的主人，无论是何方神圣也无法将它据为己有。”

刑天灭惊呼道：“没想到这轩辕剑竟然如此神奇。”

黑衣老者道：“轩辕剑非常物可比，它乃通灵之物，对外界的一切都能做出疾速的反应。刚才必是有人进去触动了其中剑灵，故而剑灵便自我保护形成封印。这封印之强，可说现在三界之中包括老夫在内，谁都不敢保证一定能破掉这封印。”

“轩辕剑竟有如此神威？”众人大震。

黑衣老者嘿然道：“你们可知，为何神玄两宗面对这神宗的镇宗神器怎么会如此镇定？这完全是因为他们非常清楚轩辕剑的禀性，所以一点也不担心，尽量低调处理，最好让我圣妖两宗为了一个注定要与我们为敌的神器先来个自相残杀，然后他们就可以渔翁得利。实在是很好的想法，这倒秉承了神玄两宗一贯来的卑鄙作风。”

众人哗然，同时亦都想到这个疑点。神玄两宗到现在还没出手的原因，除了黑衣老者所述的原因之外，再找不出其他理由可以解释。

不过照这么说，轩辕剑注定不能为他们所有，这些人顿时对轩辕剑的兴趣大失，但是魔妖两宗的人也不可能这么容易相信别人，却不说出口而是将疑问埋在心中，想来对轩辕剑的觊觎之心还是没人能放得下。

“既然有人进去触动轩辕剑灵，那究竟是何人进去的?”闻仲这时问出一个很关键的问题。

陆压偏头问玉璇道：“玉璇，你看到谁进去了?”

玉璇犹疑片刻道：“是西岐龙翼将军耀阳……”

“什么？竟是此人?”陆压大惊道，“此子修为极为惊人，听说在年轻一辈三界四宗中，除了那个拿龙刃诛神的易小辈外无人可比。而且听闻他才智过人，虽然立场不明，却屡与我圣门作对。如果被他得到轩辕剑，势必将是我圣门的大敌。小狐狸，他可是你的人，你有把握制约他吗?”

九尾狐眼珠一转，摇头叹道：“此子身负一身五行玄能，潜伏多年才出来，一鸣惊人，修为过人，尤其心机颇深。以往虽然帮本宫做过一些事，但是本宫始终无法把握他，如让他降伏轩辕剑，本宫恐怕反而会为他所制。”她这话精明得很，一直捏着耀阳的身份秘密不说，反而借着这话替耀阳铸造了一个身份，让别人在以后下意识地给耀阳的身份下了一个定义，不再会产生疑问。

众人皆为之惊骇，丝毫没有一丝怀疑的神色，只是黑衣老者看了一眼九尾狐，冷笑道：“诸位不必担心，轩辕剑岂是这么容易能拿到的，就算真的认那个什么耀阳小子为主，轩辕剑本身便会失去轩辕玄元所助，在持剑人未能懂得如何应用前，根本与寻常神兵利器无甚分别，威力还不如各位手中的法器。到时候你们尽管出手抢来便是，但轩辕剑最终却一定要毁掉，否则我圣门将永无出头之日。”

众人闻言这才释然，相互看了看，不管黑衣老者的话是真是假，这轩辕剑只有一把，这么相互制约一群人争夺，谁都讨不了好，如果最终落入神玄两宗手中那才叫糟糕呢，还真不如直接毁掉为好。

魔妖两宗之间虽然钩心斗角，心机算尽，但是有一点却很是肯定——

没有人愿意让神玄两宗从中得了便宜去。

刑天灭看似鲁莽却也有心细的时候，又问道：“玉璇贤侄女，方才见你口齿不明，难道除了耀阳之外，还有别人进入幻境吗？”

刑天抗在旁回道：“爹，同时进去的还有……‘邪神’幽玄，他一直躲在旁近，直到轩辕剑的幻境出现，他才从暗中出手，我们都着他的道了。”想起幽玄，刑天抗说得咬牙切齿，毕竟被人当作玩偶的感觉不是普通的窝囊。

刑天灭耐不住性子，破口大骂道：“幽玄这个老不死的真不要脸，明明说好一起拿到轩辕剑再说的，他倒一个人先偷偷摸摸进来了。”

淳于淼也哼道：“他幽玄号称‘邪神’，做事果然从来都是鬼鬼祟祟，见不得人，实在是丢脸到家了。”

通天教主却镇静非常，问道：“奇怪，幽玄是怎么进去的呢？我就不信他能在我们这些人眼皮底下藏身跟踪几个晚辈。”

黑衣老者冷笑道：“幽玄修为虽高，想在老夫眼下玩花样无疑是做梦，他定是先进了武库之内，然后才伺机跟踪。”

“这怎么可能，伏羲的八卦符气岂是常人所能破的？”九尾狐提出疑点。

黑衣老者道：“八卦符气虽强，但毕竟范围太广，而且历经不知多少年，威力大减。何况曾经被人破过一次，本身就留下破绽。幽玄若有不错的神器之类的法器相助，再早一步登入的话，还是能进去的。”

陆压愕然道：“不错，幽玄的确有一柄魔刃‘惊锋’，也是三界罕见之物。”

黑衣老者点头道：“那就对了！但也不排除其他可能性！”

众人又是一通大骂。

黑衣老者显然对这些没有一点兴趣，此时行过众人之间，却到了倚弦面前。众人大怔，这时因为倚弦已经收了龙刃诛神，加上发际散乱，低头运功，故而没人猜到他的身份。

众人无不奇怪黑衣老者干嘛对这么一个下人小辈如此注意？不由得所有人都看向倚弦。一直立在闻仲身后的中公豹心神一动，早已从倚弦挺拔傲人的身形中感应到什么。

黑衣老者看着倚弦，突然笑道：“小子，别来无恙否?”

众人更是大震，原来两人还是认识的。

婥婥和姮姮慑于老者之能，不知他想干什么，所以不敢对他怎么样。

倚弦却蓦地抬头，长身而起，淡淡道：“还好，只是相比起来阁下似乎越来越精神了。”他心中亦有所惊，黑衣老者的身手他早已领教过了，可知其人修为实在是高深莫测，当时其还有所旧伤，而现在却仿若无事，似乎比起从前更难应付了。

这时，陆压等几人看到倚弦的样子，见他立身而起丰神俊逸之姿，不由都是一惊，他们自然认得倚弦，却根本没想到他会在这里，心中都在琢磨着他为何会来这里，已得龙刃诸神的他注定不可能再收服轩辕剑。

九尾狐虽然不认识现在倚弦的模样，但根据耀阳的情况，多少也能猜出倚弦魔星之一的身份，她心中的震惊是不言而喻的，从兄弟俩如今的修为来看，归元魔璧的确是非常神奇的宝物，竟能让两个小小下奴成为如今三界最为杰出的不世之才，她心中只要想到有可能将归元异能据为己有，便觉心痒难当，所以这个把柄她自然不会轻易宣扬出来，只是暗中盘算着计划对他们兄弟俩来个大小通吃。

只有申公豹心虚地再度隐入闻仲身后，甚至不敢以目光去探视倚弦的所在，但是仍然感到两道有若实质的目光狠狠盯了过来，令他徒感如芒在背。

黑衣老者哈哈一笑，不以为意道：“应该说托你们兄弟的福，老夫不但从前死不了，而且以后也就永远也死不了哩，倒是你们年轻人在面临选择的时候要多留一个心眼，如果一个不小心命丧黄泉，就不大妙了。”

倚弦对于黑衣老者并不是善意的话语，如果是耀阳怕是早就反唇相讥了，倚弦却像是没什么感觉似的，道：“年轻人才有蓬勃生气，这好像没什么坏处。晚辈时常想，每个人都曾经年轻过哩!”

黑衣老者点点头，若有所思地仰头陷入回忆，道：“说得对啊，试问谁没有年轻过呢……”良久，才又说道，“想不到你年纪轻轻，看事情似乎很通透一般！比起初见你的时候，的确在各方面有长足的进步!”

倚弦却始终想不到在什么地方见过这位黑衣老者，只能不卑不亢地回道："阁下夸奖，晚辈年纪不大，以往如有得罪的地方还请莫要见怪。"

黑衣老者阴鸷般一笑道："不错不错，年纪轻轻就有如此修为和心性，实在难得。不过，你现在如果想着在老夫面前安然逃走，无疑是做梦。"

"首先，不见我兄弟出来，我是绝对不会离开此地的！"倚弦毫无惊恐之意，浅笑道，"照阁下的意思，是准备为难晚辈哩！"

黑衣老者道："为不为难，那就要看你的态度了！"

倚弦自然知道老者的意思，无奈摇头道："那阁下还是出手吧！"

黑衣老者闻言大恼，道："老夫是看你们两兄弟的修为还算过得去，天赋极高，所以才会赏识你们，我再说一遍，你先不要急着回答我，仔细考虑一下，如果愿投入老夫麾下，老夫不但会放你们一马，而且保证日后可以享尽三界荣华，过上大罗金仙也比之不及的逍遥日子！"

倚弦轻笑一声，道："阁下还真是客气得很，晚辈在这里先行谢过了！"他嘴上这么说，但谁都听得出他这句话中充满了嘲讽的味道。

黑衣老者眼中厉光闪过，哼道："就算你兄弟拿了轩辕剑，你认为凭你们兄弟俩人的修为，在现在这样的情况下还走得了吗？"

倚弦丝毫不让，回敬道："晚辈从来不知天高地厚，所以从最初涉足三界到现在，还没什么是不敢试的。"

"果然是年少气盛，什么都不怕！"黑衣老者赞了一句，冷眼盯着倚弦继续道，"但你真认为自己还有一拼之力吗？还是想等你兄弟拿了轩辕剑出来，才跟老夫对抗到底？"

倚弦毫不在意，随口道："如果阁下现在不动手的话，请恕晚辈此事自有主张，就不扰烦阁下担心了！"

黑衣老者目光森然，冷冷道："若不听老夫之言，即便耀阳得到轩辕剑，你们也一样飞不出此时重重包围的伏羲武库。"

"多谢阁下指点，可惜我两兄弟永远不会屈身做狗！如果想杀我两兄弟就尽管来！"倚弦冷然道，掌中光影一闪，龙刃诛神立即现在他手中。

围观的一众妖魔二道中人看到这里，都不禁暗暗被倚弦的气度所折服，婥婥与姮姮看在眼里，无比担心的神色表露无疑。

黑衣老者怒气上冲，盯着倚弦冷喝道：“别以为老夫不敢将你们怎么样？就算将你们挫骨扬灰，老夫拿来也自有用处。”

倚弦微微一笑，冷静地道：“原来阁下想将我们招揽过去是另有目的，难怪会看上微不足道的我们，既然这样在下也只好明确地告诉给你。阁下不妨将我们挫骨扬灰后带回去算哩!”

“小辈，好硬的口气!”黑衣老者勃然大怒，一拳击下，脚下湖水猛地爆起，形成覆盖天地的水幕向倚弦罩头袭去。

倚弦方才静坐恢复了部分元能，此际动如狡兔，身子如电斜飞而起，龙刃诛神劈出剑气怒舞，破开重重水幕，配合“寒星变”之法，寒气狂袭，瞬间将身际的湖水凝成冰剑，尽数刺向黑衣老者。

黑衣老者冷笑着随手一挥，魔能爆射，剑气冰剑俱成飞屑。

倚弦毫不气馁，剑身半旋再击，冰寒剑气急旋而出，袭向黑衣老者。黑衣老者飞身往前，竟从旋转的剑气中心窜过，身形如箭射直击倚弦。不过，倚弦这一剑也非这么容易就能躲过的，剑气飞旋着回追黑衣老者。

倚弦见机不可失，丝毫不让，叱喝一声，龙刃诛神向着黑衣老者当头斩出。黑衣老者立即陷入腹背受敌的窘境，但他是何等修为，双手一扬，全身魔能爆发，轻轻松松地将剑气挡散，挥手一拳正中龙刃诛神的刃身。

“砰!”倚弦反被强大的魔能震飞出去，黑衣老者竟能以血肉之躯与三界第一神器之一的龙刃诛神相抗，在场众人莫不骇然。

第一百章　护情焚魂

只有陆压等辈的高手才能看出，黑衣老者其实并非与龙刃诸神正面抗衡，而早在交击之时，他的拳上已聚集全身魔能，并转为柔劲，龙刃诛神的锋利霸道虽然切开了拳上的魔能，但在接触到皮肤前，黑衣老者已借力施力甩开倚弦，看起来倚弦仍是被反震弹开，事实上却是黑衣老者在被龙刃诛神斩到之前将他甩出去而已。

不过，就算这样也非常人可及，陆压等人自忖即使自己全力之下能勉强做到，也无法像黑衣老者做的这般轻松自如。

黑衣老者乘胜追击，挥起右手一扬，随着他的五指随意拨动，几股元能来回萦绕，五条充满魔能黑线系在手指之上，转眼间黑线融成一团黑色光球，五指爆开，向倚弦一展，黑球蓦地化成五道狂蟒般的黑色光芒向倚弦猛地直扑而去，势若惊雷。

倚弦还未稳住身体，却见五道黑光射来，他知道这招的厉害，上次在南域境内虽然能解除，但在现在的作战中即使稍一迟缓，他都将陷于万劫不复的地步，没有时间犹豫，龙刃诛神飞斩，剑气仿若同时出现，将五道黑光击消。

但是，黑衣老者却已经靠近，双手张扬，数条魔能凝成的黑线出现在倚弦身体周围，看样子准备布成封印生擒倚弦。

倚弦刚要逃离，黑衣老者的一拳就再次击来，倚弦无奈，挥剑自保，就这一刹那的时间，倚弦已被困在方寸之地，仅能立足。

黑衣老者冷笑道：“凭你一个小辈也想跟老夫斗，还太嫩了。”

倚弦大喝，将困住他的黑线结界尽数斩消，但此时先机完全失去，黑衣老者何等修为，狂猛无比的魔能四面八方向倚弦包围。

倚弦仅能全力以龙刃诛神挥斩，抵抗魔能攻击。但是黑衣老者的手段非常，魔能攻击无孔不入，被动抵挡之下，倚弦遭受好几次魔能侵袭，像毒蛇一般的魔能仿佛在撕咬着倚弦的身体，更胜刀割的痛楚强烈地冲击着倚弦的感官。倚弦额头大汗淋漓，青筋爆起，肌肉扭曲，但他硬是不吭一声，手下龙刃诛神丝毫不慢。

黑衣老者嘿道：“小子，万蛇噬身的感觉不好受吧，其实只要你肯答应为老夫办事，就不必再受这非人之苦了。”

“休想!”倚弦苦忍住周身的痛楚，呸道，“在下可从没想过做别人的狗。”

“那你就继续接招吧！这受魔能噬魂的滋味绝对会让你感到很舒服的，哈哈……”黑衣老者狞笑着，挥出魔能瞬间侵入倚弦体内。

倚弦顿时遭受更大的痛苦，整个人的灵魂都像是被抽走一般，那种痛楚远胜被油锅煎炸，硬忍住这痛楚的倚弦嘴角都溢出血丝。黑衣老者出手狠辣，将倚弦困在当地无法动弹，施展各种法道严刑威逼倚弦就范。

围观众人都想不到一个如此厉害的法道高手居然去逼使一个小辈供自己驱使，莫不是惊诧万分，就算是龙刃诛神之功再如何卓越，终究还只是在一个少年手中，算不得可成大器。

他们知道黑衣老者的手段绝非常人可比，但更没想到倚弦居然能全部承受，而且丝毫不肯松口求饶，实在是条硬汉，即使对他忌惮很深的刑天抗等人也不由为此心生敬佩。

婥婥哪能眼睁睁地看着这一切，悲愤欲绝，就要冲出去与黑衣老者拼命。无奈无论是姮姮还是弈姬都清楚她的个性，姮姮更是全力拉住她，连声道：“不要，你现在上去跟送死没什么分别。”

弈姬挥手制住婥婥，冷冷道：“别人的事情，你们少管!”

姮姮叹道：“傻丫头，你现在出去有什么用？眼下这一批人谁不想这小子死掉，而且那黑衣老者明显想利用那小子，所以应该不会下杀手的。”

婷婷哀求道：“你们放开我，他……的性格很倔强，是一定不会屈服的，圣门的作风你们都知道，那老家伙肯定会对他不利的。”

这时，倚弦在折磨中反而哈哈大笑道：“阁下折磨人的功夫，在下实在佩服，只是还有什么尽管使出来，也好让在下看看什么叫作一代高人的卓越风范！”

黑衣老者折磨倚弦这么久，不仅没让他屈服，反而因此大受讽刺，让他在魔妖两宗的众人面前出丑，不由恼羞成怒，暴喝道：“小辈既然找死，老夫今日就成全你！”

言罢，黑衣老者全身魔能聚集，然后就是一拳击出，惊人的魔能迅速施展开来，黑色气雾如来自地狱的恶鬼向倚弦扑去，在场众人无不为之惊服，尤其是魔门几族的宗主更是黯然，深知己方与老者之间的差距实在很大，但又寻不到记忆中任何一丝关于这圣门不世高人的记载，不由个个面面相觑。

倚弦伤势初愈便挡住上一波攻击，此刻全身受魔能侵蚀，像是刀割肉剑绞心一般的痛楚无时无刻不地考验的他意志，而这时还未等他回气，强大的魔能便潮涌般袭向他面前。

只看这魔能攻击的声势，倚弦自忖今次必死无疑。

然而就在这一瞬间，一条淡淡的人影没有任何迹象地在武库中划出一道掠影，适时挡在倚弦面前。

“轰！”魔能四散，激起湖水狂荡，来人的身子仿佛没有任何重量般飞起。

所有人都惊呆了。

“姐姐……”婷婷痛苦的哭喊声将众人唤醒。

原来挡在倚弦之前承受这灭顶一击的赫然是——

姮姮！

“呀……”倚弦悲愤填膺，睚眦皆裂，悲呼道：“老贼受死！”举起龙刃诛神，不顾一切地倾力向黑衣老者斩去。

只听震天龙吟连声发出，爆起万丈光芒，刺人一时眼盲，从未有过的撼天剑气骤然爆发，整个武库大殿还剩的一半湖水竟被硬生生劈开，剑气荡得湖水久久无法再合，湖水如飞雨一般飘洒。

如此强悍的剑气，即使如黑衣老者之能也丝毫不敢硬顶，措手不及之下不由自主地退步三丈开外，一时狼狈不堪。

光华散尽，已经多了一人站在倚弦身前，持剑傲然而立，剑气泛出金光烁然、龙芒隐现，在场各人手中的魔器法宝无不为之震颤不已。

来人正是手持轩辕剑破界而出的耀阳！

原来，刚才一剑竟是合龙刃诛神和轩辕剑合击之威，难怪会有如此强势！

轩辕剑终于为耀阳所得，这无疑是如虎添翼，三界最强的两大神器尽在两兄弟手中，试问天地三界还有何可惧？

耀阳似乎借轩辕剑之威，浑身微发金光，双眼炯然盯着黑衣老者蓦然喝道："老贼，敢欺我兄弟独身一人？"浑身悍然气势勃发，丝毫不让地对着黑衣老者，隐隐现出的龙脉王气伴着轩辕剑更显威严，一时震慑了在场所有的人。

玉璇眼中一亮，心中更是震撼不已，一颗芳心禁不住有如鹿撞，复杂的情绪实难一言道明。

倚弦忙扶住陷入昏迷的姮姮，不顾一切地将自己几乎消耗殆尽的元能输入姮姮体内，婥婥也已摆脱弈姬的禁制，来到姐姐身边，相反只有弈姬却是冷冷地看着她们，丝毫没有什么特别的情绪，仿佛不关她的事情一般，但眼中却有一丝莫名悲哀的异芒一闪而过。

倚弦悲愤莫名，但也无计可施，只能继续以元能尽量维持姮姮的灵元，不致于在短时间内崩溃灭绝。

震慑之后，几乎在场所有人的目光都集中在耀阳手中的轩辕剑上，眼中无不露出贪婪之色，轩辕剑的诱惑实在是太大，而且幻境之中的其他三大神器亦是仅次于龙刃诛神和轩辕剑的神品，如何不让他们心动。

但相互钩心斗角的僵持令他们对黑衣老者的忌讳更深，对于黑衣老者的修为，他们自认不是对手，都不敢有所动静，只等黑衣老者有所行动。

黑衣老者对这样的局面却是很满意，缓缓到了耀阳前面，阴郁的双眼满是赞许的神色，道：“人称西岐龙翼将军智勇双全极为难得，今日一见果然是少年豪杰，比起当日初见时候的小混混模样，实在是天壤之别！”

黑衣老者转头望向妖帝卓长风，点头露出难得一笑，对他微微一叹道：“看到他，总感觉像是看到你年少时候一样……”

卓长风浑身一震，望着黑衣老者，双眼中一阵迷茫。

耀阳展颜一笑，回道：“过奖！”

黑衣老者道：“这是实话，绝非过誉。以耀将军的能力在我圣门的年轻一辈之中，可谓无人能及得上！你们兄弟俩的成就，即便是神玄两宗也没一个年轻辈的人能与之相比！”

黑衣老者说这话，妖魔二宗的老一辈纷纷觉得脸面挂不住，而刑天抗、淳于琰与姬旦等年轻一辈也都脸色不虞，眼神中对耀阳和倚弦两人更充满嫉恨。

黑衣老者又道：“你自从救姬昌回西岐便连战连捷，落月谷一战出名之后……”他一一将耀阳的经历举出，甚至暗中指出有人在帮他出谋画策。

耀阳从倚弦口中听说过此人的存在，而且刚刚一剑的结果看出，此人比之从前遇到的高手厉害得太多，却想不到老者对自己的事情还知道的这么清楚。

不过，现在的耀阳已非往日一惊一乍的毛头小子，冷冷道：“你废话这么多，何必呢，要不歇一下？真是的，有屁不放还要吞进肚子里，你难不难受啊？”

黑衣老者被耀阳的话糗得七窍生烟，好不容易为了大局冷静下来，言辞渐又变得强硬起来，道：“虽然你们成就非常！不过，如果你们敢跟老夫作对，这一切都将成为过眼云烟。顺我者生，逆我者——必死无疑！”

“是吗？”耀阳发出不屑的冷笑。

黑衣老者道：“别以为老夫不敢杀你们，如果你们敢不听老夫安排，那什么事情都可能发生？”

耀阳回头瞄了正在以元能替姮姮疗伤的倚弦，应声道：“你在威胁我们?”

黑衣老者的嘴角浮起一丝阴森地笑意，道：“没有老夫的帮忙，你们两兄弟哪里会有今日？老夫既然能帮你们达到现在的威风，也能让你们变得一无所有。信不信老夫只要一句话，便可令你们两人在三界再无立足之地?”

耀阳和倚弦不由大骇，如果说让他们无法在三界立足，唯一令他们想到的自然是当日所谓的“魔星身份”，但世上知道此事的也仅是寥寥几人，黑衣老者又怎么会知道?

想到这里，兄弟俩的眼神不由自主往九尾狐望去。哪知九尾狐为了避嫌，早已将目光移开，一副悠然事外关我鸟事的样子，神情变换之快果然不愧是狐狸心机狡猾的性格。

两兄弟眼中的震惊神色一闪而过，但怎么瞒得过面前的黑衣老者。黑衣老者心中得意，口气转为缓和，指着昏迷不醒的姮姮道：“而且，你们也不想那小妮子白白死掉吧？如果你们肯答应帮老夫成就大事，老夫可以立即救她。告诉你们，以那小妮子所受的伤势，三界之中除了老夫之外，没人还能医她!”

听闻姮姮可救，倚弦惊喜之余不由心中一动，看了一下耀阳，耀阳也有诧异之色，他感应到以姮姮这样的伤势，根本是大罗金仙降世也难救她，而他们也曾经遇到一次……

倚弦迟疑半晌，问道：“我们凭什么相信你有这样的本事，除非你先露一手让我们看看，看阁下是否有这样的能力?”

黑衣老者哈哈大笑，道：“这个倒是小意思，你们看着……”随手一挥，一道奇异光芒瞬间射出，立即困住一个魔门弟子，随手将他缠绕至昏迷状态，然后兀的拉了过来。

耀阳和倚弦顿时大惊，这一手“磐龙灭神诀”他们依稀记得曾经在阴阳劫地遇到过，也亲自经受过，而直到后来他们才知道这招的名称，而两人同时想起来那个曾经在“阴阳劫地”帮过他们的不世人物，的确是没有他的话，就没有兄弟俩的现在。

然而兄弟俩百思不得其解，为何当初正气凛然的和蔼老者会“变成”这样？他们知道眼前的黑衣老者不可能是别人，因为除了九尾狐之外，三界中对他们身怀归元魔璧异能如此熟悉的人，唯有当初在阴阳劫地帮过二人的老者了。

黑衣老者微哼一声，掌中魔能快如螺旋以“北冥搜神诀”将对方的灵元尽数吸出，凝幻成一颗荧光流动的元珠，浮在虚空之中，然后道：“以灵补灵，只要吸足百颗元灵，老夫就可以救活这小妮子。”

两兄弟对视一眼，倚弦回看姮姮和婥婥。姮姮还地昏迷中人事不省，但纤眉紧蹙，冷汗直出，可见她此时所承受的痛苦是多么巨大，婥婥伤心欲绝地握住姮姮的玉手，泪眼朦胧，一脸哀凄。

倚弦黯然，难以抉择地看了看耀阳。耀阳自然知道他想说什么，扯出一丝笑容，习惯性的轻轻撞了撞倚弦的肩头，点了点头。

倚弦叹了口气，终于对黑衣老者道：“如果阁下真能治好姮姮小姐的伤势，我们兄弟俩可以答应你！”

“此话当真？”黑衣老者大喜过望。

“决不反悔！”倚弦咬牙斩钉截铁的说道。

黑衣老者得意地大笑出声，魔妖两宗的其他人却脸色阴沉，他们看过黑衣老者的身手，对他忌惮万分，心中是如何都不甘让他做大的。现在却看到连持有龙刃诛神和轩辕剑的两个后辈高手都为他所用，他们更感到如芒在背。

刑天抗与淳于琰更是大惑不解，刚刚是这两姐妹舍命相助倚弦，现在又是他们兄弟俩为了一个魔族女人甘为人下。

黑衣老者欣然道：“好，老夫这就为这小妮子医治……”

未等黑衣老者将话说完，一声虚弱的娇叱响起——

“不必了！”

出乎意料的居然有人立即反对，众人循声望去，却是刚刚苏醒过来的姮姮。

包括黑衣老者在内的所有人都怔住了，大惊不解，为什么姮姮会连命都不要，难道她另有医治自己的方法不成？婥婥更是在旁焦急万分的说道：“姐姐，你在说什么傻话？你……”

姮姮虚弱地笑了下，道：“妹妹，你低头听我说……”婥婥俯下螓首，姮姮在她耳边轻语数声，婥婥怔了半晌，一脸哀伤，痛苦道：“可是……可是……姐，你真的要这样吗？”

姮姮苦笑道：“如果换做是你，你会不会这样做呢……”这句话刚说完，她内元一阵虚耗，再次昏迷过去。

婥婥半晌无语，泪流满面，轻轻地扶起姮姮向外而去。

倚弦大急，立即跟上追问道：“为什么，为什么不让他把姮姮医好？”

婥婥泪眼含怨地看了倚弦一眼，冷淡地道：“我们两姐妹的事情，不要你管。”

倚弦闻言睚眦俱裂，道：“姮姮……姑娘是因为救我才伤至如此，我怎能抛下她不顾呢？”

此时，黑衣老者插嘴道：“这可怪不得老夫了，既然是这小妮子自己不想活，并非老夫食言，所以希望你们两人可以说话算话！”

倚弦恨恨地盯了黑衣老者一眼，不屑地说道：“我们自然不会食言而肥，但是你并没有出手治疗姮姮小姐，所以没有权力要求我们这么做。这样吧，算上旧日的恩惠，我们兄弟只能为你做三件不违三界道义的事情！”说完他跟着婥婥姐妹的身后，径直离开武库，临行前仍不忘以犀利的眼神往申公豹立身之处投了狠狠一瞥。

耀阳匆匆将轩辕剑以襟衣包裹，然后负于背上，紧随而上。他知道倚弦的本意并不是想遵从黑衣老者的信诺，而是因为知道如果不这般应付的话，今日根本过不了黑衣老者这一关，他们兄弟即便龙刃诛神与轩辕剑联手也出不了武库，甚至还会连累姮姮和婥婥，所以只能被迫应允。其实更深一层的说起来，如果没有黑衣老者当日点化“无极秘境”的去处，他们兄弟俩也不会有今日的成就，所以应承三件事情并无不妥。

黑衣老者果然着恼道：“小辈敢耍老夫？”

耀阳傲然道："废话少说，我们既然答应了你便不会反悔，现在愿不愿意随便你，有本事就将我们杀了，看我们还会怕你不成?"当即狠瞪了黑衣老者一眼，跟着倚弦拂袖而去。

黑衣老者何曾当众被如此小视过，气得一拳砸下，惊起身际滔天水浪，但是他再愤恨也是无奈，若要出手自是可以将两人硬生生留下，但是如果留住两个抵死不从的人又有何用，再一想到兄弟俩对开启"无极秘境"还有大有用处，当即体内鼓噪的魔能渐渐平息下来，只能作罢。

魔妖两宗的众人见老者这么看重二人，任由他们来去自如，都大惑不解。陆压和通天教主对视一眼，虽然欲言又止却不敢随便问起。虽说陆压和通天教主联手未必真的怕了这黑衣老者，但各方牵制下，谁也不想去惹这个实力强悍到恐怖的高手。

看着耀阳和倚弦走后，黑衣老者双眼厉芒如电，扫视众人，震声大喝道："你们应该醒醒了，看看你们四分五裂成何模样?我圣门沦落到如今地步，是因为什么?你们到底有没有想过这个原因?"

黑衣老者恨铁不成钢的大摇其头，点着刑天抗与淳于琰等人，道："还有，我圣门究竟有多少人才可用，年轻一辈之中竟没有一人能比得上刚才那两小子，若是长此下去，我们圣门将永无出头之日!"

黑衣老者言语一顿，道："错了，不是永无出头之日，而是会被神玄二宗一群狗屁东西铲族灭宗!扳着指头来算一算，都快几千年了，神玄二宗的势力居然强盛至今时今日的地步，你们难道还指望着他们自己灭掉自己吗?一群蠢东西，猪脑都比你们会想——"

尽管话语极端伤人，但是魔妖两宗众的高手在忌惮之下，谁也不敢首先跟黑衣老者翻脸，只是当中有人轻哼几声，倒也再没作声。

"怎么了?不服气我说的话——"黑衣老者双目魔芒如电，环视全场道，"我就说你们连猪脑都不如啊，你们有见过一群猪吃食还互相争斗不清的吗?"

虽然话说得难听，却也是个道理，奈何魔宗五族谁人都清楚此中的道理，但是近千数年来偏偏谁也无法做到。

黑衣老者说到这里，竟然没有继续说下去，而是仰天长叹了一口气，缓缓道："我从不相信什么天之道邪不胜正，所谓的正邪之分不过是以胜败来论，洪荒之前的神魔交战若是刑天爷胜了，那么我们就是神，是正，他们自然就成了魔，才是邪！所以，凭什么我们圣宗永远都沦为邪魔外道！"

"为什么！"黑衣老者仰天大喝一声，再度望向身前这群桀骜不驯的魔妖高手，冷哼一声，双手一扬，惊天魔能于瞬间爆发出来，登时间湖水如暴风雨四溅，"轰隆"巨声连起不断，包括只残剩下大殿的整个"伏羲武库"竟被黑衣老者强悍无匹的骇世魔能完全摧毁。

此等威力实在强得无与伦比，魔妖两宗诸高手皆为之深深震撼。

黑衣老者回首冷声道："你们现在给我全部回去各自族地吧。老夫给你们一个月的时间重整旧部，然后等候老夫差遣，谁若要玩花样小心灭顶之灾。记住，别把老夫的话当成耳边风，如果到时候敢有违逆者，就休怪我心狠手辣，将他整族尽数剿灭！"

除了几个年轻一辈面露惊骇和不忿之色，其他的魔妖两宗高手都是面不改色，不置可否，也不强言多说，只是各自率族人手下离去，通天教主与陆压相互交换了一个眼色，各自携徒退走。

"妖帝"卓长风一直等到最后，禁不住回首犹疑地望了黑衣老者一眼，才要带着姬旦离开，却听这时的黑衣老者在其身后悠然开口道："长风，还记得我吗？"

卓长风顿时浑身一震，难以置信地蓦地转身，盯着此时露出真实面目的黑衣老者望了许久，突然热泪盈眶，竟兀自跪拜下来！

只余下姬旦措手不及地望着眼前面目森然的一副苍老面容，茫然不解地望着跪伏于地的师尊，不知究竟发生了什么事情……

离开武库，婥婥丝毫没有理会跟在身后的耀阳与倚弦两兄弟，扶起姮姮的娇躯，含着泪遁空而行，径自奔弈山而去。

只看弈山峰顶之上，云雾蒸腾，夕阳晚照，红霞满天，像是火烧了一般，又如是天在泣血，难道连老天爷也在为这痴女感到惋惜？但又为何如此安排她匆匆如孤鸿一瞥的此生呢？

婷婷抱着姮姮端坐在峰顶的竹亭之中，耀阳与倚弦静静伺立在身后。

姮姮微微地呻吟一声，醒了过来，但是脸色惨白的她显然已经油尽灯枯。

姮姮轻轻喘息着，秀眸看这眼前幽静的山境，勉强挤出意思笑容，对婷婷说道："妹妹，记得幼时我俩在这山中修炼，那时没有任何人，只有我们互相可以相依为命……当时的情形你可还记得？"

婷婷双目垂泪，哽咽着点头道："当然记得，那时姐姐有什么都先让给我……"

姮姮怜爱地伸手拂拭婷婷发尖，道："傻丫头，我是姐姐，当然要让着妹妹了，你说那时我们经常在这山中从早玩到晚，以至于没有完成师尊的修真任务……"她慢慢地一点一滴的述说着两姐妹以往的事迹，整副心神全部沉湎于此。

婷婷在一旁更是伤心欲绝，但为了不打断姮姮的话，硬是忍住了夺眶而出的泪水。姮姮含笑说着一切，最后叹道："傻丫头，其实姐姐就算灵元俱灭了也没关系，上次不是听那范湘说，我俩原本就是一人，只不过是魂魄分体而已，姐姐能替妹妹完成心愿，已经很满足了，唯一只是怕灵元绝灭后，会对你的修为有不利影响罢了……"

"不要说了，姐姐……你不会有事的……"婷婷再也忍不住，泪水哗然而下。

姮姮轻轻地摸摸婷婷柔顺的黑发，转首看向倚弦，道："想不到世上真有宿世情缘这回事，以前婷婷虽然经常说起，但我却是怎么也不信，直到见到你那一刻开始，我终于相信了，你给我的感觉就是如万世纠葛、永不分开。不过，同时也由此我深信范湘所言不虚，我与婷婷的确是一体魂魄所分，虽然外人听起来很荒谬，但却是不能更改的事实……很可笑吧……想不到，我跟妹妹都喜欢宿世情缘的同一个男人！"

倚弦此时的心中极为伤感和愧疚，但对此仍是大感茫然，他奇怪自己为何丝毫感觉不到这种情感，不过心中的感动已是无以复加，因为包括奇湖湖底救他的那一次，她们姐妹俩已是第三次助他，可以说，如果没有婥婥与姮姮姐妹，他恐怕早已经死了。但更让他无法接受的是，这次姮姮居然为了他而死，这让他想到了素柔，素柔之死已使他悲痛无比，却想不到又有女人再度为他而死，如此更让他的心仿佛被刀活生生割裂一般，那种感觉远比刚才被黑衣老者施法折磨更加可怕。

见倚弦一脸茫然，姮姮的目光透露出凄凉绝望的神色，苦笑道："为何你始终都无法想起前世的宿缘呢？天意弄人，苍天为何如此残酷……不过，无论如何，现在我希望你能答应我临死前的请求，以后我不在了，拜托你一定要以后好好对待婥婥……"

看姮姮一脸凄婉，倚弦想都没想就点头道："放心，只要有我在，便绝对不会再让任何人伤害婥婥!"

如果是以前的话，婥婥听倚弦这么说肯定会欣喜若狂，但现在看到姐姐姮姮这副样子，她哪里还会有这样的心情，姮姮临死还在替她着想，婥婥心中悲凄莫名，抱着姮姮痛哭起来，道："姐姐……你不会有事的，一定会好起来的，一定……"

"傻丫头……"姮姮干咳着，大口鲜血从口中溢了出来。

婥婥忙替姐姐擦拭干净，姐妹两人相拥而泣，连在旁的耀阳也为之心酸伤感不已，尽管他脑子里面也在努力想着如何救姮姮，然而事实上《幻殇法录》虽然浩瀚博精，但是毕竟是魔门奇学，里面绝大部分记载的是伤人害人的法道奇学，哪里会有什么救人活命的东西。

叹了一声，耀阳又问倚弦道："难道真的没办法了?"

倚弦黯然摇头道："那黑衣老者这一击摄元灭灵非寻常魔能可比，强悍的魔能瞬间将她的气脉生机吞噬，导致灵元不继，而且将她本元的法道根基一举灭除，几乎没有办法可以保住，而且拖的时间太久，现在已经回天乏术。"

耀阳心中一动，道："其实，就算能保住她的灵元魄体也不错。"

倚弦苦笑道："我何尝不是这样想，只是没这么容易。如果幽云在这里，或许还可以用蜀山秘宝——‘凤首莹心锁’留住她的魂魄元根，可是她现在远在万里之外，等找到她的时候已经晚了。又或者是知晓她们本族魔功的绝世高手出现，以本命元能对其施展灌灵培元大法，拖延至找到收留魂魄元根的法器为止，但是此法极费本元，又有什么魔门人物可以做出自我牺牲，而且无论如何努力，也只是能为了保存她的魂魄元根？”

耀阳恼道：“他爷爷的，怎么会这样？”

倚弦低声自语道：“如果可以的话，我愿意以命换命。”

耀阳没太听清，问道：“你在说什么？”

“……”倚弦突然警觉心起，蓦地向左首看去，一人飞速靠近，裙带飘然，却是防风氏宗主弈姬来了。

弈姬先是横睨了倚弦一眼，接着看向姮姮，冷道：“为了一个男人，搞成这个样子，真是不知所谓，真不清楚你的灭情道是怎么修炼的？”

姮姮挣扎着起身，跪倒在地，双眼泪流满面，喃喃道：“对不起，师尊，是弟子不好！从今往后，只怕都不能侍奉师尊左右了，而且白费了师尊多年的一番苦心，还望师尊恕弟子今日不忠不孝之举！”

弈姬冷哼一声，道：“都现在这副模样了，还说这个有用吗？少说废话，婥婥快将你姐姐扶正！”

“师尊？”婥婥愕然，不知师尊此举是为何意。

“还不快些，难道你真想让你姐姐灵元俱灭吗？”弈姬震声喝道，伸出双指聚集周身魔能。

婥婥当即大喜道：“多谢师尊！”

但是，姮姮却立即喝止道：“万万不行，师尊切勿为弟子耗费本命元能！”

弈姬厉声责道：“你胡说什么，就这点本命元能对为师而言算不得什么，难道为师就眼睁睁看着你魂消灵灭不成？一些本命元能为师还可以修回来，但你的灵元灭了就什么办法都不能重来了！”

原来，弈姬虽然神色看起来颇为凶恶，但眼底间流露出的痛惜之色却显露出她对这徒儿的真挚感情。

姮姮坚决摇头，泪水狂涌而出，道："师尊莫要隐瞒了，如果师尊用本命元能保持弟子今日的魂魄元根不灭，恐怕百年之后师尊也无法恢复至现在的修为境地，若是在平时倒还无所谓，但相信师尊也可以预料到——三界现在风云变幻，危机重重，五族朝不保夕，不久就会有天大变化，我防风氏正需要师尊主持大局，弟子死不足惜，但师尊万不可在此时乱了自家分寸。"

弈姬面色平静依然，沉声道："三界四宗都已经安稳相处了数千年，就算再过百年也只有可能是保持现状，所以对为师而言，这区区百年时间也未必能提高多少修为。"

姮姮惨淡一笑，道："师尊不要再宽慰弟子了，从近来的情况来看，魔门内部早已经分化严重，各族之间钩心斗角，妖宗又有不甘雌伏之辈，我防风氏一族随时可能遭到其他几族的吞并，而且还有那一位莫名强悍的黑衣老者，更平添了不少变数。也许现在的安定连一时半刻也维持不了。师尊，你真的忍心为了我这个不肖弟子耗费本命真元，而导致我防风氏灭族吗?"

话说到最后，姮姮泪水涟涟，已然伏地叩拜，几近央求，婥婥扑身抱住姐姐，不甘的泪水更是潸然而下，但是也知道姐姐说的是实情，这已经是不争的事实，倘若师尊果真今日救了姮姮，他日实难避免灭族之祸。

第一百零一章　帝剑霸道

弈姬沉吟半晌没有说话，她怎会不知事态的严重性，那黑衣老者的一个月期限更会引起五族内部的滔天巨浪，可以肯定月内事态发生的异数绝非自己可以把握得住，凡事只能听天命尽人事。

姮姮再哭诉道："经过刚才一战，弟子清楚得很，我两姐妹跟师尊的修为相差不知凡几，根本无法助师尊抵御外敌。防风氏一族相传万千年，本是不易，数万族人的性命以至全族的兴亡，全在师尊你一人身上。师尊怎么可以为了一个不孝不忠的弟子而罔顾全族安危？如果师尊还想着浪费真元救弟子的话，弟子宁愿当即自毁灵元而死！"

弈姬闭眼深吸了一口气，眼中的悲凄神情流露无疑，道："难道为师只能眼睁睁地看你这样灵元俱灭不成？"

姮姮抹去面上的泪痕，同样也替婥婥抹去颜面上的泪珠，道："弟子既与婥婥同属一体，婥婥代我活着侍奉师尊也是一样，弟子现在唯一的担心便是，我灵元散去之后，会不会对婥婥的修行有所影响？"

弈姬见姮姮心意已决，长叹一声，道："这个你倒是不必担心，你们虽然是同命魂魄所分，但是经过这么多年的修炼，各自的累世元能早已自行修复本命元根，所以现在已不会因为各自的损伤而对另一方有所影响。"

姮姮闻言大喜，看着婥婥，气喘吁吁地笑道："这就好……只要没有拖累我的好妹妹就好……"

婥婥涕泪俱下，早已经泣不成声："不要啊，姐姐，你千万不要抛下婥婥一个人……婥婥还要和姐姐一起修行……婥婥还要和姐姐一起……"

姮姮突然浑身一缩，有些口齿不清地说道："好妹子，靠近姐姐一点，让姐姐再抱抱你，姐姐觉得有些冷……”

倚弦与耀阳闻言都一怔，再看姮姮时，竟然发现她脸色苍白，变得毫无血色，周身皮肤渐渐开始变得苍老萎缩，整个人如同在瞬间红颜老去一般，不由大吃一惊，赶忙上前准备以元能助姮姮抵抗灵元枯竭。

“……不要……”姮姮用尽最后的气力一把遮住自己的脸，另一手抓住婥婥，指着倚弦道，“好妹妹……莫要让他看到我现在这……这副模样……我不要让他见到我这般难看的样子……”

说到最后，声音几乎微不可闻，婥婥知道姐姐不想在心爱的人心中留下丑陋的印象，回身一手推开倚弦，泣道：“你走开吧，姐姐不愿你见到她……”

倚弦怎会不明白，但是纵有千般不愿，也只能在耀阳的陪同下，强忍心中悲痛移步行至绝崖前，不再去看姮姮逐渐苍老无颜的脸。

“不要啊，姐姐，你别抛下我一人……”婥婥将姮姮拥入怀中，不惜一切地以本命灵元维持姐姐的命根。

倚弦与耀阳和弈姬都知道姮姮大限将至，忍不住都别过头，不忍再看。

“傻丫头！”弈姬行近姐妹俩身旁，一手按住姮姮的天灵元根处，真元灌输而入，竟奇迹般令姮姮容颜开始复苏，道，“且让为师来送你最后一程吧！”

姮姮笑而泣下，道：“多谢师尊！”

片刻间，姮姮不但容颜恢复从前，更不知哪来的力气，居然可以挣开婥婥的怀抱，跪在弈姬面前，磕了三个响头，道：“多谢师尊多年来的教养之恩，弟子从今往后无法再报答你，但弟子还想求师尊一件事情！”

婥婥知道师尊是以法道元能将姮姮仅剩的元根潜能彻底激发出来，结果只有一个，那就是加速姮姮的灵元寂灭，不过好在可以去得更从容一点。倚弦翻阅过诸多魔门法典，知道这种法道秘术，与那些拼死灭度的法门颇有相似之处。只是耀阳感到惊奇，还以为弈姬法力回天，但从婥婥与倚弦眼中悲凄更重的神情中还是看出了端倪。

弈姬柔声示意姮姮道：“慢慢给为师说……”

姮姮道："弟子知道灭情道威力无穷，师尊试图通过法道助修让我们姐妹可以分别修行其中的一部分，然后合而成其法，但是婥婥与小易宿世情缘，情根难断！况且姮姮现在已经时间无多，注定无法再助力师尊……所以如果可能的话，可否请师尊不要再让婥婥继续修炼灭情道！"

弈姬少有的感伤倍至，轻叹道："唉，为师当然知道圣门如今安宁的大限将至，五族恐怕都将发生变乱，婥婥一人再练灭情道也没太大效用……你放心吧，只要有机会自然会让婥婥脱离圣门，决不会让婥婥随圣门而去！"

"多谢师尊！姮姮就此拜别师尊！"姮姮再度行了三拜九叩的大礼，心满意足地站起身来，不舍地拂拭婥婥泪眼婆娑的脸，道，"妹妹，虽然我千般不舍，但我真的是时候该走了！你……以后要多多保重……"

言罢，姮姮行至孤峰悬崖之上，望着满天的云雾，再又回首饱含神情的望了倚弦一眼，然后安详地闭上双眼，道："希望我的灵元散尽，尽归天地！"话音甫落，只见她蓦地全身金光闪烁。

"姐姐……"婥婥想一把拉住姮姮，却已经迟了，只看满天如血红霞中，姮姮全身在瞬时间化为无数金光碎片，转眼便消失无踪了。

婥婥泪如泉涌，回身扑在弈姬怀中悲泣连连。

耀阳摇头惋叹红颜命薄，倚弦看着这一幕，尤其是姮姮临终前那一眼，让他不由自主想到了素柔，心中难以压抑的情感在瞬时间爆发出来，回身对着绝崖深谷仰头悲啸一声，心中说不出的憎怨悔恨。

好半晌，婥婥的情绪总算恢复过来，于是将心中的悲痛埋下，静静立身而起，一脸孤芳冷清的模样。

弈姬看了看婥婥，体贴地说道："走吧，我们现在要赶回族地彻底做准备，你与他有什么话就快点说吧，为师先到一边等你！"说完，弈姬退至一旁。

耀阳轻轻推了一把倚弦，知趣地走到一边去了。

倚弦望着眼中泪光浮现的婥婥，木讷了半晌，才道："你……节哀顺变，千万莫要太伤心了，我答应你姐姐的事情就一定会做到的，你现在有什么打算？"

婥婥凄然一笑，幽幽道："姐姐与我相处百数年，我怎么也想不到她会就这样突然离去……这不关你的事，当时就算是我……我也一样会这样做的……"

倚弦心中一阵感动，抬眼正望见深情看他的婥婥，四目交汇之下，他忽然不知该说什么话了，只能呆呆地立在那里，心绪乱到了极点。

婥婥展颜轻笑道："你不用担心，姐姐虽然死了，但我一定会好好地活下去。"

倚弦看着佳人毅然安慰自己的话，心中感动不已，柔声问道："那你以后有什么打算吗?"

婥婥幽幽道："现在防风氏一族面临危险的境地，我当然是跟师尊一起回去，共抗外敌!"

倚弦想到黑衣老者的凶悍，不无担心地说道："五族同心，或可避过此难，但凡事切记不可太勉强为之，毕竟那老者的修为实在太过强悍，你与你师父都要小心啊!"

婥婥怔怔地看着倚弦，问道："你这是在关心我吗?"

倚弦毅然点了点头，回道："当然，从现在开始，我以后永远都会像现在这样关心你的!"

婥婥隐含泪水的俏目看向倚弦，问道："你关心我，是为了姐姐的承诺还是出自自真心的?"

"虽然我不知道该怎么说，但我的确是出自真心的。"倚弦心中一痛，道，"我不会让你再受到伤害，就算对手是那名黑衣老者。"

"黑衣老者……"婥婥轻声念叨着，水盈双目含着无限的恨意。

倚弦一惊，生怕到时候婥婥会因为姮姮的仇向黑衣老者出手，立即道："你千万要记住，那黑衣老者虽然该死，但现在却并非动手的时候……"

婥婥看倚弦一眼，点头道："放心，我省得，不会傻到自己送死的!"

倚弦吁了口气，道："无论如何，你要保护好自己!"

婥婥再度幽然一叹。

倚弦一时间不知自己该继续说些什么才好，猛然想到一件事，探手从腰间囊中取出一块淡黄面纱，道："对了，这是上次你在奇湖湖底救我时遗留下来的面纱，我一直收着没有机会还给你，现在终于可以物归原主了。”

婥婥痴痴地望着倚弦手中的面纱，再度无声垂泪道：“不用了，这块面纱是我那日为了遮掩形迹，随手拿了姐姐的来用，既然现在姐姐……已经去了，你不妨留着做个纪念吧！”

倚弦闻言顿时怔住了，紧紧攥着手中柔滑若丝的面纱，心中又是一痛，半晌再也说不出一句话来。

绝崖旁，耀阳掣出负于背上的轩辕剑，面露深思之色，此时见弈姬行过来，忙回身行了一礼。

弈姬望着这位三界少有的少年才俊与他手中那柄光华卓然的轩辕剑，淡淡道：“怎么了，你是在担心无法保全轩辕剑吗？”

耀阳点头道：“宗主说得没错，轩辕剑的确是非常神器，三界四宗有那么多人觊觎，以小子现在的修为来说，应付还是有些困难，不知宗主有何见教？”

弈姬摇头笑道：“其实，这个你倒是无须担心！”

耀阳惊问：“此话怎讲？”

弈姬道：“一来神器认主之后，他人根本无法与之灵元相通，即便将你灭元毁灵，得到的不过只是一柄毫无灵性的利器而已，这一点很明显便表现在你兄弟小易身上，他得了龙刃诛神，三界之中又有谁抢得了夺得去呢？二来，你们现在显然成了黑衣老者的座上客，无论圣门妖宗都不敢随便动你们兄弟，倒是神玄两宗会不会对你们不利，就不得而知了，不过依老身推测，你们两人一得龙刃诛神一得轩辕剑，神玄两宗必会想尽办法拉拢你们，估计一时应不会使什么非常手段。你们唯一需要小心的反而是那些不受四宗相互束缚之辈，像是奇湖之主陆压与通天教主之辈，若是单打独斗，以你们的修为即使未必能赢，想逃脱应该没什么问题，况且这三界之中还没几人能奈何得了你们两兄弟的联手！”

耀阳拱手拜谢道：“多谢宗主指点！”

弈姬点了点头，毅然还是一脸冷色，仿佛尘世间丝毫没有值得她心动一般。

这时，倚弦和婥婥已经结束谈话，相互默默地走了过来，弈姬看了他们一眼，对婥婥淡然道：“婥婥，我们走吧！”

婥婥点头，不舍地对倚弦道：“你自己多保重……”

倚弦微颜一笑，应声道：“你也一样！”

弈姬师徒风遁而起，径直回防风氏族地去了。

“嘿……你跟你的小情人都说了些什么？”耀阳收起轩辕剑，轻轻撞了撞倚弦的肩头，毕竟姮姮刚去，他知道倚弦心中伤感难消，所以借着调侃的问话来缓解倚弦的情绪。

倚弦怎会不知耀阳的好意，笑着摇了摇头，然后大力将肩撞在耀阳的肩头，大笑道：“我可从来没有问过你跟梅姑娘她们说的是什么悄悄话！你小子偏偏喜欢调侃我这些调调，老实说是什么居心！”

耀阳见好兄弟能从阴影中走出来，跟自己打闹调侃，心中大慰，高兴得也用大力回撞倚弦，嘴上不饶人道：“问问都不行么，小器！”

哪知倚弦早有防备，及时一闪而开，耀阳撞了空，踉跄了几步才立足稳当，回身做个拔剑的姿势，作势劈落，强忍笑意道：“哎呀……你小子居然敢躲开本将军的青睐，看来是不想要命了，吃我轩辕一剑——”

倚弦笑得啧啧有声，道：“有本事使出来，难道怕你不成！看我龙刃诛神的厉害……”说着，掌指划出剑式，似乎要与耀阳虚无的剑势做个比拼一般。

兄弟俩仿佛又回到相互打闹无忧无虑的童年时光，然后乐此不疲的一直追打缠闹着，所有的心情在此刻宣泄的淋漓尽致。

半晌过后，兄弟俩喘着气背靠背地坐在山间，抬眼环视幽静的山谷崖地，享受着喧闹后疲累的畅快。

倚弦问道：“对了，刚才你跟弈姬在说什么？”

耀阳苦笑道：“弈姬告诉我，现在我们可是牛得很啊，有那个该死的黑衣老者撑腰，魔妖两宗都不敢动我们了。所以即使我没有完全炼化轩辕剑，也可以闲着没事在大街上横着走。不过，她让我们防着像陆压、通天教主那些不受四宗相互约束的牛人。”

“牛人?”倚弦一怔，随即又明白过来，笑道，“他们的确够牛的!”然而，当倚弦想起黑衣老者的身手和欠他的三件事，倚弦想笑也笑不起来了，叹道：“其实，我倒是宁可让魔妖两宗的人来找我们的麻烦!”

耀阳知道倚弦心中的担心，道：“那是当然，受人挟制的感觉实在是糟透了。”他们自从意外得到归元魔能到现在，处处受人挟制，自是对这种感觉相当排斥。

倚弦排开脑中的愁绪，问道：“小阳，轩辕剑终于到了你手中，怎么样，感觉如何?”

说到轩辕剑，耀阳立时为之神往，道：“那种感觉太玄妙了！当我触碰到轩辕剑的那一瞬间，我似乎感到已经把握到了整个天下，甚至感觉三界之中没有我所不能掌握的，天地之大都臣服在我的脚下，啧啧……轩辕剑那种睥睨一切的气势，的确是世上无双。”

倚弦见到耀阳神采飞扬的样子，打心眼里为自己的兄弟高兴，道：“听你这么说，轩辕圣剑果然是王者神器!”

耀阳欢喜过后，好奇地问道：“对了，小倚，你拿到龙刃诛神的感觉又是怎么样的?”

倚弦轻轻摇摇头，略作回味地道：“很奇特的感觉，它让我变得比任何时候都镇定，心中再也没有因为什么而生出丝毫害怕的感念，最初更有一种它完全属于我，但又令我徒生无法掌握的无力感……直到后来，我练就蜀山剑宗的‘灵悟剑诀’之后，才真正有了一种它彻底属于我的灵应!”

说到这里，倚弦继续说道：“对了，刚刚情况紧急，忘了教你‘灵悟剑诀’，害得你现在跟背东西一样扛着这把轩辕剑!”

“哦!”耀阳讶异道，“这‘灵悟剑诀’听你说过好些次了，还不清楚这东西究竟有什么好处哩!”

“好处?”倚弦大笑道，“看好了!”

倚弦长身而起，掠后数丈卓然而立，心中感念一动，右掌光华骤生，顿时划破此际空谷幽幽的清静，龙吟声吞吐作响，一柄六尺紫芒刃锋隐然若现，出现在倚弦右掌心中。

耀阳平常虽对龙刃诛神极是好奇，但像是看到倚弦这般清晰地展现这一式擎剑之技，还是第一次，顿时大声叫好，喝彩声直震山谷，回音跌宕。

倚弦只听耀阳的喝彩声，没好气地道："你小子当成看杂耍的了！"

耀阳不好意思地摸摸头，呵呵一笑道："习惯哩，嘿嘿！"然后有些质疑地问道，"这个剑诀能用在轩辕剑上面吗？"

倚弦道："广成子与轩辕黄帝是师徒，没理由用不到才对，何况玄宗神器皆有合灵化元的禀性，我们不妨试试看！"

耀阳大喜道："没问题，试试看吧，总好过现在跟背着一堆柴火似的，重的要命，难受的很哩！"

倚弦哑然失笑，将龙刃诛神收起，然后便将"灵悟剑诀"的口诀一一解说给耀阳听。

耀阳此时也是天纵其才，全神贯注的将剑诀一一记在心中，同时已经感受到其中灵元合修之道的玄奥，加上有倚弦这个先行者提供的经验做参考，不用一刻钟的工夫，耀阳已将剑诀彻底融合于体内五行玄能的应用。

"轮到我试剑了！"

耀阳大喝一声，从背上擎出轩辕剑，心神凝定，剑诀萌动，五行玄能合五化一，立时与掌中轩辕剑产生灵应，"灵悟剑诀"的效应果然非同凡响，耀阳默运剑诀，将思感灵识与轩辕剑灵天衣无缝地融合在一起。

"铿吟……"

轩辕剑萌生感应，龙吟作响，剑身龙纹芒光蓦地暴涨三尺，然后逐渐收敛成形，整柄剑器灵元合一，跃然附于耀阳的灵识之上，剑芒闪现，随后整柄神器兀的消逝不见了。

耀阳的思感再一萌动剑诀，轩辕剑登时"铿吟……"一声凝灵成形，无匹剑芒耀目再生，逼人的剑气四散流溢，衬以耀阳体内泛出的龙脉霸气，更予人一种至尊无上的王者风范。

倚弦看得心中暗赞一声，道："这才像是掌持轩辕圣剑的不世霸者哩！"

耀阳大笑道："不错，现在我们两兄弟联手，还有谁能挡住我们的？"

倚弦生怕他自大发狂，立即泼了一桶冷水，道："你可别忘了还有那名黑衣老者，现在他对我们而言可是最大的威胁，正如他所说的，我们能有今天全是拜他所赐，所以一不小心我们或许会被打回原形。”

耀阳自然不会得意忘形，更何况这次又在黑衣老者手下吃了亏，道：“我担心的也是这点，看来，那老家伙肯定是‘阴阳劫地’中的老者，但他怎么会变成现在这样子，难道他真是魔门的什么大人物？”

倚弦惊诧地说道：“真没想到他会是魔门的人！其实，就从他对归元魔壁的熟悉程度来看，他理应是魔门人物不假。不过奇怪的是，为何持有他给的信物，我们会被有炎氏尊为圣使呢？而魔门素来与有炎氏是宿敌！”

耀阳也感头痛，道：“鬼知道是怎么回事！现在麻烦的是只有他最清楚我们的底细，如果他把我们的老底给掀了出来，再度被神玄二宗认定是魔星的话，三界之中恐怕真没有我们的立足之地了！”

倚弦叹道：“其实，知道我们底细的又何止他一人，其他诸如九尾狐、申公豹之辈，能够守住这个秘密，还不是因为他们认为我们还有利用价值，否则我们兄弟早已成为众矢之的！”

说到这里，倚弦又道，“不过说真的，我真不知该如何面对这黑衣老者，怎么说他也给了我们莫大的恩惠，我们今日有如此的成就跟他的帮助是分不开的，但他现在害死了姮姮，而姮姮也是为我而死，所以杀她的人也成了我的仇人。”

耀阳亦道：“的确很麻烦，别说他现在的强悍几乎无人能比，就凭着他对我们的再造之恩，也让我们不知如何是好。或许我们答应帮他做三件事反而是好事，借此可以还他恩情！”

倚弦沉吟道：“这样下去也不是办法，我们总得想个办法，决不能就这样坐以待毙！”

耀阳思忖道：“或许我们可以去请教一个人，我想这个人也许能帮我们，他也是现阶段我们唯一可以相信和求助的人。”

倚弦惊问道：“谁？”

耀阳缓缓道：“姜子牙，姜老先生！”

倚弦眼中一亮，道：“的确，只要姜先生没有发现我们的魔星身份，然后旁敲侧击，或许他老人家真会给我们想出办法！”

“那还等什么？我们先回西岐再说！”

耀阳呼喝一声，兄弟俩回复精神，往西岐城风遁而去。

尽管三界四宗风雨将至，但位于人间界的西岐却仍然是大战后难得的平静，街上的人流川行不息，到处都是刚打完胜仗的喜庆气息。

兄弟俩进城之后，缓缓沿着街道向将军府行去，沿途所见无不让人感到太平盛世的繁华，倚弦叹道：“如此安逸的生活，为何不能一直保持千秋万世呢？”

耀阳道：“其实，以后的战争还不是为了让更多的人能拥有这样的幸福，而像我们这样的家伙却显得更加不适合这种生活了。对我而言，没有追求就没有生活，我想或许你也一样，只是我们兄弟俩心中的追求各有不同而已。”

倚弦颇为惊奇地说道：“难得你小子能说出这样的道理，看来天要变了。”

耀阳没好气地说道：“去你的，我难得像你一样酸一把，就被你糗成天变了！”

两人就这样说笑着回到将军府，下人们见了两人，忙着进内去通知。

“我先进去打声招呼！”耀阳笑着阻止下人的通报，向倚弦促狭的一笑，向苏妲己与人儿所住的内院行去。

“你小子真是见色忘义，去好好跟几个嫂子温存一番吧！”倚弦不忘取笑着，当然是识趣地先回了厢房。

耀阳到了内院房内，隔着窗见到二女正在担心，耀阳把门一推，大声道：“我回来哩，怎么样，还想我吧！”

人儿扑到耀阳面前，高兴地挥动粉拳对着耀阳又擂又打，欣喜万分地说道：“耀大哥，你还舍得回来啊，害得我和苏姐姐担心了整晚都睡不好觉！”

“耀大哥，你回来就好！”妲己毕竟出身名门，言行举止比较含蓄，欣然一笑百媚生，果然是天生尤物，耀阳看得一阵心动，更添怜惜之感，不过相比之下，人儿那亲切黏人的感觉又是别有一番风情。

耀阳陪着二女说了一会儿话，又将伏羲武库的事情添油加醋地说了一番，随后再将轩辕剑擎出来表现一把，引来人儿与妲己的无限赞叹，然后借机说道："你们先好好休息一会儿，我还有点小事要跟小倚一起出去处理！"

人儿嘟着小嘴，不舍地道："这么快又要走？"

耀阳轻拍人儿粉嫩的脸颊，道："我不是要走，只是有点小事情需要处理而已，乖，等我回来！"

妲己欣施然道："正事要紧，耀大哥尽管去吧，不必担心我们，人儿妹子只是爱热闹怕寂寞而已，我会好好照顾她的！"

耀阳望着妲己秀美端庄的脸庞，心中终于明白什么叫作贤良淑德，探手一把将妲己拉近身旁，道："其实最乖的还是妲己，来，让老公亲一下以示奖励！"

妲己转身欲躲，想那耀阳何其奸猾，早就抢步挪位迎了上去，正当他的猪哥嘴马上得逞之际，忽然头上一紧，一个响头在他脑门暴栗开来，原来是人儿趁机在他身后出手相助妲己。

趁着耀阳捂头躲闪之际，人儿一把将妲己拉到身后，得意洋洋的娇哼一声，说道："哼，耀大哥，如果你不快去快回的话，就休想再欺负苏姐姐！"

耀阳望着妲己浅笑吟吟的动人模样，只能作罢，伸手轻轻在人儿的琼鼻上刮了一下，装作恶狠狠的样子道："小丫头，这个梁子你可记住了，下次一定让你知道——什么叫作欠债肉偿！"

人儿一愣，回头问妲己道："什么是欠债肉偿！"

妲己早已掩口笑得玉面绯红，但素来不喜粗言秽语的她又不便跟人儿说，只能强行憋忍住不说出来。

耀阳大笑着回身出门去了，只留下莫名其妙的人儿不解地缠着妲己问答案。

后园花草齐整，景山景池相得益彰，入目的景致虽然比不上以往在"天命异馆"后园所见的幽静卓然，但是也修葺得别出心裁，令整座将军府坐落在闹市集中，却分外充满了浓浓自然清新的意趣。

倚弦此时正踱步在将军府后园中，却无暇观赏身边的怡人景致，他思索近来发生的一连串事情，思绪乱成一团，偏又半晌也理不出什么头绪来——

黑衣老者如此要挟兄弟俩相助，究竟是因为兄弟俩出类拔萃？还是看重龙刃诛神与轩辕剑合璧的威力？又或者是另有不可告人的目的呢？

黑衣老者会有什么目的呢？对于三界四宗中人来说，归元魔璧的诱惑力无疑是最大的，想那九尾狐与申公豹之类都为了这个百般纠缠他们兄弟俩，但是这个黑衣老者当初能够指示他们去往“无极秘境”寻求自身异能更大的发展，说明他比现时三界任何人都更了解归元魔璧才是，所以他根本没有必要再去觊觎两人体内的归元异能才对！

其实，最让倚弦感到迷茫的还是他们兄弟俩日后的出路究竟何在？

尽管耀阳现在在西岐平步青云，甚至成家立室享齐人之福，但是人间界的一切仍然会随着三界动乱的滋生而变化愈演愈烈，浑然没有定数可言，尤其是他们兄弟俩危险的身份，一旦有朝一日被捅破的话，那么眼前安逸宁静的一切都将不复存在。

脑中的思绪越想越乱，尤其当他无可避免地思忖到姮姮灵元俱灭时的情景，心中便充斥了无边悔恨的自责情绪。

一个女子为了他而死，但他还是跟从前一样对那段宿世情缘朦胧不清，即便当时婥婥曾经施法点化，然而对他而言仍是有如水中月镜中花一般。

这究竟是为什么？为什么婥婥、姮姮姐妹可以那么深刻地了解自己的宿世记忆，而他为何却如同一块顽石，始终无法看清楚自己的过去，无力把握自己的现在，而又该如何面对自己的未来呢？

倚弦想到此处，禁不住仰天长叹一息，来疏缓此时迷茫的思绪。

“怎么了，我们的大情圣难道又想起哪笔风流债还未还吗？”

耀阳拍了拍巴掌，从后园拱门外行了进来，出口不忘损了倚弦一把。

“去你的！”倚弦展颜笑道，“怎么这么快就出来了，应该跟几个嫂嫂多说几句话才是？就算你小子现在艳福不浅，也要学会多多珍惜才对，否则有朝一日打回原形，就只能像从前一样出门望青楼，看得到吃不到了！”

耀阳丝毫不以为意，反而促狭地笑道：“按照从前的惯例，你小子只有被我踩到尾巴以后，才会迫不及待地损我！我们兄弟俩不见外的，老实说吧，除了婥婥、姮姮与幽云之外，你还跟什么魔女圣女有一腿的，说啊！”

倚弦苦笑道：“谁会像你一样，那么喜欢到处沾花惹草的……”

耀阳点头故作了解状，道：“那倒也是，我耀阳再厉害也只是沾花惹草，哪里能像小倚哥这样，万绿丛中过，花草自行飞上身！”

倚弦知道耀阳说的是宿世情缘，顿时为之语塞，一看实在说不过，自然是老规矩，“恼羞成怒”之下，喝道：“去你姥姥的花草自行飞上身……”言罢，抬腿踹向耀阳。

耀阳早已溜开几步，佯装苦笑无奈的样子，道：“杀兄灭口，你好狠啊！”

倚弦没好气地道：“还有更狠的，看我怎么灭了你的乌鸦嘴！”

说着，倚弦掌中气劲旋动，“傲寒诀”微露端倪。耀阳见了也使出“天火炎诀”，两人仿若回到当初在朝歌修行玄法时候，各自追逐了一番，直至气喘吁吁地停顿下来。

倚弦感觉到累极了以后，心绪顿时被那种懒洋洋的疲惫所感染，竟然难得的凝定下来，享受着心境片刻间无法言传的畅快意境，两兄弟顺势躺在后园的草地上，了望头顶的蓝天白云。

耀阳伸手拍了拍倚弦，道：“怎么样，好些没有！”

倚弦知道耀阳方才是有意让他忘却心中的烦恼，心中一阵感动，点点头道：“我没事了，咱们现在出发去姜老先生那里吧！”

耀阳跃身而起，道：“好啊，不如试试看我们谁先到蟠山的‘隐弈居’，如何？”

倚弦应声问道：“好！不过我并不知道‘隐弈居’的所在。”

“跟着我不就知道了！”耀阳身形遁空而起，径直往西而去。

“好你个西岐大将军，又想耍我！”倚弦哪肯落后，腾身遁空追去。

出了西岐城，兄弟俩直往蟠山遁风而去。

过不多久，两兄弟就来到蟠山地界，听着山间溪流的叮咚声，他们踏足“隐弈居”庄院门前，没等二人敲门，门忽然开了。

耀阳看着开门的道童，奇道：“清风，你怎会知道我们来哩？”

清风笑道：“先生一早便算准耀将军会来，所以一直命弟子在此等待，两位贵客请随我入庄吧！”

耀阳与倚弦相互愕然地对视一眼，耀阳毕竟见识过姜子牙未卜先知的本事，自不会太过惊疑，只是倚弦忍不住惊叹道：“姜先生果然厉害，居然可以做到料事如神！”

兄弟俩跟随道童清风进入庄内，看着清风前行的方向仍是去石亭那里，耀阳颇感诧异地问道：“清风，为什么每次找姜先生，他都肯定会在蟠溪石亭上？”

清风闻言笑道：“据先生说，石亭所在之处乃整个蟠山的灵气汇聚所在，而且石亭旁的溪水清洌甘甜，更是煮茶不可多得的一宝，所以无论是会客、休息还是思考，先生都喜欢在石亭之中！”

耀阳咋舌道：“那个小石亭这么神奇？”倚弦亦随之惊叹不已。

甫入后院，两兄弟就闻到清馨的茶香扑鼻而至，耀阳想也不用想，就脱口赞道：“雨妍姐姐的煮茶功夫实在是没得说，三界之中能人无数，谁也不敢自称最强，但如果论及煮茶的本事，却毫无疑问当属雨妍姐姐为最。若能每日喝上一杯雨妍姐姐亲手煮的香茶，此生何憾？”

倚弦笑道：“要不你连她一起娶了过门算了，这样的话，你想喝多少茶都没问题！”

耀阳嘿嘿一笑，大力拍了拍倚弦的肩头，连连点头道：“果然是好兄弟，还是你最了解我的心思！”

清风抿嘴轻笑道：“耀将军想得倒是很美，雨妍师姐择偶的要求可是很高的，不知道你能不能够达得到哦！”

耀阳大感兴趣所在，正要详细询问之际，哪知脚下园径一转，前面已经到了蟠溪石亭，他知道姜子牙素来喜欢清静，自然不好再瞎闹吵嚷。

第一百零二章　群魔聚首

远远看去，石亭中茶具齐全，一切依旧，只是多了三个人，金吒是兄弟俩都见过的，还有就是南极仙翁和重生后的杨戬，倚弦倒是见过了，耀阳却是不识。

姜子牙与南极仙翁相对而坐，武吉等一众晚辈尊敬地站立于他们之后，云雨妍正在替各人斟茶。

看着清风将两兄弟带了过来，云雨妍嫣然一笑道："耀将军真的来哩，你身边这位是……"

耀阳笑道："这位是我的好兄弟——小易！今日特地一齐同来，将他引荐给先生，姐姐近来可好？"

倚弦彬彬有礼地朝姜子牙以及南极仙翁揖礼，道："小易拜见仙翁与姜老先生！"同时依次向身后的几位同辈打了招呼，众人纷纷还礼，尤其是杨戬，更是起身跟他略微聊了两句。

接着，倚弦拉着耀阳一一见过南极仙翁等人。

姜子牙细细打量了倚弦一眼，神色微讶，接着又抚须赞许道："超凡脱俗，身在红尘中，却不带尘埃之气，看来能得龙刃诛神青睐，非是没有道理的，也难怪短短时间内能在三界之内名声显赫！"

南极仙翁点头说道："子牙所言甚是！"

倚弦不敢失礼，自是谦道："晚辈能够为三界众生做一点小事，不过是因为一时侥幸才能小有成就而已，其实本身在各方面的修为还差得远哩！"

姜子牙微微一笑，点头对倚弦的自谦以示赞许。

云雨妍眼光一亮，哪曾想到这位最近名闻三界的少年小易居然会是耀阳的好兄弟，难以置信的目光集中在倚弦身上，眼中尽是无比好奇的神情。

耀阳规规矩矩地拜见过南极仙翁与姜子牙后，抬眼正被姜子牙眼中一双神芒逼视，不由自顾再三，奇问道："先生这样瞪大眼睛看着我，难道是觉得耀阳有什么不妥吗?"

姜子牙笑着摇头道："耀将军此际目光若炬，仿若神助，身际更是紫芒隐现，好一番神光附体之象，莫非将军最近得了什么神物法器之类?"

耀阳听姜子牙问起得意的事，先是隐忍不住了笑了笑，然后回望同样惊奇看着自己的云雨妍，这才点了点头，道："先生果然料事如神！耀阳不过是蒙几个妖魔邪人相让，为自家添置了一门贴身兵刃罢了!"

倚弦听得苦笑直摇头，知道这小子故意吊胃口说的一番话，是为了吸引众人的注意，然后再好好炫耀一把。

一众人等果然被吊起胃口，云雨妍更是好奇地问道："究竟是什么神兵利器，还需要妖魔邪人让给你?"

耀阳得意洋洋地朝身边的倚弦挤眉弄眼，以示自己的谋略成功，然后神色骤然变得肃穆起来，先拱手对姜子牙以及南极仙翁揖礼，才道："小子所得的兵刃乃是玄宗轩辕黄帝所遗世的——轩辕剑!"

"什么……"云雨妍等同辈都禁不住惊呼出声："轩辕圣剑!"

南极仙翁与姜子牙更是不由自主同时起身，对望一眼，姜子牙惊问道："耀将军所说当真?"

耀阳望着众人不相信的目光，摇头叹道："看来是没人肯信了，只能露一手给大伙儿看看了!"言罢，耀阳退后数尺，出了石亭。

耀阳稍露微笑，傲立迎风，心神凝定，剑诀随之萌动，然后灵光一现，耀目的芒光随之现形，幻影随形，耀阳的掌指间瞬时幻出一柄光华四溢的绝世神兵，轩辕剑跃然轻吟声声，颇有些与众人打招呼的意味。

在座众人顿时惊呼一片，尤其云雨妍一双美目流溢出的赞赏神色，更让耀阳有些被美人青睐的飘飘然了。

"果然是轩辕圣剑!"南极仙翁叹道，"方才便收到前往伏羲武库巡视弟子的消息，说是轩辕剑已经觅得新主，据说是一位成就卓然的少年，没想到说的便是耀大将军你，真是可喜可贺！”

姜子牙道：“我等确实意料不到竟会是耀将军拿到这柄轩辕圣剑，看来耀将军福至心灵、得天独厚，日后定然大有所成，更应当立志造福三界众生才是！”

耀阳萌动剑诀收剑，揖身行礼道：“耀阳谢仙翁与先生指点！”

南极仙翁非常满意地点头道：“耀将军和小易都非常不错，将来三界就是他们这些年轻人的天下了，子牙眼光独到，果然不愧是天尊首徒，今次三界两大神器之主都愿为造福三界众生而努力，实乃三界之福，众生之幸！”

姜子牙神色欣然，道：“仙翁说得不错！”

耀阳与倚弦连忙谦让一番，一旁的年轻一辈这时也都纷纷上前道贺，兄弟俩跟杨戬、云雨妍、武吉、金吒等人都是年轻人，而且个个都是才能出众，所以之间并无所谓的猜忌嫉妒，自然好说话，相互多说两句话就熟稔了。

云雨妍看着倚弦言词之间所表现出来的气度，不知为何，灵思翩动之间居然无来由的生出一丝熟悉的感觉，却偏偏想不起来在哪里见过他，心中不由感到一阵古怪。

一堆人说了些话，气氛自然变得融洽起来，这时，倚弦问道：“仙翁事务繁忙，怎么会有空闲来隐弈居喝茶哩！”

南极仙翁道：“轩辕剑出土如此大事，我神玄两宗自不会不加以注意。事关重大，所以老夫必须亲自来此了解一下有关情况！”

倚弦亦微有讶意，道：“既然轩辕剑非同小可，为何你们神玄两宗在玄武兽穴外盘桓许久，却始终不入伏羲武库，任由魔妖两宗的人对轩辕剑虎视眈眈、争抢厮夺呢？”

南极仙翁笑道：“小易多虑了，轩辕剑能与你的龙刃诛神齐名，又岂是常物可比，神器择主非任何外力所能控制，一切就看神器本身意愿，而轩辕剑本是为了对付魔妖两宗的高手而炼制，天生对魔妖两宗有克制本性。即使魔妖两宗有通天能力，也断无得到轩辕剑的可能。不过，继龙刃诛神之后，轩辕剑亦选了非神玄两宗之人，实在是惊天之闻，当轩辕剑选择耀将军的事情一经确定，恐怕会引起轩然大波，所以我们也是非得见见圣剑新主不可，不过你们可以放心，天道自然，神器择主，轩辕剑既已认你为主，这就成了既定事实，任谁也不会强逆天意！”

耀阳听说神玄两宗默认了他得到轩辕剑之事，心中松了口气，转而又问出一个疑点，道：“但你们有无想过，万一魔门中人得不到轩辕剑，一气之下将其毁掉的话，那岂非是对神玄两宗的很大打击？”

南极仙翁摇头道：“此言说得虽然是，但轩辕剑乃是我玄宗开山祖师广成子之后最杰出的轩辕黄帝亲自铸炼，并灌注有他的轩辕真元保护剑身，怎么可能说毁就毁，再则说来，魔妖二宗现时理应还没有能将其毁掉的法道高手！”

倚弦却摇头道：“但根据我们所见，似乎有一人具有毁掉轩辕剑的能力！”

“这怎么可能，是谁？”姜子牙骇然失色，即使如南极仙翁的修为，也不由微有色变，至于其他人对此所知并无多少，也尽是面露震惊之色。

毕竟神器的铸炼非比寻常，一般所需煅造之物俱是天地万物最为精华的所在，尤其是在一柄神兵炼成后，其主更需要长达千万年的修炼，才能令其萌生灵应，从而开剑窍通玄灵，化有形为无形，可自行吸天地精华而为己用，成为得天独厚的绝世神器！

试想如此历千世轮回而生的神器，岂是寻常妖魔邪人可随意倾毁的吗？

“我们也是为此来找先生帮忙的……”

说到这里，耀阳忙将有关黑衣老者出现到逼使两人听命于他的情况告知众人，不过自然不会将阴阳劫地的事情一一说出，最后道：“现在，我们两兄弟欠下他三件事情，而且他在之后必定还是会对付我们，所以想来请教姜先生，我们该当如何应对？”

倚弦则因其中牵涉到自己的宿世情缘，面对众人时的神情显得颇不自然起来，尤其云雨妍女孩子猎奇的心性，双目中所闪现出刨根问底的神色，更让从未有过被人议论的倚弦有种难以启齿的羞涩，幸好他玄功了得，才不至于沦落到羞红于脸的尴尬境地。

南极仙翁沉吟片刻，问道："你们确定黑衣老者可以抵挡几大魔族宗主的合攻，并有能力倾毁轩辕剑？"

耀阳很肯定地点头道："根据黑衣老者的口气，他好像并不在意轩辕剑的归属，而且话里的意思的确是有办法将此剑毁掉！"

姜子牙神情异常凝重，沉思再三，掌指掐动间已经卜了一卦，细细揣摩半晌后，叹道："此人修为高深，子牙居然无法推算出丝毫端倪，唯一可以肯定的是，三界必将会因为此人的出现而变生乱象，天下黎民百姓的安定日子可能已经为时不长了！"

南极仙翁不断向兄弟俩细细询问有关黑衣老者的一切，然后再仔细思虑，时而又问了姜子牙几句，显然对此事重视非常。不过，有些事情耀阳自然是不敢也不能说的，除了细说当时在伏羲武库的情景，其他的只能含糊其词。

倚弦惊问道："难道三界之乱，就从此起吗？"

南极仙翁颔首，面色沉重道："不错，龙刃现世，轩辕重出，这些俱是斩妖除魔之兆，上天似也感应到危机的存在，所以使得这些神兵尽数出世。"言语一顿，望着耀阳与倚弦道，"至于你们兄弟俩受其胁迫之事，只要我神玄二宗能究其根源所在，自会为你们做主！"

耀阳与倚弦对视一眼，迟疑了片刻，倚弦问道："那仙翁可知这黑衣老者的身份来历？"

南极仙翁和姜子牙对视一眼，没有回答，两人都不由得陷入深思之中，任由手中的香茶冷却，耀阳、倚弦等人不敢打扰，只能静静地站在那里看两人思虑。

南极仙翁低声与姜子牙相互交换了意见，然后放下茶杯赫然站起身来，道："老夫与子牙实在不知此人的身份来历，此事事关重大，老夫要赶快奏报天庭，早做准备以防不测。"

言罢，南极仙翁对着耀阳与倚弦道："伏羲武库决不会只有轩辕剑这么简单，里面尚有其他三大神器未能出世。耀将军、小易，还请你们带个路，让这帮年轻人再去一趟伏羲武库，看看其中到底有何奥秘。"回首对姜子牙道，“子牙，此行甚为重要，你也一同前往吧，万万要小心行事！”

姜子牙微笑颔首：“子牙省得，仙翁只管早去早回！”

南极仙翁对杨戬嘱咐了几句，便急急驾起祥云遁空离去了。

天际浓厚的云彩遮住了一切，夜色如漆，清凉的夜风带起一阵刺骨的寒意。

如此冬夜寒风，大部分人都喜欢待在家里，然后早早上床歇息了，不过这只是对普通人而言，相对于三界四宗的高手来说，这点寒意根本不算什么。

已经被毁的伏羲武库在漆黑一片的夜中就像一只蛰伏的凶兽，若是细看这一片废墟，自然可以发现原来轩辕剑布下的黑幕封印结界依然静静蛰伏在废墟的最底层，整个废墟似乎已经与黑夜融为一体。

蓦地，窸窸窣窣的衣襟破风声从周围响起，接着几个人影出现在原来的武库大殿之中，却是闻仲领着申公豹一群本族高手。

闻仲负手立在虚空之上，却没有看向那幻境所在，反而转头四顾，淡淡道：“各位何必躲躲闪闪，既然来了就都出来吧。有些事大家心知肚明就罢了，再多的掩饰也是无用之举。”

“人道闻仲乃圣门五族第一人，现在看来果不其然……”陆压首先大笑着和通天教主携徒一同现身。

闻仲随口回道：“轩辕剑虽被无知小辈得去，但是幻境之中尚有其他三大神器，再则说来武库如此众多的神器必然尚有可用之物，我想各位都不会不知，所以大家怎会轻易离去。此事一目了然，根本不值得称道。”

“虽然是一目了然，但是能率先出言挑明，足显闻兄的胆识和见地。”说话人正是共工氏宗主淳于森，他领着儿子与族人同时出现。

“淳于兄所言甚是，哈……”大笑声中，刑天灭携子出现在众人面前。

既然这几个大人物都出来了，其他妖魔自然也不必再掩藏下去。除了防风氏的人之外，其他魔妖两宗的人没有一个是真正离开的。众人无非是想着即使轩辕剑已被人拿走了，但伏羲武库内的东西仍然能让人眼红，就连黑衣老者的威胁一时也顾不上了。

九尾狐踱前娇笑道："现在大家在这里不妨有话直说，各位该当如何?"

淳于森大大咧咧地道："我共工氏并不贪心，只要一把焚神天戟就行了，其他的任由各位分配!"

刑天灭哼道："此等神器不过三件，你共工氏先要了一件，我们要什么?"

九尾狐更是故作不解地问道："淳于宗主啊，焚神天戟是当年火神祝融所用之神器，天性属火，与你们刚好是水火不容，你要这个干吗?"看似笑意盈然地问着，言语之中却藏有一些讽刺。

淳于森冷哼一声，却没有说话。

闻仲看向黑幕封印，道："这些事情等各位有法子能破此结界再说吧，此幻境封印与武库仅存的八卦符气结合，遇强更强，遇弱不弱，估计除非使用轩辕剑，否则就算我们合力也无法破此阵法。"

刑天灭喝道："我就不信没了轩辕剑，还破不了这鸟阵。"

言罢，当先祭出光闪一物向结界击去。白光耀眼，刑天灭这一击结实地击在结界上，一阵霹雳巨响，刑天灭竟被反震回来。

闻仲看了刑天灭一眼，道："刑天兄太急了，轩辕剑虽已不在，但是三大神器还在，轩辕真元在八卦符气的护持下至少还能保持数百年之久，要开此封印结界决不容易，非轩辕剑不可。"

淳于森皱眉道："但是那老头明摆着不让我们对付耀阳那小子，难道我们就在这里干瞪眼不成？要不如我们合力去灭了那老头再说。"

闻仲摇头道："先不说我们是否能找到他，就算找到了，我们当中也没几人能奈何得了，万一他逃脱围攻，以他的修为，将会是我圣门五族的噩梦。当然淳于兄若要出头，我自不会阻止，但我九黎族却只能置身事外。"

刑天灭插口道："那我们该怎么做，难道在这里筑屋住下，然后等上数百年时光，直到某天这结界自行解开吗?"

闻仲笑而不语，刑天抗在旁急着帮父亲道："闻仲老儿，你有什么伎俩就说出来啊，别老是做出这副自以为是的模样，臭屁什么!"

闻仲偏偏不理他，气得刑天氏父子咬牙切齿，却又无可奈何。

这时，陆压开口解围道："虽然此封印非轩辕剑不能破，但你别忘了一件非常重要的事！"

刑天灭讶道："什么事？"

淳于森也露出惊讶的神色。

"幽玄！"陆压冷然一笑道，"你们难道没有注意到，幽玄进入幻境后就一直未曾出来，除非他就想在里面住上一辈子，否则他必定会想尽一切办法出来。此封印从外部来说或可称之牢不可破，但里面的状况就不得而知了。我相信以幽玄的性格，他没耐心在里面等上几年。"

九尾狐略有所思，问道："幽玄会不会已经得到三样神器了呢？"

"不可能！"闻仲道，"如若已经得到神器，定然可以凭借神器之助出这结界，但是我们都在这里久候，何时看到他破界而出呢？"

通天教主道："照这样的情形看起来，也就是说，或许什么时候幽玄能破开结界，我们就能出手了。"

刑天灭还是不无担心地说道："但是如果他根本破不了结界呢？"

陆压沉声道："那就只能等能破结界的人出现！"

淳于森惊道："老陆你是说耀阳那小子吗？怎么可能呢，他能拿走轩辕剑全身而退，已是万幸，难道还有胆敢再来抢此三大神器不成？"

陆压冷笑道："神器难觅，难保他不会为了这三大神器再来，而且他自恃有轩辕剑，还有那拥有龙刃诛神的小易相助，谁知他会不会死心？还有一点，轩辕剑乃神宗圣物，非神玄两宗之人不能启用，耀阳此人能蹿起如此之快，又拿到轩辕剑，极有可能是神玄两宗在后面搞鬼。如果真是这样，神玄两宗定不会放弃这三大神器，所以到时候说不定会让耀阳以轩辕剑破此封印结界，拿走三大神器！"

九尾狐乘机出言混淆视听，道："的确，自龙刃诛神出世后，那个叫小易的人就进入玄宗被奉为贵宾，而且玄宗诸人处处帮他忙，那小子又偏偏与我圣门作对。至于这个耀阳，不知何时起也勾搭上玄宗，最近本宫已经控制不住他。这些实在令人起疑，如果说他们与神玄两宗没有任何关系，本宫真的难以相信。所以无论耀阳是否真的愿意，玄宗应该仍会遣他来夺这三大神器。”

众人齐齐点头，亦是赞同九尾狐的话。

闻仲突然四顾道：“诸位觉不觉得，我们之间好像少了一些人？”

通天教主阴冷地道：“不错，的确少了几个人，弈姬和卓长风等人都不在？”

刑天灭狐疑道：“弈姬因她的得力弟子死了，回防风氏去很正常，但卓长风也不在就奇怪了，若说他对这三大神器没有兴趣，打死我也不信。”

闻仲缓缓道：“那卓长风在搞什么鬼？难道也在学幽玄窥伏在暗处，伺机抢夺神器不成？”

众人环视四周，寒风袭袭，暗夜如同精灵一般，说不出的诡异。

远处山峦叠重，山巅之上，卓长风正束手而立，黑衣老者在他身前尺余外负手傲立，目光投向远处，静静地看着伏羲武库附近发生的一切。

卓长风望了半晌，态度极为恭敬地请示道：“尊主，这些跳梁小丑似乎不将尊主的话放在眼中，不如让长风出手好好教训他们一下，让他们知道一下尊卑贵贱之别？免得以后不服教化，对尊主的命令阳奉阴违。”

黑衣老者摇了摇头，冷笑道：“长风啊，过了这么些年，你似乎忘了我圣门的特性。圣门五族向来都是以强者为尊，我能凭强悍实力令他们低头，但圣门中人多是桀骜不驯之辈，现在只是因为我出现得太过突然，他们完全没有心理准备之下，才会被我的修为所慑，其实并没有人肯真的口服心服。特别是那些家伙还有实力雄厚的氏族势力做后盾，自然不肯轻易臣服在一个突如其来的外人之下。”

卓长风恍然道：“尊主的意思是，借此机会挫挫他们的威风？”

“不错！”黑衣老者点头道，“圣门中人虽然内争激烈，谁都不肯轻易臣服其他人，但是更有一个特性就是天生排斥外人，五族自古至今从未服过外人，即便我当年横行三界也是如此。尽管他们看我的法道修为，知道亦是圣门中人，但对他们而言，我有别于五族任一，所以实无异于外人！”

卓长风问道：“那尊主何不表露身份，那样的话，那五族之人定无一人再胆敢轻易违逆您老的意思！”

黑衣老者沉声道：“不行，现在我还不能泄露我的身份，万一被神玄两宗得知，恐怕会引起他们震怒，如果因此惹得一群老东西出山的话，可能会使我到现在为止的一切布置都失去效用，这将对我们有极大影响。而且此时圣门四分五裂，各自为阵，这些家伙自以为无所不能，人人都野心勃勃，即便表面肯以我为尊，也未必肯真心服我。”

卓长风点头道：“尊主说得甚是，那我们应该袖手旁观。神玄二宗不甘神器被夺，定然也会遣人来取，到时候这场戏就更精彩了！”

黑衣老者道：“嗯，现在可任由他们五族跟神玄两宗火拼，吃点亏也好，先打击一下这些自我膨胀的家伙，同样也让他们跟神玄两宗耗点实力，以便于将来能更容易控制住他们，否则将来驾驭起来极为麻烦！”

卓长风恭敬地说道：“尊主果然深思熟虑！只是现在那层幻境结界根本无人可破，万一神玄二宗的人始终不出现的话……”

“正所谓，解铃还需系铃人！”黑衣老者冷笑连连，眼中闪过骇人光芒，阴声道，“我们马上就可以看到连场好戏，顺便也可以掂量一下出手人的实力！”

卓长风震惊道：“尊主说的是……”

黑衣老者指着前方天际，沉声道：“解铃人已经来哩！”

卓长风忙定睛往天际看去。

除了修为稍差的武吉留守隐弈居，云雨妍则因为身份特殊，不便出现在妖魔二宗前，没有跟去之外，耀阳、倚弦、姜子牙、杨戬和金吒五人遁空而行，没有片刻停息，很快便来到伏羲武库外，众人稳住身形在半山处停了下来。

五人藏身于一块倒倾巨石之后，摒住全身气息，极目看去，只见武库废墟周围隐隐魔能涌动，比比皆是，一群魔妖两宗的高手都在伏羲武库之中，全都相互戒备着巡视各方，倒是没人看向那黑幕封印的幻境。

耀阳讶道：“糟糕，没想到魔妖两宗这些家伙竟然都没走！”

姜子牙冷静巡视四方，道：“这点是可以预料的，以魔门诸人的性格，一个黑衣老者怎么可能真的会吓倒他们？有三大神器在，他们必然还会回来。耀将军这些事情你应该能想到才是，身为将帅者，无论发生何事，每时每刻都应该保持冷静和睿智，万万不能大意。”

耀阳立时醒悟，知道经过黑衣老者与姮姮的事情，自己心境已乱，才会漏掉这样重要的细节，忙点头应声道：“先生说得是，耀阳知错!”

姜子牙点了点头，轻叹道：“看来魔门能人不少，已经算准我们还会回来，所以都准备等着幽玄出手破结界或者耀将军以轩辕剑破此结界，然后一哄而入，抢夺其余三件神器!”

耀阳嗤笑道：“其实就算进得结界，他们也休想得逞!”

姜子牙明白耀阳所说幻境结界内的复杂，点头陷入沉思之中。

倚弦在旁问道：“不知先生以为我们现在是否应该进去？还是为了不让他们得逞而离去，又或是在此等二宗其他援手过来呢?”

姜子牙摇头道：“首先神玄二宗的援兵不可能这么快就来，至于离开也不是办法，这结界虽然坚实，但内部必定有迹可循，邪神幽玄的修为更是非常人可比，他若以掌中的魔刃‘惊锋’来破结界，只要找对办法，迟早也会出来，如果我们因此错开时机，到时在争夺三大神器上我们势必落入下风。”

金吒问道：“那以先生的意思，就是我们现在必须要抢先进入武库结界?”

姜子牙点点头，微笑偏头问耀阳道：“不知耀将军有何高见?”

耀阳知道姜子牙在考问自己，于是也不藏私，道：“对，此时若不进去，我们便会失去主动权，那就更不可能得到三大神器。只是我们也不能大摇大摆进去，所以最好的办法莫过于趁着现时魔妖邪人汇聚、场面混乱之际，以隐遁诸法分散潜入，然后我启动轩辕剑打开幻境结界!”

姜子牙道：“大家都要万事小心，这些人无不是老奸巨猾之辈，只要我们稍有不慎就可能泄漏形迹，失了先机!”

倚弦应声道：“先生提醒的是!”然后偏身对耀阳道，“小阳，你小心了！记住千万别逞强！神器甫认新主，你还发挥不出最大的威力!”

“放心吧，又不是不知道你兄弟我做事一向都是很有把握的。”耀阳自信满满地笑了笑，立即遁空而起，身形瞬时隐没在夜空中。

余下众人在姜子牙的分派下散作几组，各自寻了方向潜往武库废墟。

此时，魔妖两宗之人无不离武库废墟的幻境结界甚远，似乎都为了避嫌。耀阳看准形势悄然潜入妖魔邪人之间，果不其然，因为附近声音嘈杂，往来妖魔修为高低不同，所以耀阳的潜入并未引起任何法道高手的感应。

耀阳收起全身玄能，屏去周身气息，缓缓靠近那层废墟，然后掠至内中的幻境结界外，一切顺利，没有引起任何人的注意。

到了结界前面，耀阳迟疑半晌，心中思忖："要想打开这个幻境结界的唯一方法便是启动轩辕剑，除此之外别无他法。"耀阳环视四周，他体内玄能可以感应到倚弦的存在，心神大定，决定冒险一试。

耀阳小心翼翼躲在废墟一角，萌动剑诀祭出轩辕剑，光华一掠而过，收发自如，随即便被耀阳以极快的速度刺入结界之中，轩辕剑果然非比寻常，剑体的灵应随即令结界逐渐打开一个洞口。

结界虽破，但幻境元能却并没有起什么异常波动，耀阳紧张地环顾四周，发现在场的魔妖两宗人士没有人察觉到，心中大喜，耀阳长吁一口气，先是传音通知倚弦，然后立即轻身准备从洞口进入幻境。

谁知就在耀阳进入幻境的那一瞬间，一条黑影同时从洞口处窜出。

那黑影出得幻境，当即一声桀桀怪笑，立即惊动了所有妖魔二宗的人，百十人影蠢蠢而动，陆压与通天教主反应最快，见此机会想也不想，率徒首先窜入幻境之中，其他诸如刑天灭、淳于淼、闻仲与九尾狐等等也不甘落后，全都奋不顾身窜入幻境之中。

抢先从幻境结界中逸出的黑影自是被困许久的幽玄，他甫一脱困，还来不及高兴，就见一群人从他身旁蜂拥而至，全然不知死活地涌入幻境之中，不由一怔，他虽然非常不易才从幻境结界中脱身出来，但想到那三大神器心中怎么也不甘心，再一想到这么多人都进去了，还怕什么？他略微迟疑一下，最终却又转回去了。

此时，姜子牙、倚弦、杨戬与金吒也随即跟进，他们当然不放心耀阳一个人在里面，更何况如此多的妖魔邪人窜入结界，一场大战看样子在所难免。

五人甫入幻境，便被耀阳拉住了，诸人虚立当空，身后的结界缓缓弥合，变得完全封闭起来，看着眼前一片混乱的景象，众皆摇头叹息不已——

在以心相锁定结界的幻境之中，一众妖魔邪人进去后，只能看到来自本命元心的各种映像，根本无法触及结界中摆放神器的所在。各人心思迥异，在水晶光芒迷茫中，幻象四生，没有任何准备的众人不由都为之所迷。

刑天抗等几个小辈修为最弱，意志也最是薄弱，很快就陷入沉迷之中，纷纷与自己的影像动起手来，奈何人数太过杂乱，穿插起来难免相互缠斗，因此不久，其他人也开始心神迷乱，相互厮杀起来。这些人虽为幻象所迷，但是本身修为却没有丝毫降低，拼杀起来反而奋不顾身，立时间幻境大乱，杀声四起。

而那些老一辈的妖魔高手，像是刑天灭、闻仲与淳于淼等一族宗主同样陷入幻象当中，虽然不致于心性大乱，但是也跟最初的幽玄一样，四处寻觅神器不得，有如一群无头苍蝇一般东窜西窜。

姜子牙等人见此情景不由一呆，他们想不到幻境迷乱心相的能力竟然这么强，一众魔妖两宗的人无不中招，不过他们也没什么时间感叹了，麻烦已经找上门，准确一点说是麻烦找上耀阳了。

再度进入幻境的幽玄才懒得理那些昏了头的家伙，他恨的是刚才阴了他一把、将他困在幻境中的耀阳。

一声震天闷哼，幽玄毫不留情地尽出魔刃“惊锋”，化出白光如练，在强悍的魔能催发下，向耀阳飞旋袭去。

耀阳巍然不惧，掌中轩辕剑挥出，剑光如华，堪堪挡住“惊锋”的强袭，但毕竟耀阳的修为比之幽玄仍嫌远远不够，即使仗有神器之威，也被逼得节节后退，立即先机全失，几个招面之下，全身上下处于“惊锋”的威胁之下。

幽玄狞笑着，催使“惊锋”向耀阳狂攻不止，耀阳只能堪堪招架，形势开始向不利于耀阳的一面发展。

旁近的杨戬与金吒适时抢出，正准备出手接应耀阳，却被一旁的倚弦拦住了，倚弦叱喝一声，龙刃诛神一剑劈出，剑光耀眼，气势冲天，其势甚是惊人。幽玄虽自恃修为深厚，但在对付拥有轩辕剑的耀阳同时，哪敢逞强再接倚弦龙刃诛神一击，忙飞身急闪，就幽玄这一动之际，耀阳立即感到压力一轻，他自不会错过机会，舞动轩辕剑，挥手向幽玄展开反攻。

幽玄不敢大意，集中精神，催动“惊锋”，锐利无比的锋芒向耀阳和倚弦分击。耀阳叱喝道：“幽玄，凭这点小玩意也想跟我们兄弟玩，让你见识见识什么叫作厉害！”言语间，轩辕剑所到之处，尽数将“惊锋”的强势攻击挡住了。另一边倚弦亦是挥出龙形剑气，其势狂飚，宛如一条巨龙将分散实力的“惊锋”攻击力吞噬冰消。

幽玄怒喝道：“凭你们两个小辈也想阻止老夫？告诉你们，这是绝对不可能的。”此时，他丝毫没有留手，“惊锋”魔刃旋斩而出，转眼化成千万闪烁着寒光的刀片，将两兄弟完全包围起来。

耀阳和倚弦齐声大喝，连连出手，冰剑炎龙狂舞，在两大神器的助威之下，更见威力，不但将“惊锋”的千万化身尽数击破，更令幽玄左支右拙，样子极狼狈。幽玄早已恼羞成怒，顾不得隐藏实力，双手张扬，狂猛的魔能疯狂而出，魔气如潮，竟激得他的衣衫如箭般四扬。

耀阳和倚弦刚刚碰在一起，对视一眼，都看出此招非同小可，立即用起全身元能，修炼《玄法要诀》的默契让兄弟俩配合无间，龙刃诛神和轩辕剑合力斩出一道紫青色剑气，剑气随着龙刃诛神与轩辕剑的挥舞，幻化成一条翔天巨龙，划破空际，狂啸着冲向幽玄。

幽玄经验老到，身形幻起分身无数，巧妙地避开巨龙剑气，然后猛地双手合起，“惊锋”魔刃竟化成一只魔影重重的银白色巨兽，直扑耀阳和倚弦袭去。

“雕虫小技！”耀阳冷笑着回说了一句当初幽玄曾对他说过的话，眼神全神凝盯着巨兽，轩辕剑发出黄光凛然，丝毫不惧幽玄的惊锋魔刃所幻化出来的巨兽。倚弦神明心静，冷静地做好了准备。

“去死吧！”耀阳喝声如雷，轩辕剑化成剑影刺出，同时条条炎龙随剑击出。数十条炎龙立时将巨兽冲散，此时“惊锋”现形，却似转轮狂旋突破剑影出现在耀阳面前。

如果是单打独斗，耀阳恐怕早就被击中受伤，但是准备已久的倚弦，龙刃诛神适时出剑，一剑挑在“惊锋”之上，“惊锋”和倚弦几乎同时一震，“惊锋”被挑离原有的轨迹，倚弦肩膀一晃将“惊锋”的后座力卸去。

本来就算如此，幽玄也可以乘机欺近强袭，但是合耀阳和倚弦之力，龙刃诛神和轩辕剑共同击出的剑气岂是简单？幽玄闪过之后，两人再度合力击出巨龙剑气，竟像是活了一般，立即向幽玄追袭而去，不管幽玄怎么躲，剑气都似乎跟定了幽玄。

想那巨龙剑气合龙刃诛神与轩辕剑之力，是何等强悍无比，幽玄怎敢空手硬接，无奈只能收回魔刃“惊锋”，首次转向巨龙剑气，正面迎上。

只听“砰……”的一声，气劲迸射，最终巨龙剑气被“惊锋”击散，幽玄亦是不由自主退了一步，不得不放弃好不容易占得的上风。此时耀阳和倚弦已经再度逼上，龙刃诛神和轩辕剑强势击出，幽玄何曾被小辈如此逼迫过，怒火中烧，“惊锋”再击。

幽玄虽强，但面对拥有三界最强神器的两兄弟却也丝毫不敢大意，全力而为展出“惊锋”。原本以幽玄的修为，三界之中除了几个宗主元老级数的神宗高手，根本没几人能与他相比，所以一直在妖魔二宗所向无敌，如今却被两个晚辈逼到如此地步，这对他而言，无疑是天大的耻辱。

但随着两兄弟不断配合默契地将《轩辕图录》融入战斗当中，渐渐明悟轩辕图录之妙，令兄弟俩越打越精神，越来越难对付，让一旁观战的姜子牙等人看得目瞪口呆，着实不敢相信两人的修为竟然进展如此之快。

剑气纵横，风刃激闪，幽玄越打越是心惊，他想不到这两个小子的身手竟不断在提升，这根本是从未遇到过的怪事，仅仅数个回合的照面，兄弟俩便完全摆脱了被动的状态。

耀阳和倚弦却是越打越顺手，一幅幅《轩辕图录》从脑海中闪过，经过对武库大殿图壁的摸索，两人才算真正领悟到《轩辕图录》的真谛，他们不断在跟幽玄打斗中充分应用，尽量地吸收着所有关于《轩辕图录》的感悟。

幽玄感到两小子越来越难缠，心惊之余，终于肯定他暂时奈何不了两人的联手，再则两兄弟旁边还有几位深藏不露的法道高手，他想到万一几人同时围攻自己的话，自然会大事不妙，当即不想再继续跟两人纠缠下去，虚晃一招，幽玄抽身急退，脱出两人合击的攻击范围。

耀阳和倚弦一招用空，见幽玄早已离开，两兄弟对视一眼，一起仰天大笑。他们终于领悟到《轩辕图录》的奥秘。

第一百零三章　神器之争

想起当初两人被人呼来喝去，受人挟制，就算玄法进境一日千里，进展神速，面对强敌之际也有大感无力施为的时候，现在却合力跟三界知名的顶尖高手“邪神”幽玄正面交战，也能将之慢慢逼退，这种痛快淋漓的爽心感觉怎么不令两人爽声大笑呢？现在，他们终于可以真正成为独当一面的人物，再非往日受人欺凌的懵懂小子。

两兄弟感悟玄学自然而笑，自不是在笑幽玄，但听在幽玄耳里无疑是极大的嘲讽，不肯空手而回的幽玄不由暴怒，叱喝一声冲入魔妖两宗的高手纷争之中，将满腹怨气全部发泄在这些人的身上。

加上幽玄，本来混杂的场面变得更加混乱不堪，修为稍弱的各族好手都纷纷惨死在几大高手夹击之下，刑天抗等一众小辈也有些支持不住，局势开始向不受控制的一面发展。

姜子牙等人事先得过耀阳的提醒，而且玄宗本就要求明神静心，对此幻境之相抵抗力较强，就算年轻的杨戬和金吒也只是稍有迷茫，好在置身幻境边缘地带，再被身旁的姜子牙稍微以玄元警醒一番，便清醒过来，不再被幻境所迷。

金吒看着眼前这一群妖魔邪人，道：“人为财死，鸟为食亡！魔妖邪人心念太贪，如今陷于这幻境结界之中，沉迷虚相而难以自拔，实在是咎由自取。”

姜子牙神色凝重道：“事情恐怕有些不妙，这幻境结界的禀性刚烈，现在迷乱心相碰撞过强，激发了结界中的所有玄元结阵，如果再这样下去，恐怕就将无法控制，封闭的整个结界只会完全走向同归于尽的下场，到时幻境中的所有人和物谁都逃脱不了。”

耀阳点头表示姜子牙所说属实，这也是最初幽玄跟他说过的结界禀性。

杨戬问道：“先生，那现在我们该怎么办？”

姜子牙沉声道：“唯一的办法只有让耀将军现在用轩辕剑打破眼前的结界幻象！”言罢，对着耀阳提高声音喝道，“耀将军，情况相当危急，现在只能让你摧发轩辕剑之力，将此结界幻象击破。”

耀阳略有迟疑道：“但幻象一破，这些家伙醒神过来，必然还是会因为争夺神器再次混战一团，到时我们未必能拿到三大神器？”

姜子牙苦笑摇头一叹，道：“没办法，时间已经不多，现在幻象不破，就算我们能离开，一旦充满各种元能的结界与所有人，乃至三大神器同归于尽，所有玄元再尽数爆发，威力将成数十倍叠增，影响恐怕足以达至千里之外，三界都会被其祸及。此事殃及太广，不容得你我迟疑片刻。”姜子牙口气平缓，但所说的内容却让人着实心惊不已。

耀阳亦是大吃了一惊，哪敢再有片刻犹疑，马上思感神识萌动，五行玄能注入剑身之中，启动了轩辕剑的灵应，剑身立即发出一阵金色光芒，瞬间覆盖了整个结界，将结界中所有水晶的异彩光芒消融，幻象结阵立破。

魔妖两宗的人在震惊中停手，诧异地看着身周空荡荡的一片水晶柱体，明白刚才是陷入了幻象之中，只是他们想不到这结界幻象竟如此之强，即便是现时想起来他们还是心有余悸。

魔妖两宗甫一停手，整个幻境立即安静下来。

在突然而至的宁静中，迷雾全消，现出在幻境中心的是——一座水晶筑成的高台之上，三大神器分三处傲然独立，神芒环转。

三大神器发出的异芒光彩吸引了所有人的目光。

“打神鞭！”

“焚神天戟！”

“翻天印！”

魔妖两宗之人无不惊呼出声，几乎所有人同时飞身去抢。幽玄轻车熟路率先赶到，但他还未能碰到神器，仅迟了半步的陆压便奋起一掌向他后背拍去。换做别人，幽玄或会硬挨一下，但在这里修为仅微在幽玄之下的陆压，拥有能与本身双手融为一体的魔门十大法器之一的“紫薇天手”，这一掌下去就算元始天尊亲至也不敢生受。

幽玄如何敢生受，只能无奈以“惊锋”相挡，“铮”地一声，幽玄和陆压同时被震退，随后赶到的通天教主却占了个便宜，一手就向最近的焚神天戟抓去。

“不麻烦你老人家拿东西了！”此时一声轻笑，轩辕剑横空而出，耀阳剑长占了优势，竟将焚神天戟高高挑起。通天教主怒喝出声，顾不得报复耀阳，飞身而起，一手抓去。但他怎么及得上跟耀阳有了十数年默契并早有准备的倚弦，倚弦同样没有用手拿，龙刃一剑将焚神天戟扫向近身的杨戬和金吒两人。

“快接住令其认主！”金吒喝道，面对扑上来的众人，尽展全力，银枪狂舞。这个时候情况危急，在动手之前，耀阳早已告知他们，只要夺到宝物便歃血收服，玄门法诀更是可以占尽优势，否则落入魔妖两宗诸人手中，便大事不妙。

“谢了！”此时决不是客气的时候，杨戬闪电般跃起，手指划过戟尖，混着他本命真元的精血立时融入焚神天戟之中。随着杨戬口中的玄门秘诀喃喃念颂，只听“铿吟……”一声铮然长吟，戟身一震，蓦地亮出一片耀眼光华，不需要杨戬去拿，光华消逝，“焚神天戟”自己出现杨戬手中。

焚神天戟认主了！

杨戬兴奋地大喝一声，挥戟怒舞。戟芒所及之处，炽白色的炎光四射，刚认主的神器似乎极为兴奋，平添杨戬非常实力。看得随后而来的闻仲一阵眼热，何况拿走神器的还是从前的首徒，心中更是大恨，不过非常时候，根本不及去顾念旧怨，闻仲已经探身向剩余的两样神器遁去。

少了一把焚神天戟，众人的注意力全部被另外两把神器所吸引，杨戬和金吒的压力稍减，立即飞上高台帮助耀阳与倚弦抗敌。

幽玄、陆压、通天教主与九尾狐等所有人都战成一团，剩下的两样神器已然几经易手，奈何无论谁拿持神器，便会受到最低四五个魔妖高手的同时攻击。幽玄的“惊锋”、陆压的“紫薇天手”、通天教主的“吞天袖”都是尽展实力。

剩余的两样神器最后尽数掉落在高台之上，没有人再敢轻易出手。

耀阳挥手一剑，剑气奔腾而出，逼退身旁的几大高手，却突然发现混战中有一人竟是“妖尊”雪赤极，不由大奇，想不到他居然也到了，当即退了一步，先离开战圈，再转头四顾，发现不知何时，那与九尾狐合伙自封为梅山七圣的几个家伙也在了，另外还多了一些他从未见过的魔妖两道人物。

转念一想，耀阳立即想通，原来不只是陆压等人知道，其他不少人恐怕是迟了一步，他们可能是他得轩辕剑以后才到的，由于轩辕剑被取走，所以他们一直隐伏在外，直到幻境被破开之后才一拥而上。

正寻思着，猛然发现幽玄的手已经到了打神鞭之前，耀阳大惊，斩出一道炎热剑气，直冲幽玄而去。同时刑天抗挥手白光闪出，也向幽玄击去。如果幽玄要拿打神鞭，势必同时被这两记攻击打中。若只有一道他还能勉强硬受，但同时被两记攻袭击中，这里众人任谁都受不起，何况其他人哪肯会让他轻易得到神器。于是只能咒骂一声，幽玄闪身避开，“惊锋”窜出，把怒气迁到其他人的身上。

在场数十人无不为了剩下两大神器纷争，刀光剑影，劲气狂舞。

耀阳和倚弦联手，龙刃诛神和轩辕剑默契配合，剑气狂涛，杨戬又初得焚神天戟，加入护卫神器的主力阵容，加上修为精深的姜子牙嘱咐金吒从旁协力相助，布成一道“龙图四象战阵”，合四人之威抗众妖魔邪人的进击，一时半刻间谁想从他们手下拿到神器都不大可能。

姜子牙则镇守战阵中央，四象变阵之际，他便从容移动方位，填补战阵的缺陷所在，利用的自然是耀阳所说结界重聚的时间问题，只要撑到幻境结界重新聚拢保护神器，他们则可以放心拿走神器，而无任何后顾之忧，到时候更能将一众为祸人间的妖魔邪人封印于结界之内，一网打尽。

缠斗之中，耀阳抬眼见一个面熟的妖人偷偷摸摸竟从高台上爬摸过来，真是为了神器各种方法是无不所用其极，不由低笑一声，一剑劈出，阻挡淳于琰的同时，闪身一脚将那家伙踢飞，大笑道：“猪头三啊猪头三，你怎么老是这副模样，始终见不得人?”

猪头三捂住脸面，痛得直咧嘴，大骂道：“你这家伙，居然也不顾念当初的旧情，纵算不念旧日我放你一马，踢人也别踢脸嘛！我这么英俊的脸……”

即使在处处有威胁的激战中，耀阳仍有抱腹痛笑之感。当然虽然大部分人有爆笑之感，但也有人恼怒，觉得最不舒服的便是淳于琰，他一向自认英俊非凡，见这个猪头也称自己英俊，这气不打一处来，从旁再加上一脚正中猪头三的猪鼻。

“啊呀……说了踢人别踢脸……”猪头三惨呼一声，双手抱着喷血的鼻子从高台上摔下下去。

淳于琰淡淡道：“我踢的是猪不是人!”

梅山七圣其他六人见猪头三出这样的洋相，个个都觉得脸红，老大袁洪更被气得脸色发青，转而对淳于琰大有意见，趁着乱势之际，纠集众兄弟，时而跟淳于琰拼上几招。

九尾狐始终徘徊在高台边缘，心中最是郁闷，她若是靠近高台，耀阳与倚弦就尽量向她出手，看情形是急于杀她灭口，而这个时候若是拿魔星的秘密去威胁两人，根本没有机会，若是大声说出来，显然是非常不智的，此时为了神器，谁会去理会这个，再则说来，这对她丝毫没有好处。

幽玄的处境最尴尬，虽然他与台上的陆压、通天教主等宗主级数的人物自信有把握可以冲破五人的“四象战阵”，但是偏偏混战一团，各自难免生出忌讳，担心在全力攻袭的途中遭到同级数高手的偷袭，所以一时间投鼠忌器，谁也不敢全力出手。

爆碎的水晶像是飞花般溅起，在虚空中随气劲飞扬，就像是雪落一般。

数十人之间的混战在高台上环绕着两大神器而发，没人肯让别人拿到两大神器，几乎所有人都为这两大神器杀红了眼，除了耀阳与倚弦几人之外，没人注意到姜子牙一直没动手，而是绕着在高台中环步而行，每一步都挥手撒出一道玄能。

“不动万象阵!”姜子牙突然暴喝一声，双手中食两指相抵，指尖亮起一撮金光，这时高台四周射出三十六道光芒，与姜子牙手上的剑光遥相呼应。

众人已经感觉不妙，原来那位白发道人才是几人当中最具威胁的法道高手，但是已经迟了，随着光芒结成一片，所有人的行动都不由自主地一顿。就只是这么短时间的一顿，姜子牙已将本身真元融入血中注入脚下的“打神鞭”中，打神鞭急剧飞舞，在姜子牙的元神咒诀指引下，最终落入姜子牙的手中。

这“不动万象阵”的威力果然很强，可惜有效的时间太短，弹指间金光逝去，一众妖魔邪人又再聚集攻来。

打神鞭已经认主，姜子牙趁机站了金吒的方位，将阵中心的位置让给了金吒。用意极为明显，便是让金吒可以抓住机会抢夺翻天印，魔妖两宗虽嫉恨姜子牙，但还是为了最后的一把神器——翻天印而奋战，以把握最后的机会。

耀阳等人自不会让任何人拿到翻天印，但是他们若想先将它拿走也不可能。一群人围着翻天印而战，谁都想得到翻天印。但是事实上没这么容易，三大神器的滴血认主绝非将血溅到神器就行，而必须以真元混入血中，亲手碰触神器，然后以玄门咒诀催动才行。

况且耀阳听幽玄说过，妖魔邪人想要得到神器还远非这么容易，毕竟神玄二宗的神器天性就有克制妖魔二宗元能布施的禀性。

幽玄、陆压等人齐攻耀阳等人，但是为了防止别人拿到翻天印，相互扯着后腿，场面越来越混乱。

耀阳见到一旁的“妖尊”雪赤极猴急蹿上来想抢翻天印，想到以前被他欺凌，不由心中气起，趁他被其他邪魔围攻之际，偏起一拳，击出一条炎龙直扑向雪赤极，让他一时间手忙脚乱，好不容易退了几步，才堪堪避开，只是一身衣衫被烧了大半，甚是狼狈，耀阳见了也稍稍解气。

倚弦龙刃诛神一展迫开一人，好奇问道：“怎么了?”

耀阳嗤笑道：“那家伙以前欺辱过我，现在正是时候找他出口晦气!”

倚弦摇头大笑，但掌中龙刃诛神丝毫不慢，剑气如刚脱困的凶兽狂飙而出，将整个四象战阵重新汇成一个滴水不进的结界。

魔妖两宗的人为了翻天印几乎疯狂，虽然常有互相对袭，但耀阳等人还是感觉有些吃不消，毕竟这些人可不是吃素的。群战不断，刑天抗等小辈已经感觉吃不消，根本不敢抢先，只能配合着各族高手帮个忙。

一群人纷争不下，大有不死不休之态。当然也没人肯真的冒着生命危险去抢，神器虽好，还不至于用命去换，但在没有太大威胁之下，也没人肯放弃此等神器。

耀阳和倚弦尽展两大神器威力，姜子牙启用打神鞭，杨戬挥动焚神天戟，金吒银枪狂舞，实力强悍无比，但是魔妖两宗人数实在太多，而且九尾狐等人中的任何一人的身手也不下于他们，更何况幽玄和陆压等辈，如非这群人相互拼斗，耀阳等人与他们单打独斗的话，恐怕没人可以支撑得住。

正当众人互战不可开交之际，毫无预兆地，水晶高台突然从中爆开，“轰……”一声巨响，飞晶石如狂雷四爆，劲力十足，就算强悍如幽玄的身形也不由一滞，慌忙闪身避开。姜子牙等人的“四象结阵”同时被巨大的潜能所震散。

几乎同时，在晶石碎裂的混乱中，一道人影如鬼魅般窜出，单手触摸到翻天印，便立即以真元精血逼入，翻天印呼啸临空，那人嘴中念念有词，翻天印立时重新出现在那人手中。

在场诸人无不骇然大惊，谁都想不到高台底下会窜出人来，刚才上面打得热火朝天，谁也不知此人何时无声无息地潜入高台之下。只见那人蒙巾遮面，趁众人大惊愕然之时，立即顿身欲逃。

耀阳和倚弦反应极快，耀阳喝道：“你是什么家伙?”掌中轩辕剑飞旋半轮，刚好击在那人必走的方位，那人隐有吃惊神色，却不慌不忙祭起翻天印相挡。倚弦适时赶到，龙刃诛神划过一道破天轨迹，配合轩辕剑同时击中翻天印，只看一阵金光烁然，翻天印微颤，那人闷哼一声，被兄弟俩凛冽的元能合击得后仰翻身，蒙巾更被剑气反卷挂下。

蒙巾一落，倚弦不由惊呆了，失声道：“祝蚺?”

那人虽然脸容残缺不全、狰狞可怖，但仍可看到依稀是祝蚺的模样，一众诸人无不震惊莫名，当今三界之中谁都知道祝蚺已死，断无复生之理。但是，现在他竟然出现在这里，除了模样变得丑了点外，不但伤势看起来已经痊愈，而且更是生龙活虎，竟能独身潜入此处抢走翻天印。

“怎么可能?”倚弦最是吃惊不过，他亲手以龙刃诛神诛杀祝蚺，自是知道得最清楚，当时祝蚺被土行孙舍命缠住，然后受他龙刃诛神这么一击，生机已绝，连灵元也保不住，就算再来个第七道轮回，灵元俱灭的祝蚺也绝对不可能活下来。但现在事实就摆在眼前，祝蚺活生生地出现在他面前，这点让他一时难以接受。

乘着倚弦等众人震惊之时，祝蚺遁空而起，化作一阵烟尘疾速向幻境外窜去。

“贼子休走!”耀阳大喝一声，持着轩辕剑直追而去。倚弦、姜子牙、杨戬与金吒等人随后跟上，魔妖两宗的人也不甘心地追了出去。

幻境结界早已被祝蚺以翻天印打开，众人刚出幻境就见百丈外金光闪烁，却是一批人赶来，为首的正是神宗的二十八星宿，他们带领一批天兵神将及时赶到。魔妖两宗等人一见事情不妙，不等二十八星宿赶到，纷纷就此遁走，现在的他们哪有实力跟神宗的人相抗衡。

转眼间，所有人都做了鸟兽散。

耀阳与倚弦看到二十八星宿神将，不由自主对视一眼，毕竟曾经在陈塘关与他们打过交道，心中免不了有些虚惊。不过，兄弟俩的目标自然是拿了翻天印的祝蚺，正好趁机盯住他一个人追去。

耀阳追至祝蚺身后三丈外，猛地大喝一声，轩辕剑挥出兰花状金光，“乾天龙炎诀”化成三条巨形光龙，径直向祝蚺疯狂攻袭而去。

耀阳并不指望这一剑能伤得了祝蚺，但是只要让祝蚺身形一顿，倚弦等人就能缠住祝蚺一段时间，即使只有一弹指间的时间，也足够二十八星宿赶到将之困住。

谁知“祝蚺”冷笑一声，右手一挥，轻呼道：“神印翻天!”魔能波动，金光闪动，翻天印突然化成一座庞然大山向耀阳和倚弦他们斜斜压去，其压下之势有如泰山压顶，如若被此等绝世神器击中，恐怕不死也得重伤，而继续前进之势必然无法脱离翻天印的攻击范围，耀阳与倚弦等人只能在后退和左右急闪中做出选择。

当耀阳等人闪开攻击再想继续追时，祝蚺已经身在百丈之外，翻天印亦重新回到他的手中。祝蚺逃窜的速度奇快，只是这么一耽搁，耀阳等人就已经无法追上全速飞遁的祝蚺，当然只能放弃。

追赶不及之下，耀阳等人停下来，包括接着赶到的神宗人马在内的所有人都为这一幕所震惊。神宗之人与耀阳等人相互见过，就只是客套几句话带过，此时非常时候，当然不适合再长聊下去。除了二十八星宿，其他人都下到武库之底去寻找或许还能用的神器法宝。

说到祝蚺之事，姜子牙第一次深缩眉头，沉思道："没想到祝蚺非但没有如同传说中那样死去，更懂得了驾驭玄宗的翻天印法，这点实在是让人不安。"

倚弦更加怀疑道："这太不可思议了，就在牛头山上，易某亲手用刚刚启锋的龙刃诛神将他击毙，他致命要害被神器煞气击破，生机已绝，灵元亦灭，照理应该不可能生还才是，这究竟是怎么回事？"

姜子牙的神色更加凝重，道："不错，龙刃诛神启锋时积数千年的煞气之强非任何高手可以抵挡，就算以幽玄、陆压的修为，若是当时被这样强的煞气击中要害，也断无生还之理，但现在祝蚺明明白白就出现在我们面前，还抢走翻天印？这说明其中定然大有蹊跷！"

耀阳问道："更奇怪的是，祝蚺不仅没死，反而不知如何会使用出翻天印的神器绝招，难道玄宗的法道这么容易学？"其实，他又何尝不知玄宗法道非是这么容易学会。

"不可能！"姜子牙断然道，"任何法道，就算以当年轩辕黄帝的资质专学玄门一技法道，没有数月的时间也不可能学得会，更别说修炼这翻天印法，还得专注学会玄宗的基本法要才行，像祝蚺这等久习魔能的人物怎会来花费心思来练这玄宗法要？"

耀阳笑道："是不是当年祝蚺亲自混入玄宗学到的？"

"去你的……这怎么可能。"倚弦轻责道，"这个时候你还瞎闹？"

耀阳笑道："我看大家气氛压抑，这样感觉很糟糕。不过，祝蚺虽然不可能混入玄宗，但是玄宗法要未必就拿不到。"他想起当年蚩伯还不是同样也拿了蜀山剑宗的《阴阳法要》。

姜子牙点头道："虽有这样可能，但是就算他能拿到基本法要，也不应该会翻天印法。此法玄奥非常，跟魔宗秘籍完全不同，不是身在神玄两宗多年的人，想学会的可能性微乎其微。像祝蚺这样浸淫魔功多年的人，心性已定，更是不可能学会此法。"

这时，二十八星宿战将之首的亢金龙道："姜先生此言甚是，神玄两宗的法道要术非魔宗之人所能领悟，祝蚺想要学会翻天印法，无疑是难如登天。况且听闻玄宗几大法典一直收藏于蜀山剑宗的'藏经阁'内，不是谁人想得便得的！"

耀阳道："不过，最大的疑点是祝蚺为何能死而复活？再怎么说起来，学翻天印法还略有可能性，但是他受了龙刃诛神致命一击，却还没死就太令人难以置信了。"

"还有一点很怪……"倚弦沉思道，"祝蚺的脸怎么会变成像是被火烧一般，受龙刃诛神一击也不会导致如此。他们祝融氏应该不会怕火才对，以祝蚺的修为再怎么也不可能被火烧成这样！"

姜子牙沉思半晌，微微一叹道："祝蚺该死未死，玄宗法道外泄，这都是非常之事，看来三界情况有变！"

此时，负责找寻神器的星宿神将将废墟下的情况报了上来，下面似乎曾经被一批人翻寻过，根据现场留下神器灵力状况，至少有一半的可用神器被人匆匆挪走，现在只剩下不到半百之数的神兵利器，而且这批人似乎是一起行动的，同时来同时走，并没有争抢的事情发生。

耀阳嘿嘿一笑，道："想不到这些人倒是捡了个便宜，挺聪明的，明知道进幻境也拿不到三大神器，就干脆趁早去找别人不要的好东西。不需要拼杀就能拿到这么多的好处，遣使这批人的幕后家伙不可小看，可能此人才是我们最大的敌人。只是他们会是谁呢？"他心中对这批人起了戒心，突然想起那黑衣老者，忖道："会不会是他吗？"

众人讨论再三，还是寻不到一个好的解释，就连姜子牙也无计可施。不久，二十八星宿带领天兵神将前来告辞，将那些能用的神器法宝全部带走上缴天庭。

姜子牙叹道："我们也回去吧！"

人去库空，再在伏羲武库待下去也没大用，再说姜子牙与杨戬得了打神鞭与焚神天戟，所以也不能说毫无收获，于是姜子牙领着几人纷纷离开。

远山之巅，黑衣老者和卓长风冷眼观望神玄两宗的人清场离开。

卓长风大感敬服道："尊主神机妙算，早一步令祝融氏之人将武库大殿的神器搜罗了大部分，现在那些想拿三大神器的人个个空手而回，而且除了幽玄这老家伙是单身独人外，其他各人都是损兵折将，这样一来更加有利于尊主一统魔妖二宗。可叹这些人为了三大神器争个你死我活，到头来还是一场空。"

黑衣老者淡笑道："仅次于龙刃诛神和轩辕剑的三大神器无人不为之眼红，哪有这么轻易能拿到手的？何况耀阳那小子先得轩辕剑，他们又是全心合力，在争夺神器上自然是大占便宜。如果不是突然出现一个已经死了的死人，这三件神器定会全部落入神玄二宗人的手中。"

卓长风道："话虽如此，但是三大神器之威让圣门之人谁都觊觎已久，此三大神器虽需要玄宗法门才能快速应用，却不是非玄宗之人不能认主之物，只要经过一段时间琢磨，亦能启用此等神器。再说三大神器之威远在幽玄的魔刃'惊锋'之上，谁人肯轻易放弃？"

黑衣老者冷笑道："三大神器威力虽强，得到一件都远胜普通神器，但这库底还能用的神器远超百件，即使只能找到一半，也抵得上三大神器的任何一样。得到三大神器之一只能提高一个人的实力，但是这一批神器却能使一大批本来修为不怎么样的人获得大幅度的提升，而且根本不耗一兵一卒，其中优劣得失其实一眼明了。这些人无不是被三大神器迷了神智，否则怎么会没想到这点？"

"尊主所言甚是！不过……"卓长风微有担心地道，"那个祝蚺竟能夺取翻天印，实在是不可小觑，但他怎么可能会用出玄宗才有的翻天印法？难道他不仅没死，还在这么短的时间内学会了玄宗法道？这其中奥秘实在令人难以想通。"

黑衣老者眼中精光如电，沉思良久，略带幸灾乐祸地道：“不用说，玄宗内部定是出了不小的问题，否则那个像‘祝蚺’的小东西怎么会懂得翻天印法?”

“像祝蚺的小东西……”卓长风讶异地问道：“尊主是说，那个祝蚺是被人假冒，而假冒之人又是玄宗的门人弟子?”

黑衣老者点头道：“三界之中没人比我更清楚龙刃诛神，此等启锋煞气，即使玄宗本身的人也受不了，更何况是魔宗的人。祝蚺要害被击中，灵元俱灭，断无可活之理。他的尸体我也亲自见过，而且已经被我抛掷地焰池之中，除非三界六道尽归于灭，天道变更，否则祝蚺绝对是死了，断无复活再生的道理。”

卓长风若有所思道：“如此说来，其中定有我们所不知道的隐秘环节。”

黑衣老者目中魔芒绽现，道：“其实，在魔宗流传千万年的各族秘录之中，的确有不少可利用祝蚺尸身的法子，只是失传已久。如今看这个控制祝蚺尸体的家伙，无论是用什么办法，能在这么短的时间内达至如此自如的境地，都算是非常不错了，看来理应是个不错的人才。”

卓长风道：“现在圣门妖宗的确有不少青年俊彦，虽还比不上耀阳和小易那两个小子，但实力绝对过得去。还有那些各族主导人物都不错，分散之下也能跟神玄两宗周旋这么久，而且闻仲和九尾狐等人还在朝歌将神玄两宗的人尽数打压殆尽，朝歌已经基本上在我圣门妖宗手中。如果尊主一统二宗，天下最重要的朝歌等地便落入尊主之手，天下大势可定。”

黑衣老者面露兴奋神色，道：“长风说的没错。我虽然甫出三界的时日短浅，但却看得出我圣门人才比之数千年前更为出色，只要一一收服这些人，统一圣妖两宗、再现辉煌指日可待，天地迟早会重归圣门一统。”言罢，仰天大笑。

离开伏羲武库，姜子牙一行五人遁风返回隐弈居而去。

半路上，杨戬向金吒谢道：“多谢李师兄将焚神天戟让给杨戬!”

金吒生性随和，笑道：“这算得了什么，我手中的银枪用得极是舒服，何必去换其他兵器，而杨师弟一直苦于无称手兵器，再则说来，当时情况危急，更应当权宜行事，所以当然是杨师弟拿的！”

姜子牙从旁赞道：“金吒能有如此见地实在难得！你说得很对，焚神天戟虽好，但毕竟非是你合适的兵器。枪戟形似神非，同为善攻主攻的长兵器，俱是横扫千军之利器，但枪重在犀利迅猛，一击必杀。戟重在霸悍强势，所向披靡。金吒你生性适合用枪，即使得到焚神天戟，也要再花数十乃至上百年的时间修炼转性，未必是好事！”

金吒恭敬回道：“先生说得甚是，金吒受教！”

不多时，姜子牙等人回到隐弈居，云雨妍和武吉急着出门迎接。

此时，天色刚亮，众人齐聚客厅。

云雨妍关切地问道：“不知先生等人此行成果如何？”

耀阳怎肯放过这个表现的机会，忙将当时武库夺宝的情况说将出来，云雨妍听得姜子牙与杨戬分别得了打神鞭与焚神天戟，忙和武吉连声道贺，姜子牙与杨戬自是客气了一番。

耀阳然后继续将武库夺宝的事情说了下去，一直说到祝蚺出现之事，云雨妍顿时惊道：“祝蚺没死，这怎么可能呢？”

倚弦感到尤为难堪与尴尬，因为说起来祝蚺是他这个三界后起之秀所诛杀，这时祝蚺的出现无疑证明了这是个谎言，这让他首次感到面对众人有种相当惭愧的不安情绪。

耀阳用肩轻撞了一下倚弦的肩头，以示安慰道：“我们也不信，但是他却活生生地出现在我们面前，还将翻天印夺去。所以我估计这其中一定大有蹊跷！”耀阳无奈地将当时的全部事情说了个清楚明白。

“先生，这祝蚺是怎么回事呢？”云雨妍大感奇怪，美人微蹙纤眉的模样看起来很让人感觉舒服。

姜子牙沉声答道：“其实相比起来，祝蚺再现之事还不算什么，魔宗或有他法利用他的魔躯尸身装模作样，但他却能使用翻天印法就变得甚为严重了，看来玄宗之中有些问题需要解决，待我好好算一卦，看看事情究竟是怎么回事？”

姜子牙信手卜起一卦推算，谁知沉吟许久，几次皱眉换卦都没有成功，不由摇头叹道：“看来此事已远超出我的法道能力之外，无论我怎么努力也无法推算出整件事情的蛛丝马迹，甚至连一点明显的提示也没有！”

云雨妍惊道：“怎么连先生都无法算出此事？看起来决不简单，说不定将是扰乱三界的大事！”

姜子牙摇头叹息，沉声道：“三界乱势已定，难以挽回。现在只能希望我神玄两宗能阻止这乱势加剧，尽快稳定三界形势，使之重归正统。”

一众人等都点头称是，均有沉重担心之色，只有耀阳淡笑道：“三界虽乱又如何？天下毕竟没有永恒不变的至理，否则为何成汤为万民之福，暴纣却是万民之难？只是面对任何结果，最终要看新的至理把握在谁的手中而已。或许三界之乱是一个新的开始，也未可知！”

众人闻言皆惊，倚弦欣慰地望着自己的好兄弟，就连姜子牙和云雨妍都讶然看向耀阳，谁都没想到他居然能有这样的见解。

耀阳被众人看得大不自然起来，连声道：“其实，这些道理都是我平时多看先生的《龙虎六韬》才能揣摩出来的，也不知道对不对？”

“小阳说得有道理！”倚弦转而一叹道，“不过，三界四宗一乱，受难的始终是人界的万千黎民百姓！”

耀阳拍了拍倚弦的肩膀，道：“小……易，我的好兄弟，我素来知道你心软，但你应该想一想，现在的天下是何种情况？百姓真的好过吗？现在在西岐百姓过得安稳，但整个殷商国界内的其他百姓呢？特别是朝歌控制下的大部分地方，根本没几家百姓能真正过好安稳日子，大部分的人都是衣不遮体、食不果腹，我们只能祈求三界之乱能够开创出另一片新天地，说不定反而会给万千黎民百姓一条真正的生路！”

这一席话又听得众人陷入深思之中，说来也难怪，众人都将乱象想得太过复杂，以至于沦为偏安的思想，所以在听到耀阳这番见解独到的话后，顿时都禁不住顺着耀阳的思绪想了下去。

倚弦同样被耀阳的话中深意所震，陷入深思之中，好半响不得不承认耀阳果然跟以往不同了，不但能征善战，而且思想也变得锐利非常，道：“你小子以三界之乱来做选择，会否太过激烈？”

耀阳肯定地点点头，道：“就算三界不乱，人间界也是必乱无疑，而且是势在必行的，此时的殷商已是病入膏肓，无药可治，如果继续拖下去只会让黎民百姓更加痛苦，所以还不如废而重生!”

云雨妍更是秀眉紧蹙，听着耀阳认真又极具深度的话语，再凝视此时说得兴起又神采飞扬的耀阳，问道：“那耀将军认为该当如何废而重生呢?”

耀阳回答的相当干脆：“亲历亲为，一切从头开始!”

姜子牙没有说话，双目炯炯注视耀阳，像是在沉思耀阳所说的话。

倚弦苦笑摇头，无奈地问了一个自己也同样深感悲哀的问题，道：“难道天下的黎民百姓真的是这么无奈吗?”

“千古如此!”耀阳点头说罢，一把拉住他与杨戬，道，“别说这些了，即便说了也是白说的扫兴话，来来来，大家既然难得得了神器，不妨来好好比比看，杨戬与先生一起来试试，如何?”

“好啊，我正想试试焚神天戟的威力。”杨戬想都没想就一口答应了。

云雨妍娇媚万分地横了耀阳一眼，道：“胡闹，先生怎会混在你们年轻人当中打打杀杀哩!”

姜子牙微笑道：“你们切磋切磋也好，可以彻底激发出神器潜能！至于金吒，今次之事足以证明你修为已然达至一定境地，你且稍候片刻，我已经让清风去取一样物事给你，这样物事乃是你师尊遣人送来的，说是只有等你修为精进之后才能交予你!”

金吒好奇地问道：“不知师尊带给弟子什么物事?”

姜子牙笑道：“你且看便知!”

众人见姜子牙卖了关子，不由也感好奇，陪着金吒在厅中等待。

果然等不到片刻，道童清风持了一个黄巾包裹从内室行了出来，将包裹递给金吒后，恭敬地立在了姜子牙身后。

在众人催促下，金吒打开包裹，顿时满室金光生辉，原来黄巾包裹着一柄三环金樽柱，众人不知是为何物，看得不明所以，只有金吒知道这是师尊五龙山文殊广法天尊的独门法宝神器——遁龙桩。

金吒见宝如见师，当即跪伏在地，早已感动得热泪盈眶，朝五龙山方向叩头三拜道：“弟子深感师尊爱戴之恩，今后更当谨尊师命，愿以一己全力以造福三界苍生为己任!”

金吒叩拜完毕，又转向姜子牙拜谢道：“金吒也多谢先生!”

姜子牙抚须点头赞许，扶起金吒道：“由此可见你师尊对你期望甚大，今后更当努力才是!”

“谢先生指教!”金吒在众人扶持下起身，收好师门秘宝，朝众人拱手道，“几位兄长的惊天之战我就不去了，毕竟今次出城太久，西岐虽然大胜，但即将接近年关，军务更是繁忙，耀将军既然不在，总不能连个副将也不在。所以我这就回去处理军情俗务。”

耀阳点头道：“也好，有李兄坐镇，我也放心！那就麻烦李兄知会侯爷一声，耀某很快便会回城!”

金吒点头抱拳离去。

目送金吒回去后，耀阳转头道：“云姐姐，武大哥，你们也一起来看看我们之间的切磋吧!”

云雨妍娇笑道：“好啊，雨妍也想看看龙刃诛神、轩辕剑和焚神天戟的威力。不若你们去山顶吧，那里尽可让你们发挥!”武吉亦是欣然同意。

“好，就去山顶。”耀阳又问道，“先生一起前往，如何?”

姜子牙微笑道：“我就不去了，你们年轻人去吧，我还得卜算一些事情!”

于是，耀阳、倚弦与杨戬在云雨妍、武吉的陪同下，风遁而起，不到片刻就来到蟠山之巅。

第一百零四章　绝世锋芒

晨光如沐，清风舒爽，虽已是冬季，众人却是感到格外清新爽目。

耀阳首先祭出轩辕剑，挥舞在手中翩动几下，顿时豪气大发，喝道："小易、杨戬你们来吧，我已经准备好一挑你们两个！"

"你这不是找死吗？"倚弦失声大笑，龙刃诛神铿然祭出，挥剑而上，剑舞成形，身形起落有如狂浪。

"那我也不客气哩！"杨戬傲然大笑，焚神天戟舞出炽热烈焰，首先袭向耀阳的轩辕剑。

耀阳大笑连声，跟着大喝一声，跃身而起，轩辕剑身初展，剑影荡天，分成三叠剑影，层层扑向倚弦和杨戬，轩辕剑气无坚不摧，即使连倚弦和杨戬也不敢硬挡，两人飞蹿而起，堪堪躲开这一击。

几乎同时，倚弦的龙刃诛神和杨戬的焚神天戟亦发威攻向耀阳。

两人合击，威力何其强盛，耀阳自然更加吃不消，只有后退。倚弦和杨戬乘胜追击，耀阳面对的是来自四面八方不断的攻击。

耀阳奋然长喝，飞身若旋，轩辕剑展开剑气如阵，身形遁空而起，刁钻的"无间遁法"施展开来，居然偏向一隅，令倚弦与杨戬身形重叠，合攻之势立时告破，然后剑势如潮攻倚弦和杨戬必救之处。

倚弦和杨戬身形分开，只能改攻为守，倚弦的龙刃诛神连挡几下，将分散的轩辕剑气尽数抵消，杨戬亦挥出戟影完全将轩辕剑气挡在身周护界外面。

耀阳乘机大喝一声道："再吃我一剑！"周身五行玄能合五为一注入剑身，轩辕剑放出耀眼的金色光芒，剑身隐蕴的九条金色光龙呼啸而出，再又合而为一，以威不可挡之势向倚弦和杨戬扑去。

"不错嘛！"倚弦轻笑道，却丝毫不敢大意，闪身急避。这一剑的威力岂同等闲，即使以幽玄之能也不敢小视。相比之下，杨戬的修为略逊一筹，自然更无法挡住，同时用戟尖一挑虚空，借势遁向另一边，急飞而起。

被两人避开的金龙剑气落在百丈外的孤崖之上，发出震天巨响，顿时爆石四激，烟尘满天而飞，大地微颤，整个孤崖竟被击得粉碎。远处观看的云雨妍和武吉不由为之动容，想不到耀阳有轩辕剑之助竟能达如此威力。

倚弦见到耀阳初得轩辕剑便能施展出如此威力，心中大惑不解，自然联想到自己当初得到龙刃诛神后的情景，不由深深为自己的好兄弟感到高兴，同时更从耀阳的剑式中看到大巧若拙的剑道至理。

"好！"倚弦大笑着赞了一声，脑海中回荡起蜀山剑宗的滔天剑技，当即挥剑切入耀阳与杨戬之间。

耀阳方才一剑分开两人，立即向杨戬风遁而去，轩辕剑悍然斩出。杨戬低喝一声，焚神天戟舞出焰火滔天，斜斜正挑中轩辕剑尖，"铮"地一声裂响，戟身顿颤，杨戬硬是被震退丈余，耀阳也被焚神天戟之威逼退数尺，正欲追击之际，倚弦已经转身向他一剑劈来，剑气化成漫天飞雨锁住耀阳所有立足方位。

耀阳只能回身应战，轩辕剑舞得滴水不漏，企图将飞雨剑气尽数抵消。但就这身形一顿之间，他就完全陷于倚弦和杨戬的包围之中。倚弦和杨戬通过方才的短暂磨合，已经达成初步默契，几乎同时出击，龙刃诛神一剑劈下，焚神天戟爆成烈焰笼罩。

耀阳立即陷于难以回避的地步，但他丝毫没有慌乱之色，轮剑成圈，转眼剑气将他全身覆住，外面完全看不到他的身形。

倚弦的龙刃诛神斩下，穿过轩辕剑的剑气圈，一击即中，"铿……"一声脆响，轩辕剑与龙刃诛神首度硬撼对方，两人几乎同时身形一震，各自以最快的速度退出战圈，互相审视自己的掌中神器。

看着完整无缺的刃身，兄弟俩再度相视大笑，再又掠身加入战圈。

杨戬傲立当空，看着兄弟俩审视完毕，这才挺戟而上，接连数戟趁机席卷攻袭，耀阳的轩辕剑仿若有目可看一般，剑尖连连挑中焚神天戟的戟尖，借着连戟反震之力，耀阳飞遁而起，轩辕剑当头再度向倚弦与杨戬劈下。

倚弦一直并未全力出手，毕竟他和杨戬分持神器而攻，所以连绵攻势时止时作，给了耀阳充分时间去抵制杨戬的焚神天戟。此时见耀阳仍然将一身玄能一分为二分别攻击他与杨戬，心中直感耀阳着实胆大心细。

倚弦与杨戬已然立即分两边闪开，然后同时蹿起身形，直向耀阳击去。两人左右合击虽配合得尚不十分默契，但毕竟出自两大神器的合力一击，到底还是不可小觑。耀阳唯有惊起后退，轩辕剑狂斩，逼迫两人不再进逼这么快。

倚弦的法道修为和掌中神器都跟耀阳在伯仲之间，杨戬也只是稍逊一筹而已，两人合力当然非同小可，耀阳怎么能占得了上风?

龙刃诛神在倚弦的“傲寒诀”之下，发出森然寒气，剑气凛然，在耀阳周围飙舞，给于耀阳很大威胁。杨戬的焚神天戟也无处不在，锐利的戟刃充斥在耀阳的三丈方圆之内。

越到后面，耀阳面对两人的连番攻击便越是穷于应付，一时根本难以进行反击，但再困难耀阳都充满斗志，疯狂舞剑，毫无气馁之色。

倚弦将龙刃诛神一转，“冰封千里”瞬间使出，竟瞬间在耀阳的周围筑起一层冰墙，耀阳为之一阻，杨戬已经赶上一戟刺下。耀阳急转轩辕剑，剑锋扫开焚天天戟，再破四面冰墙。然而此时倚弦和杨戬同时逼上，迫得他只能抽身后退。

这一退，耀阳不停直到百丈之外，他才蓦地仰天长啸，抡起轩辕剑，金光散尽，剑气冲天，九条金色光龙随着剑气冲出，回旋在虚空之中，越旋越急逐渐分不清哪条与哪条，最终融成一条难以名状的威严金龙，龙吟声震万里，气冲云霄，风云变色。

倚弦亦是豪情大发，高举龙刃诛神，窜出的紫色光龙悍然与金龙对峙。紫金双龙并无敌视之色，却是兴奋无比，显然为即将到来的龙争虎斗而振奋。

杨戬手中的焚神天戟竟颤抖不止，硬是不敢再对耀阳不利。杨戬叹了一声，退了下来与云雨妍和武吉站在一起。

云雨妍奇问道："怎么回事?"

杨戬苦笑道："龙刃诛神和轩辕剑对峙，其他神器根本没资格参与其中，也无法发挥应有威力。我这样勉强地参与其中，还不如坐看他们两人一战。"

云雨妍点头道："没想到龙刃诛神和轩辕剑竟有如此神威，耀阳和小易拥有它们，两人的修为层次已是三界年轻一辈中的佼佼者。看此两神器之威，实是天地为之震撼，难怪值得三界之人为之疯狂。"

"来吧!"耀阳长笑，轩辕剑斩下，金龙力压一切。但倚弦亦催发紫龙强抗，金龙和紫龙互搏，龙吟声响彻天地。剑气飞落，山岳为之震颤。

轩辕剑上下左右急斩四道锐利剑气，四面封住倚弦，剑气极为强悍却是不断变幻，让人琢磨不透又难以抵挡，仿佛无论怎么进或退，都逃不过四道剑气的围截。但倚弦还是看出此剑是按照八卦方位劈出，其中蕴含的变化亦脱不出《轩辕图录》的奥秘。倚弦急退之后，马上便清楚了此剑的变化，轻笑一声，脚踏震、坤之位，出剑击中剑气衔接之点，四道剑气立散。

"不错啊，居然能这么轻松就破了这招，再看我这手。"耀阳赞道，手下可丝毫不慢，轩辕剑舞成八个旋转的光圈分八卦八个方位，按一定顺序相互交错拉扯着向倚弦猛地罩去。

"你小子也行，竟能将八卦妙法跟图录完美地结合在一起出招。不过你显然对图录的领悟还未消化，现在就这点皮毛，还不放在我的眼中。"倚弦叱喝一声，龙刃诛神爆出光彩，光芒化成九条光龙，八条光龙不偏不倚地刚好迎上剑气，一口将八道剑气吞噬，两者共消于无。

剩下一条光龙却张牙舞爪向耀阳扑去，却被耀阳轻松一指弹去。耀阳笑道："你这小子也会耍诈，这九条光龙最大的作用不过是跟剑气同消，但攻击的效用不过是正常剑气的一成，吓唬吓唬人还好，对也懂图录的我来说就是小儿科了，让你看看，这个才是真正的攻击。"口中说着，耀阳已将轩辕剑连斩九道炽白色烈焰剑气，向倚弦怒腾着扑去。

这九道烈焰剑气看来似是跟以前没什么区别，但倚弦清楚得很，此次这剑气蕴含《轩辕图录》的深奥之理，他无论是进是退，是避是挡，都无法破除剑气的威胁，以他现在的修为，唯一的办法就是在九道烈焰剑气合而为一的时候，击中其中结合的至强点却也是唯一的弱点才行。

倚弦纹风不动，双眼神光如电盯着九道烈焰剑气。九道剑气蓦地扩散，从九个方向同时攻向倚弦。倚弦还是不动，手中倒提龙刃诛神，眼神锐利无比，在他的眼中本来九道剑气不过是瞬间的冲来扩散却像是经过了不少时间。剑气冲到距他仅有半丈之时，倚弦愣是没动。突然一声龙吟，九道烈焰剑气又骤然重合，化成一条巨大的炎龙一口向倚弦吞去。

倚弦等的就是这一刻，龙刃诛神刚好在九道剑气合成一条炎龙之时，击在炎龙的眉心。“砰！”炎龙化成一团烈火，却从倚弦的周围窜过，消逝在空中。

耀阳已乘机窜到倚弦身边，一剑斜出，口中还惊道：“没想到你连这招也能破，厉害，再看看你还有什么能耐？”金龙吟天之中，剑势凛然。

倚弦风遁急退，同时喝道：“你也吃我一招，‘冰封天地’！”龙刃诛神竟是发出阵阵热气，但随即一剑劈出，却是从未有过的冰寒。

耀阳脚下顿时出现纵横八道冰柱，冰柱上尖锐无比的冰凌向上蹿出，其速之快，非人所能及。耀阳惊道：“这招不错！”轩辕剑及时连挥烈焰剑气，但是剑气虽击破冰凌，八道冰柱所处方圆十丈之内却凝气成冰，形成一个极为坚固寒冷的冰球，耀阳已被封在里面。

云雨妍见了不由惊呼道：“这……耀将军不会有事吧？”

杨戬眼力锐利，笑道：“放心，应该没问题的。”

“所以，我要再来一剑！”倚弦也不忘接上杨戬所说，一剑向冰球劈去。

果然，话声未落，便听得一阵霹雳暴响，冰球爆裂，耀阳一跃而出，回身不忘大喝道：“多谢云姐姐的关心！”言罢，轩辕剑斜挑龙刃诛神，两剑相交，“铮！”铿然惊天巨响蓦地爆起，光芒亮彻三界，百里之内的山岳为之震颤。

云雨妍颜面不由一红，知道自己方才关心则乱，正感尴尬之际，只感脚下一阵颤抖，峰顶竟裂，禁不住与杨戬、武吉面面相觑，眼中俱是骇然惊色，两大神器正面交击竟有如此威力，实在是骇人听闻。

“爽快！再吃我一剑!”被震飞到数十丈外的耀阳大喝道，看向同样被震退数十丈的倚弦，轩辕剑折叠斩出，剑气飞飙。

“来就来，还怕你不成。”倚弦毅然对上。

两兄弟修为相当，神器俱是最强，拼斗起来实如天崩地裂，剑光有如电闪，霹雳巨响有如雷鸣，剑起风动，天地风起云涌。

杨戬惊得失声道：“恐怕‘邪神’幽玄和‘龙神’应龙拼将起来也不至于这么夸张吧?”

武吉叹道：“师尊虽慧眼识人，但恐也没想到耀将军竟有如此神威。”

云雨妍亦道：“三界四宗精心培养出青年高手却被一个从冰火轮回狱出来的小易、一个凭空出现的火舞耀阳尽数压过，即使如玄宗年青一辈最出色的慕行云此等人物也仍有不及，世事总是令人猜想不到!”

耀阳和倚弦战得兴起，什么招式都用，毫无留力。而随着无保留地强战，两人尽情发挥，刚领悟的《轩辕图录》在八卦妙法诠释下，几可融会贯通。越是将领悟的《轩辕图录》消化，两人的威力越强。

由日起战至日落，大汗淋漓的两人战况更加激烈，惊天动地，云雨妍三人所在之处竟已经被震得崩裂，使得三人不得不换个地方再看。

三人越看越是心惊，耀阳和倚弦越战越强，此时虽是筋疲力尽，但是出剑威力之强悍，剑势之浩瀚，变化之莫测，跟初战之时简直可说是判若两人。三人俱不知两兄弟在伏羲武库一举领悟《轩辕图录》大部分奥秘，今日一战正是尽数将之消化，真正开始学得《轩辕图录》，以后的进展更将是不可限量。

“砰!”金紫双龙再次交击，竟似是起了暴风一般，耀阳和倚弦被气劲迫开，大笑着落下身形，直呼痛快。

天色刚有微白，“祝蚺”早已离开伏羲武库很远，遁行于山野之间，终还是不支落下身形，在山间小径中踉跄了几步。他虽然顺利地夺走了翻天印，但是受伤不轻，刚才逃跑心切，硬是受了耀阳和倚弦合力一击，两大神器的威力非同小可，虽然有刚得的神器翻天印抵挡，但余劲煞气还是难以抵挡地侵入他的体内，肆虐他的经脉，使他受到重创。而他方才又压着伤势以玄宗奇法催动翻天印，这才逼退追兵，更致使伤势恶化。

不过，他最担心的还不是自身的伤势，而是他刚才以玄宗法道脱身，姜子牙等神玄两宗之人断不会不知，很有可能因此暴露身份，引发严重后果，万一导致百数年的布置尽为一空，那就得不偿失了。

当然，即使神玄两宗有所怀疑也决不会一下子就想到他隐蔽极深的身份上，现在最要紧的是必须将伤势快点养好。毕竟现在以他的修为，才炼化祝蚺魔躯的三分之二，所以不能完全施展出“道魔挪移大法”的精髓，更无法将祝蚺的魔能收为己用。如果他的修为能得到一定增进，完全炼化吸收祝蚺的魔躯，到时融合魔玄二家之长的他，自是可以傲啸同辈，晋升顶级高手之林。

只是这时为了避免被神玄二宗察觉，他势必不能再以祝蚺的模样行事。想到这里，他以幻变之术恢复原身外表，此术比之幻面之术还要高深，即使别人能看出端倪，也断不会知道他使了幻术。此乃妖魔两宗化身之关键所在，但只能固定幻出一个面目，乃是没有常人肉身的妖宗弟子所惯用之法。

他的本来面目赫然露了出来——

被玄宗视为这一辈最为杰出的年轻弟子慕行云！

使出幻变之术后，慕行云顿时感到气血沸腾，经脉大乱，暗思这两大神器果然是厉害非常，他就这么抵挡一下，现在便愈感不支，更自知祝蚺魔躯尚未炼化，这样严重的伤势极难痊愈，他只能另想办法求助。

此时自然不能去玄宗求助师尊，慕行云心念一动，他想起一直以来都比较欣赏他的“妖师”元中邪，妖师不但通晓百学，精通医术，而且栖霞山也离这里不是很远，况且他的“道魔挪移大法”便是源自他处。

伤势容不得拖延，当下慕行云立即压住伤势，灵元触动翻天印隐于真元之中，遁起向栖霞山而去。

不消一个时辰的光景，慕行云已然来到栖霞山，找到云广洞前，根本无暇顾及洞外鸟语花香宛如仙境般的景致，他伤势经过一个时辰的拖延，加上耗损真元的遁行，令他伤势更重，不由又吐了一口血，嗓音略微嘶哑地喊道：“元师，慕行云求见！”

妖师元中邪果然在此修行，半晌过后，元中邪闻言踱步出来，见到慕行云伤重不支，不由大讶道：“行云，何人能伤你至此？”

慕行云苦笑一下，刚要说话，伤势再起，猛地又吐了口血，眼前一黑就此昏迷过去。元中邪微微皱眉，一挥云袖，慕行云的身体就凭空飞起，在妖能牵引之下随元中邪进了云广洞。

洞中摆设甚是简单，仅是一张石桌两张石凳，外加一张石床而已。

元中邪将慕行云安置在石床上，开始以丹药和妖能替慕行云疗伤，如此坚持了一个多时辰，果然妙手回春，令慕行云伤愈醒转。

慕行云起身后当即就向元中邪拜谢道：“多谢元师相救！”

“举手之劳而已！”元中邪摆摆手示意无须行礼，问道，“但以你的修为，三界之中能伤你的人实在不多，老一辈妖魔二道的高手与你又无怨无仇，究竟是何人致你如此重伤？”

慕行云自然不可能将原话说出，起身苦笑道：“行云也不知对方的身份，只知此人是一名黑衣老者，魔功通天，没几个照面就将行云击成重伤。”他早在来此之前便已想好借黑衣老者来掩饰，所以元中邪问起来他答的甚是自然，没有露出丝毫破绽。

“哦，看来这个黑衣老者非同小可。”元中邪并未深究，毕竟以老一辈的妖魔二道高手来说，足以打伤慕行云的人实在不胜枚举。

元中邪望定慕行云，微微皱眉，沉声问道，“我方才在替你疗伤时，从你的体脉元能看出——你使用分经错脉之法，居然强行修持魔功，这是怎么回事？”

慕行云周身一震，半晌才讷讷道：“元师所言不错，行云不才，只是练功修行心切，所以难免想到借用速行之法，还望元师莫要见责！”

元中邪长叹一息，淡淡道：“神玄两宗素来不允许本宗弟子修炼魔功，否则视之为魔逆，行云你切记要把握尺度才行！”说到这里，元中邪言语一顿，犀利的目光紧紧盯视慕行云，道，“行云，我有一件事想问你！”

慕行云心中一震，不敢正视元中邪的目光，垂手道：“元师尽管问便是!”

元中邪淡然如常，道：“当年，我记得云广洞里藏有一本名为《灭天魔典》的秘籍，后来不知所终，可是你拿去了?”他的口气很平常，丝毫没有因此气愤的意味，但只要听到的人就知他是在质问。

“行云知道错了!”慕行云情知隐瞒不过，只能跪伏在地，一口承认下来，道，“当时，行云起初只是觉得此书较为奇特，故而好奇很想看看它到底与我玄宗法道有何分别，但越是看到后来，便越发现有些地方非常……以至于不忍释卷，因而做了此等宵小之事。本来也不敢擅自练此魔功，只是近来玄门正法的修行一直难有进展，加上四处妖魔横行，三界大乱之期将至，苦于自身毫无用武之地，所以一时忍耐不住，才尝试着加以修炼!”

元中邪的神色依然不变，叹道：“此等魔功的修持方法非常人所能想象，虽然成效较快，但毕竟非常难学，行云此举着实太过冒险!”

慕行云脸上有赧然之色，道：“行云知道，但想起元师修为惊人，因此多少也是想借鉴元师当年的修行方法，来提升本体修为，所以……”

元中邪始终爱才，心中更觉得慕行云跟自己颇为相似，所以对慕行云从来就非常欣赏，这时闻言只能点点头，道：“你的想法我可以了解，所以此事我也不想再行追究，你自己切记好自为之!”

“多谢元师原谅行云无知之举，从今往后，行云都不会再犯相同的过错!”慕行云心中松了口气，知道元中邪还是没有怪他，但是脸上满是忏悔的神色，看起来丝毫没有做作，反而让人感觉他的真诚。

元中邪沉声道：“天地至理不变，所谓玄法魔功不过是各自方法不同而已，修练魔功本没什么，但是那《灭天魔典》始终太过歹毒，有违天道人性，最好不要继续修持下去。而且此法虽然自称灭天，初期精进修为的效果极为明显，但是愈加修炼下去便越是难练，其中最可怕之处——”

元中邪摇头长叹道：“便是在于它能令修炼者本性错乱，难以自持，最后彻底沦为魔道狂人！当年，我不信此中明训，强练此功，结果差点导致走火入魔，如非心志还算坚定，强行撤功自毁魔元，恐怕早已功消人亡又或完全泯灭人性，受魔性控制不能自主，更甚者有可能心智亦受控制，变成由魔性操控的傀儡，神识焚灭！”

神识焚灭？

这个对于三界中人而言，甚至比灵元俱灭还严重。慕行云心中凛然，口上却道：“幸得元师提醒，直如醍醐灌顶，行云才能悬崖勒马，不至于犯下此等错事。行云决定日后不会再练，此典籍也不应再留下，还请元师收回吧！”言罢，慕行云立即从身际皮囊中将收藏好的《灭天魔典》拿出来交给了元中邪。

元中邪接过魔典，掌中元能微动，厚厚一卷竹简典籍立即化为飞灰，然后说道：“此魔典实无必要留下，免得以后遗祸三界！”

慕行云恭声回道：“元师所言甚是！”然后再又笑道，“元师一人在此静修，雨妍师姐也不在，定然没有可与之对弈之人，不如现在行云陪元师下盘棋解闷如何？”他知道元中邪素喜此道，只要有对手，有棋必下，更何况三界年少一辈之中，他慕行云是唯一有资格同元中邪对弈的人。

谁知这次元中邪却大反常态，仿佛突然间对棋弈之道浑然没了兴趣，他微微摇头，轻叹道：“行云，今日并非对弈之良机，不若改日吧。”

慕行云惊问道：“不知何事令元师为之担忧，行云记得元师一向都不理俗事！”

元中邪若有所思道：“三界四宗由谁做主，天下又以谁为尊，我自是懒得理会。但现在此事非同小可，甚至可能有导致三界大乱、永无宁日，到时候恐怕连我都难以置身事外。”

慕行云震惊道：“何事竟有此等惊天动地的影响？”

“说与你听，倒也无妨，由此警醒一番也好！”元中邪缓缓在慕行云的扶持下坐在石凳上，然后述说道，“记得将近八百多年前，我曾经去往妖月梦冢拜访苦鳖婆婆，谁知苦鳖婆婆竟是闭关不肯出来见面。当时我为的是打听三界最神秘的宝物——归元魔璧的下落，哪肯就此罢休，于是便硬闯进去。结果，我很难得地见到苦鳖婆婆的师尊刚好在场……”

慕行云更是吃惊不已，以他的镇定，也禁不住打断了元中邪，问道：“难道元师所见的是被称为妖宗第一灵媒的三界奇人——鳖灵圣母？”

元中邪被他打断了说话，却也不以为忤，点头道：“不错，原来当时是因为鳖灵圣母来看苦鳖婆婆，所以苦鳖婆婆才避不见客。”

慕行云诧异道：“但是据说鳖灵圣母早在数千年前就无法躲开天劫，已经灰飞烟灭，消失于三界之中，她怎么可能还活着呢?”

元中邪笑道：“当年鳖灵圣母应劫，现场的确曾有数百妖魔邪人亲眼目睹，三界中人无不认定鳖灵圣母死于天劫。因此，没人会想到鳖灵圣母之所以能在天劫之下余生，是来自其师门独有的经验。”

慕行云道：“这样的情况下，我也决不会怀疑鳖灵圣母之死。但是她怎么可能在众目睽睽之下做出这样的戏来?”

元中邪摇头道：“这一直是个谜，让我花了八百年的时间也想不通，当时问了鳖灵圣母却也没得到回答。现在想来每个宗派都必然会有属于自己的秘密，像是魔族刑天氏之秘等等，所以也就觉得不足为奇了!”

“那当时情况是怎么样的?”慕行云关心的还是这个。

元中邪道：“既然鳖灵圣母在，我自然是问她，当时我不大不小也已算是三界名人，圣母也知道我的名声和性子，当即不吝相告。结果她的回答大出我的意料之外，当时便让我足足吓了一大跳。”

能让“妖师”元中邪吃惊的事情自然是非同小可，慕行云迫不及待地追问道：“鳖灵圣母怎么说?”

元中邪沉声道：“承蒙圣母相告，归元魔璧必将于今世现身，动乱也是由此开始，然后天地三界将再度重蹈数千年前的覆辙，神魔之战在所难免，恐怕到时候即便盘古重生、轩辕再世也将于事无补。”

慕行云骇然道：“竟有此等之事，数千年之前不正是第一次神魔大战吗?当时天地三界的变动绝非后来蚩尤之乱可比，苍生万物几乎为之灭绝，三界亦几乎为之重归混沌。此事乃有史以来最大的动荡，难道归元魔璧真能导致这等局面重现不成?”

元中邪轻叹道：“具体是怎么回事，谁也说不清楚，圣母当初也没有说得清楚，只是昭示其中凶险非寻常可比，但是到底应该从何开始，因为什么原因，圣母始终没有说出来。不过从中我亦知三界将随归元魔璧而变，故而才愿将雨妍借予姜子牙，以此来探知更多这方面的消息。”

慕行云讶道：“没想到云师姐竟与姜先生在一起，行云虽然与姜先生见面不多，但听闻此人乃我宗奇才，才学出众，隐有直追其师元始天尊之势，更据说若非其人不好法道，将来定会继承天尊之位。”

“不错!”元中邪点头道，“玄宗之中，我最为重视此人，可惜他虽是非常之人，却不好修炼法道，在现在以实力为尊的三界之中，终是辅佐之才。行云啊，你是继姜先生之后最杰出的人才，我也是最看好你，希望你不会令我失望。”

慕行云感激道：“行云多谢先生看重，决不会辜负先生的期望。”

元中邪道：“你天资聪明过人，受太上老君收为亲传弟子，在年轻一辈中修为之深，冠为玄宗之最，前途不可限量。但你的雄心过甚，急于求成，此乃是致命缺点。你以玄宗出身，切记务必行正途，勇武不乏谋略，但也不能流于阴沉，这样才能最终达至极境，成为拯救天下苍生的一代宗师。”

“行云记得，多谢元师提醒。”慕行云自不想再多谈这个，岔开话题问道，“只是有一点，行云不明白，元师既然是在八百年之前就知道此事，为何一直到现在才突然生出担心呢?”

“归元魔璧首先在数月前出世，据称两名少年得其魔璧之能，最后被逼入轮回道，独辟第七道轮回，然后不知所终!”元中邪纤长的手指在白玉般的石桌上敲打了几下，继续道：“还有就是，行云可曾听闻过关于‘龙刃诛神’和‘轩辕剑’的两句话?”

慕行云一愣，问道：“哪两句话，还请先生指教?”

元中邪缓缓道：“龙刃启锋，三界诛神。轩辕重现，天地再变。”

慕行云沉吟道：“这些话行云并未听闻。但龙刃诛神和轩辕剑的来历，近来几乎已是耳熟能详了!”

元中邪道：“这倒也是，这些都是千多年前的传说，现在除了幽玄、陆压等几个老不死的四宗高手之外，已经基本上没有什么人知道了。何况，神玄两宗为了不让三界人心浮动，自不会将这些话说给年轻一辈的听。当然以你的沉稳心智，这些应该不会影响到你!”

慕行云道：“元师的意思是……”

元中邪神色凝重，道：“自从归元魔璧再次现世以来，异常事情的发生愈趋频繁，短时间内四海水淹陈塘、后羿再现、冰火轮回狱瓦解、龙刃诛神认主、轮回集之变，以至于如今的伏羲武库出世，祝蚺被诛，轩辕剑重现……这些事情发生得实在太快了，令我最近心思浮动，不由想起当年圣母所说的话来，而且此时更让我担心的是——龙刃诛神和轩辕剑的出现。”

慕行云怔了半晌，道：“这怎么可能，龙刃诛神和轩辕剑天生便是神玄两宗安定三界之物，它们出现有什么好担心的？准确一点说，应该是值得庆幸的事情才对啊。”

元中邪看了慕行云一眼，轻笑道：“以行云的才智而言，应当不会连这个也想不到吧？”

慕行云深吸一口气，知道刚才心乱了，整理一下头绪，豁然开朗，道：“龙刃诛神和轩辕剑既然身为神玄两宗安定三界之物，如果三界不乱，它们根本没有必要出世。此时两大神器再现，无疑就是说三界即将动乱。这跟前面那些事情联系起来，再想到鳖灵圣母之话，无不表示当年她所警告的大变已经开始了。”

元中邪赞赏地点点头道：“不错，如此短的时间之内发生此些事情，想来圣母的预测自是不虚！”

“除了这些，还有一件事情。”慕行云想起那个黑衣老者，道，“那个击伤我的黑衣老者不但能号令魔宗各人，而且一身修为尚在‘邪神’幽玄之上，可抵挡魔族任意两个宗主的联手合击，实是非常人物，不知元师可知其之来历？”

听闻修为在幽玄之上，并可匹敌两大宗主合击，以元中邪的冷静，亦大为震惊，忙道：“竟有此等魔宗高手，你将此人之事细细道来。”

当时在伏羲武库之时，慕行云早在一旁窥视，自是将所有情况都看在眼中，此时为了能从元中邪口中探知黑衣老者的身份，便将当时的情况一一道出，只是因为涉及到祝蚺再生以及自身身份的隐秘，所以他并未将黑衣老者在祝融氏族地威吓三大长老的事情说出来。

“磐龙灭神手，北冥搜神诀？竟是此等魔宗早就失传千多年的至高绝学？”元中邪更震惊道，“此人随手间就能至此威力，魔门法道修为已经达至臻境，远非幽玄可比，此人敢说将灭人全族，未必是空口大话。”

“这黑衣老者到底是何身份？竟能精通魔宗失传已久的魔功。”慕行云神色不由变得很是沉重。

元中邪思忖半晌，无奈摇头道：“我也估算不到他的来历，算尽千余年上下的时间，三界之中本应该没有这样的魔宗高手才对。此人的凭空出现，恐怕亦是天下大变的预兆之一。”

慕行云面色凝重道：“那行云现在应该怎么做呢？”

元中邪道：“当务之急，你还是尽量将本身的修为提升一个层次，以应付将来的变乱之局！”

慕行云略作迟疑了一下，问道：“元师可知如何才能在短时间内使本体修为获得最明显的提升？”

元中邪颇觉奇怪地看了慕行云一眼，皱眉道：“说起来，短时间内提升修为的办法有很多，例如可以通过服食天地间一些得天独厚的奇珍异果，或是师徒间相互的道基培元等等，都能使修为在短时内有较大幅度的提升，但这只是对还未有深厚修为的人而言。如果就以你的修为而言，这些并无很大帮助，只是小有补益，花费的时间绝对得不偿失。你不是想凭此来提升修为的吧？”

“元师说得不错，行云现在在修为方面略有阻碍，很想借此机会趟过这个关卡！”慕行云原本期望元中邪可以教他，但听闻元中邪的口气，还是微有失望。

元中邪淡然道：“提升修为其实就只看本身天资的修炼情况，如没有付出非常代价，天下并无速成之法。不过你想要提升修为来过此关卡，倒是有个方法。”

慕行云闻言脸上顿时露出喜色，迫不及待地问道：“元师可知有何妙法？”

元中邪沉吟再三道：“以你现在的修为，想要提升本命真元，不只是单纯增强元能就行，还需要养气化元、炼神还虚。现在三界之中的确有诸多可以助你提升修为的物事，不过就近时期，而且相对于取舍的简易程度来说，唯一对你有较大益处的就是被称之为三界奇果的天界蟠桃了，此果对修炼法道之人有甚大助益，能强化提炼你本身元能，素为难得。加上蟠桃盛宴就快举行，如果你得蟠桃之助，应该能助你突破现在的瓶颈，迈向更高深的境界。”

慕行云闻言大为振奋，道：“原来天界蟠桃竟有如此妙用，那岂不是多吃几颗就能法道大进?”

元中邪哑然失笑，道：“奇珍异果这东西一下子多吃也是浪费，能吃一个就已足矣，重要的是它能助你固本培元、修神还虚，否则的话，神玄两宗岂非都是闻仲等辈的高手了，那魔妖两宗还跟他们玩什么?早就被神玄二宗清剿灭族了!”

慕行云拍了一下自己的头，道：“行云太过糊涂，竟连这个也想不到!”

元中邪继续说道：“千年一度的蟠桃宴会即将举行，届时神玄两宗的高手都会到场，你身为太上老君的得意弟子，玄宗最为杰出的年轻一辈高手，应该有可能随老君一起出席，所以到时候一尝蟠桃异果亦非难事。”

“元师说得正是!”慕行云连忙谢过元中邪提醒。

元中邪微微一笑，道：“告诉你一件事，雨妍已经获准前往西昆仑献舞，届时可能会与你碰面!”

慕行云若有所思，亦是笑容满面，道：“行云省得!我这就回去好好修炼本命真元，看看能否早日突破瓶颈，再不然只能随师尊前往蟠桃盛宴，看看可否有机会一尝异果，那行云这就告辞了!”

元中邪点头道：“凡事小心，切勿轻率处事!”

慕行云点头称是，当即就此起身，离开栖霞山而去。

元中邪看着洞外云天雾色，陷入沉思之中。

第一百零五章　庆功大宴

告别了云雨妍、武吉与姜子牙等人，耀阳和倚弦可以说是筋疲力尽地回到西岐城中，傍晚的倾力一战，两人的元能几乎消耗殆尽，尤其是周身筋脉更如同涣散了一般。

兄弟俩甫一回到将军府，还没有落定脚，金吒就已经闻讯赶来，一进内厅，便兴匆匆地说道："你们可来了，有个好消息告诉你们！"

耀阳在人儿与妲己的扶持下，才坐稳没多久，感到有些讶异地问道："是什么好消息？"

金吒一脸抑止不住的兴奋，道："鬼方大军退兵了！"

"真的？"耀阳和倚弦闻言大喜，猛地齐齐跳了起来。

金吒笑道："千真万确，据我军前方探子来报，鬼方大军已经拔营而起，于今晨退兵百里，并遣人给侯爷送上了休战书，现在恐怕已经回了鬼方胡人国了！现在侯爷在宫廷大摆晚宴，宴请众臣，大奖功臣。我看将军和易先生迟迟不到，就快要急着去隐弈居找你们了。"

金吒摆出一副极为恭敬的样子，揖身对兄弟俩道："侯爷有请二位，马车已经备好，不如趁现在赶紧去吧！"

"不会吧？"耀阳一下子又瘫倒在座榻上，与倚弦无奈对视一眼，本来还想好好休息一下，看样子又泡汤了。

倚弦笑道："这是好事情！还是小阳去吧，我就不去哩！"

耀阳大讶道："小倚……易，你不会说让我只身赴宴吧！反正也没什么事情，咱们兄弟俩一起去威风威风也好啊！"

人儿与妲己也在旁劝说倚弦，更不用说金吒在旁苦苦要求道：“侯爷点名让易兄陪同耀将军一起前往，如果易兄不去，金吒很难交差……”

倚弦摇头肃然道：“易某是担心南域早已安插探子在西岐，如果我贸然露面在大庭广众之下，可能会影响到还未完全撤军的南域兵马，所以我还是得回南域大营一趟，去找虎遴汉详谈战事，也好确认这场战事后南域大军将何去何从。所以至于晚宴我就不方便去了，烦请金吒兄弟告诉侯爷，就说我正在闭关养伤，不能出来就行了！”

耀阳明知倚弦所说的都不错，但还是忍不住一把揪住他，骂道：“你小子这么没义气，竟然临阵脱逃想一个人溜走。”

倚弦将他的手一把拍开，哈哈一笑道：“小子，这次我帮不了你，我走哩，你就好好享受这顿丰盛的晚宴吧！”转身朝金吒抱拳一礼，再跟人儿与妲己打了招呼，便匆匆出府而走。

耀阳气得大喊：“臭小子，临阵脱逃，抛下我一个人，你给我记下了！”

看到两兄弟这番光景，金吒忍住笑意，道：“耀将军，时间不早，我们还是赶去宫中吧，侯爷可能已经等急了。”

耀阳吁了口气道：“总让我歇口气吧，金吒大哥！”

“末将也想让你休息，可是恐怕让侯爷多等不好，如果被认为是居功自傲，就对耀将军不利了！”金吒也甚是无奈。

妲己点头道：“金吒将军所言极是，耀大哥不如早去早回，我与人儿妹子等着你便是！”

耀阳不舍地望了望妲己秀媚的脸庞，叹口气道：“好吧，我洗个澡就去！”

金吒恭立一旁道：“末将在这里等将军便是。”

耀阳洗完澡，先是跟妲己和人儿闲聊了一番，又为不能陪她们表示歉意。妲己自是不会责怪他，人儿只是缠着他让他找些稀奇玩意来，耀阳满口答应。还好，人儿要妲己教她绣花，然后人儿硬是要教妲己法道，两人倒也不怎么无聊。

耀阳穿上不是很舒服的武官服，跟着金吒来到岐山下的内宫廷。庆功宴在内廷的“英华殿”内举行。此时，殿内早已百官聚集，喧闹成声。试问姬昌亲自办的庆功宴，西岐城稍有分量的臣子无不到席，姬昌生性就容易亲近，跟众臣相处甚为融洽。众臣在宴会上高声言论谈笑，一时偌大一个宫殿被百数人挤得很是热闹，这或许在朝歌是不可思议的事情，但在西岐却是很正常的礼仪盛宴。

甫一进宫，就有一名曾似见过的官员热情迎了上来，客气非常地说道：“耀将军来了，哈哈，从耀将军只身从朝歌救回侯爷开始，下官就知道耀将军必是西岐栋梁之才。”

“哈哈，怎么会，耀阳不过是一时幸运，托了侯爷的福而已。”耀阳也跟他打了声哈哈。

另一名官员也上前贺道：“耀将军此次功劳非浅，侯爷定有重奖，可喜可贺!”

耀阳自谦道：“耀某哪有什么功劳，此是天助我西岐。”

此时，掌声响起来，原来是姬旦行将过来道：“耀将军此话说得最好不过，而且耀将军实是上天赐予西岐的大大福将，以天纵之才助我西岐能脱此困境，真乃天人降世也!”

耀阳看着他笑脸迎人的模样，自然而然联想到前日他在武库中与淳于琰、刑天抗合围他们兄弟俩的情景，相比现在这般虚伪做作的表情，心中直觉恶心，但毕竟身在西岐君臣一场，怎也不好落他的颜面，只是回了一句含糊其词的自谦言语，便转身离去了。

身形闪过众席之间，耀阳同样一眼望见了唯一没有向自己道贺，在一旁冷冷清清喝闷酒的伯邑考，想到他自从落月谷之败后便一直受姬昌低调任用，更为姬氏众子所排斥，也难怪今日见到耀阳会如此无精打采。

耀阳环视四周，试图寻到九尾狐的踪迹，却意外的遍寻不到，心中不由思忖九尾狐没能从伏羲武库捞到丝毫便宜，恐怕迟早会来寻自己的麻烦，不过他现时已经不同往日，心中浑然不再将九尾狐放在眼里。

此时，耀阳身处在筵席之上，不管面对任何大小官员的虚迎奉承，耀阳当然还是谦虚连连，看着一群认识的不认识的官员几乎全部来贺或是夸赞有加，他笑得脸都僵了，心中咒骂不已，但口上却是礼貌谦虚。

“耀将军，你终于来了，本侯可等得望眼欲穿！”幸好姬昌的到来终于替他解围了，姬昌的身影甫一出现，所有的官员都从中让出一条路来，姬昌大步上前，亲自迎接耀阳。

耀阳连忙行礼道：“岂敢劳侯爷如此久候，耀阳来迟，还请侯爷处罚。”

“罚，当然要罚，而且要重罚！”姬昌大声喝道，“来人，拿三杯烈酒来，罚耀将军将喝下这三杯酒！”

耀阳苦笑道：“侯爷这个罚得有点重了，能不能少来一点，否则恐怕我这个将军不是在战场上阵亡，而是在酒场上壮烈了。”

此言一出，姬昌和众臣都听得哈哈大笑。

姬昌道：“真正的男儿汉岂能畏酒！这个惩罚绝对不能减！”

耀阳无奈地拍拍胸膛，扬声道：“侯爷金口玉言，耀阳自不能推脱，今日就拼上这条小命了。”

“好，年轻人就应该要有这样的豪气，来，让我们一起敬耀将军这三杯酒，感谢他为西岐解围立功，请！”姬昌亲自端酒相敬，全体官员闻言都齐声举杯庆贺，好一番隆重非常的场面。

“多谢侯爷！”耀阳表现得较为恭敬，双手接过旁近侍者端来的酒杯，接连仰头一口喝下三杯烈酒，然后长吁了口气。

姬昌连声道：“好好好，好酒量，没想到耀将军不但能征善战，连酒量也这么强，三杯烈酒下肚竟然脸也丝毫未红，不论酒量度量乃至文才武略，俱当是年轻一辈之典范。”

众臣皆鼓掌，齐声道：“侯爷所言甚是！”

耀阳却做出苦脸状，道：“其实，侯爷和各位大人都没看出来，我现在已经醉了七分，恐怕就快不行了。”

姬昌笑道：“哈哈……男子汉、真英雄怎么会怕这点烈酒，难道将军是惧怕家中后院起火吗？”

此言一出，群臣哄笑。

耀阳顿时有些羞红脸，讷讷道："侯爷取笑了！"

姬昌大力拍了拍他的肩膀，表示理解地说道："身为我西岐的一方大将，懂得节制才更显出大家风范，嗯，非常不错！对了，怎么不见易先生？"

耀阳心中暗自埋怨倚弦不能帮他挡驾，但嘴上道："禀侯爷，我兄弟小易他因为修炼闭关，所以无法参加庆宴，还请侯爷见谅。"

"原来如此，真是可惜啊！不过易先生天生异人，自然是修炼要紧，本侯也不便打搅他，但烦请耀将军记得替本侯转告一声，说本侯很感谢他为西岐万千百姓所做的一切！"姬昌略微惋惜地叹了口气。

耀阳自然连连称是。

姬昌笑了笑，接着面对群臣拍了拍手道："现在时辰已是不早，大家也都饿了吧，现在各自就席！"

众臣各自根据本身权位的大小按照位置坐了下来，耀阳被安排在姬昌的左边次席，跟右边的姬旦相对应，他顾忌到自身权位的尊卑自是极为反对。但姬昌显然极是看重耀阳，耀阳见姬昌心意已定，最终还是只能坐了下来。

姬昌站起身来，众臣当然也要跟着站起来，但被姬昌示意坐下。然后，姬昌大声道："前些日子，鬼方小辈竟敢背叛与我西岐的盟约，欺我西岐大敌当前，便勾结崇侯虎和南域贼军，妄图想要吞我西岐。所幸天佑我西岐，耀将军神勇非常，临危受命，最后击退鬼方叛军与南域贼军，实是我西岐今次大战的大大功臣！"

耀阳忙应声站起行礼，道："耀阳只是托了侯爷之福、西岐之幸，才能侥幸得胜，其实真正出力的大大功臣应是我西岐的万千英勇将士，耀阳岂敢言功？"

众臣一阵赞声，姬昌更是赞赏非常地道："耀将军可以得此功劳，还如此谦逊不居功，甚是难得，果然不愧为我西岐勇将。本侯自不会亏待我西岐将士，但是耀将军的功劳更决不可抹煞。所以，现在本侯就请圣祖母亲自来犒奖耀将军!”

众臣闻言无不站起，恭敬地立身等候。太姜是何等人？他们自然不敢怠慢，却亦是羡煞耀阳，居然能劳烦圣祖母大驾亲自来犒赏。

耀阳心中却反而不愿，他清楚得很，那圣祖母太姜厉害非常，谁知她会不会认为自己又对西岐不利？他有时候甚至想宁愿跟姬昌闹翻，也不想对付那高深莫测的太姜。现在太姜既然要出面，他告诉自己需要更加小心应付才是。

在众臣肃穆的恭候中，姬昌和一个容貌秀丽的宫女扶出西岐的圣祖母太姜。那个宫女耀阳却是见过，正是太姜最宠爱的简云，现在仍然还是一副冷冰冰的神色，好像这里所有的人都欠了她金铢银铢似的。

“臣等恭迎圣祖母大驾!”包括耀阳在内的殿中群臣无不拜下，丝毫不敢有任何不敬之色。

圣祖母太姜缓缓扬手道：“好了，大家都起来坐下吧。”

“谢圣祖母!”群臣起身回到各自座位。

太姜慈祥地看向耀阳，微笑道：“不错，不错，耀将军大发神威将鬼方贼辈击退，实乃大功一件，你要何奖励，尽管说来，老身都可代侯爷同意!”

耀阳忙站起身，硬着头皮道：“耀阳这等微末之功，怎敢要赏，只要我西岐能千秋万代不断兴盛，西岐百姓生活安定便是耀阳最大的心愿。”他自然知道，这是太姜例行公事的客气话而已，谁敢真正提出要求。

太姜大有深意地点头道：“难得耀将军居功不自傲，又一心为我西岐着想，甚是难得。但有功必赏，老身亦不会亏待为西岐立功之人。这样吧，老身现在颁诏，正式赐予耀将军龙腾大将军之位，并赏绫缎千匹，金铢千两，珍珠十斗。”

耀阳立即跪身谢道：“耀阳谢过圣祖母赏赐。耀阳还是想恳请一件事，万望圣祖母和侯爷能答应。”

姬昌略有惊讶，众臣也震惊奇怪，没想到这时耀阳还真提出要求来，姬旦看向耀阳的神色更加复杂，似是在思虑耀阳为何会在此时提出要求。

但太姜还是一副莫测高深的慈祥笑容，缓声道：“耀将军不需要有任何顾忌，尽管说来便是。”

耀阳沉声道：“击退鬼方一战，我西岐将士才是最大的功臣，他们浴血作战，不少将士为守卫我西岐城英勇献身，耀阳希望能将圣祖母赏赐的金铢珍珠与绸缎全部分给一众为我西岐捐躯的将士家属！”

姬昌等人露出恍然之色。

太姜淡笑道：“耀将军之心，老身理解，但是我西岐决不会亏待立功将士，亦会好好对待所有阵亡将士的家属。耀将军有这个心，老身替万千西岐将士谢了，但是这些赏赐都是姬氏一族对将军的赏赐，你还是自己收下吧。”

耀阳毅然拜谢道：“耀阳此举绝非常人所言的逢场作戏，为了所谓的虚名，而是确有此意，想我自从救得侯爷回西岐，得封号，建将府，根本从来都是衣食无忧，所以这些金铢珍珠于我来说，本为无用之物，但是这么多西岐将士在战场上抛头颅洒热血，耀阳着实心中难忍，如收下这些赏赐更是于心难安，所以恳请圣祖母可以答应耀阳的请求！”

太姜沉吟半晌，点头道：“既然如此，老身准奏，耀将军之仁心值得彰表！”

“多谢圣祖母成全！”耀阳再次跪谢。

倚弦连夜赶回南域营地，在营中徘徊半晌居然没有寻到濮国营帐所在，同时感到更为奇怪的是，他发现整个南域军阵营帐居然再度向山岭之间延伸了里余距离，不由感到纳闷，自然寻了中军营帐去找虎遴汉。

中军营帐灯火通明，看得出虎遴汉治军严谨，自身更是身先士卒，从来俱是晚睡早起，颇具大将之风。

倚弦首先使人通报虎遴汉，他立在帐外等候，回首远望山野间若隐若现的灯火，心中无缘由生出一股怪异的感应，令他心潮浮动，久久无法停息，他不由忖道：“怎么了，难道紫菱与土行孙出什么事情了吗？”

正在思忖间，负责通报的兵士行将出来，道：“将军有请监军大人进帐商议!”

倚弦点头谢过，迈步行入帐内。

虎遴汉正在将台前翻阅一些竹简典籍，见了倚弦，忙起身笑道：“龙先生来得正好，本将今日寻了你一天了，有个好消息要告诉你。”

不知为何，倚弦一讶，问道：“什么好消息?”他看着虎遴汉总觉得他今天有些不大对劲，仿佛特别振奋，绝对不像是一位打了败仗正准备退兵的兵马大将。

虎遴汉大有深意地看了倚弦一眼，沉声道：“今日下午，我南域两万增援大军已经赶到，龙先生觉不觉得这是一个天大的好消息?”

“什么?”倚弦不由失声问道，“两万援兵?”

虎遴汉淡然道：“龙先生不觉得高兴吗?”

倚弦脑中思绪愈加凌乱，沉声问道：“不知将军此举为何?我记得虎将军不是说过只要鬼方兵马一退，南域大军也要退兵而回吗?难道将军想趁此机会奇袭西岐城不成?”

虎遴汉微微一笑，道：“龙先生果然是睿智之人，其实想想也可以知道，我南域大军如此千里迢迢来到西岐，怎么可能这么狼狈地败退回去呢，到时即使侯爷不怪我，虎某也要引咎自罪。”

倚弦沉下脸，越发觉得这虎遴汉大不简单，道：“愿闻其详!”

虎遴汉负手在营帐中来回踱了几步，呵呵笑道：“关于此事，实在是很抱歉，一直没能跟龙先生说，虎某心中也很是愧疚，不过军情紧要，还望先生莫要怪责于我!如果可以的话，本将也不愿意再与西岐开战。不过龙先生应该清楚，大战之中，敌对双方决不能感情用事，一切都要以大局着想。”

倚弦想到耀阳所要面临的危险境地，心中一紧，脸色不由一凛，自有一股凌厉摄人之气，道：“那当初将军为何要答应我，敢问虎将军置我濮国于何地?”

虎遴汉也被倚弦的气势所震，面色微讶，却又歉意一笑，稳稳当当的坐在将台之上，从旁边拿起一杯茶，微微啜了一口，道：“这点先生可以放心，虎某决不敢强求贵国参战，这也算是一阵补偿吧！”

倚弦无言，只能沉声问道：“这是什么时候做的决定？”

“这个……嗯……”虎遴汉微一沉吟道，“应该一早就有了，其实无论鬼方攻击西岐能否成功，我军还是会给西岐来个意外惊喜的。我南域大军从来就没有不战而退的时候，何况如此远攻西岐，总要有点成就才行？”

倚弦冷笑道：“将军既然这么早就定好此计，为何还要假惺惺地骗龙某？”

虎遴汉摊摊手无奈地说道：“事关军情机密，怎么能随便说出来，而且根据本将先前对先生所说，至少可以保证贵国军队决不会参与此战，所以说起来也决不是骗先生的。至于是否奇袭西岐城，对贵国原本并无影响，先生实不必太恼。如果是为了虎某没有将具体情况告知先生，那虎某愿意向先生道歉，只是奇袭之事断不可改变。”

“不知将军准备在什么时候奇袭西岐？”倚弦知道虎遴汉主意早定，自是不必在是否奇袭之事上纠缠，直接就问最关键的所在。

虎遴汉淡淡一笑道：“此事其实不必问虎某，以龙先生的才智，断不会想不到什么时候才是奇袭的最佳时机？”

“难道就是今夜？”倚弦周身一震，他如何想不到此时西岐宫廷内正在大摆庆宴，无疑是至今为止最好的一个机会。

虎遴汉哈哈一笑，道：“虎某就说了，先生才智过人，果是一语中的。”

倚弦淡淡道：“无可否认，今夜实乃奇袭之良机。但是阁下以为西岐将官会没有防备吗？虽然将军拥有将近五万精兵，实力雄厚，但是西岐城岂是易攻之城，只需两三万训练有素的兵士便尽可将五万南域大军挡在城墙之外。而南域大军毕竟是孤军一支，如果短时间无法攻下西岐城，一旦西岐城的援军赶到，势必陷入进退维谷的地步。”

虎遴汉含笑看着倚弦，道：“龙先生所言极是，不过先生还是漏算了一点，西岐城经过一次攻击后，虽成功将鬼方迫退，但最终还是实力大损，将士们都甚是疲惫，兵器盔甲无不破损难补。而大胜鬼方之后，即使将帅等人仍有戒心，万千将士也定是无不心存松怠，以为可以好好歇一歇。如果此时南域大军突然强袭，又骤逢城内有变的话，先生以为最终结果会如何？”

“城内有变？将军是说西岐城内有人策应？”倚弦闻言大震，不由倒吸了一口冷气，他很清楚西岐大胜鬼方后，耀阳已经向姬昌请命将城内好好搜查了一遍，将所有可能的鬼方奸细都抓捕起来，任何认定的奸细更是立斩不赦，但现在从虎遴汉的口中却很明显听出，他们有人在西岐城中，而且似乎实力不小。直至此刻，他这才知道所有人都小看了这个虎遴汉，此人能得今天的地位绝非偶然。

虎遴汉轻笑起来，一口饮尽杯中热茶，再又拨弄着手中已经变空的茶杯，道：“我想没人会想到这个时候西岐城还有奸细吧？其实当时鬼方内应暴动时，我早已严令所有人不得参与，甚至还令当中的人协助西岐进行追查。所以，西岐城再怎么查也绝对查不到我们的人！”

倚弦震惊问道：“将军为什么不让那些内应配合鬼方当时的攻城呢？”

南域大军将手中茶杯放下，仰身靠在长椅上，轻笑道：“若是真让鬼方攻入西岐城，那我们将丝毫占不到便宜，何必犯这么大的劲替别国捞好处。而当时即使加上我的那些人也无济于事，还不如深埋起来，在最佳的时候发挥作用。最重要的，这一手杀棋我早就布置在这个时候用到，虎某决不会随便改变早定策略。”

西岐危矣，这是倚弦现在最不好的预感。他深吸一口气，抱拳道：“将军果是大将之才，龙某就先预祝将军旗开得胜，既然濮国现在无须参与战事，龙某只有先行领兵离去，暂先告辞，他日有机会我们南域再见！”言罢，他转身欲走，这个时候最重要的无非是通知到耀阳，让他早做准备。

谁知他还未走到营帐门口处，却听虎遴汉道：“先生且慢！”

倚弦忍着心中焦急，回过身来，问道：“不知虎将军还有何事？”

“的确是有件事找先生商量。”虎遴汉不急不慢地道，“对了，不好意思，方才先生进来这么久，本将居然忘了请先生喝茶，这岂是待客之道？”

倚弦摇头道：“多谢将军，这茶我看就不必了，将军有什么事情尽管说吧。”

“这就可惜了，唉，既然先生不想喝茶，本将自是不便强留，就勉为其难将它喝了吧。”虎遴汉叹了口气，将刚倒的一杯茶一口喝下，淡然道，“只是先生有个朋友想借这个地方请先生叙一叙旧，对于这种要求，本将当然不会拒绝。所以还请先生见见老朋友再走吧！”

倚弦闻言顿生警觉，几步侧开，转眼看去，营帐后的布廉已经被掀起，一个熟悉的身影立时出现在倚弦的眼前。

“祝蚺?”倚弦周身一震道。

来的正是外表为“祝蚺”的玄宗最杰出青年高手慕行云。

慕行云道：“易先生别来无恙吧?”他的声音没变，却多了一种很奇怪的味道，每个字说出来很正常，但是组合起来却是异常的别扭，然而又让人说不出到底哪里有问题。

这是因为慕行云尚未完全将祝蚺魔躯化为已用，又要以祝蚺魔躯原本的声音发出，难免有些不妥，当然倚弦并不清楚这其中的奥秘。

不等倚弦开口说话，本来坐得稳稳的虎遴汉已然起身，笑道：“祝先生来了，别怕时间不够，两位好好谈个痛快，这个帐篷就送给两位了。大军已准备妥当，本将出征在即，恕不能再奉陪两位，如果两位有兴趣的话，明早就可以来西岐城的王庭大殿来找本将。这位龙先生，或是易先生毕竟是他国贵宾，所以还麻烦祝先生好好帮忙招待，代本将尽尽地主之谊！”

慕行云冷然笑道：“没问题，祝某跟易先生也算是老朋友了，怎么会慢待他，我想在天亮之前，易先生定然是不舍得走的。”

“如此就好，本将告辞！两位，西岐城再见！”虎遴汉大笑起身，转身一刀劈开营帐，就此离去，在他离开营帐的同时，手中的石杯随手向后抛出，在空中划过一条漂亮的弧线，最终落在地上摔成碎片，虎遴汉最后一句话随着破洞的风进入：“帐篷里面太闷热，本将替两位开了道口子，让两位好好透透气，哈哈……”

倚弦知道自己落入了“祝蚺”和虎遴汉的圈套，谁都想不到一直来很低调的虎遴汉才是真正的老狐狸，更想不到“祝蚺”不但还没有死，而且还跟虎遴汉勾搭起来，摆下圈套等倚弦来上当。

倚弦冷眼看向慕行云，道：“阁下绝对不是祝蚺，敢问阁下是谁?”

慕行云仰天大笑，道：“本宗主不是祝蚺，那会是谁?”

“祝蚺已死，这是任谁也难以改变的事实，至于阁下是谁，请恕易某眼拙，一时半刻着实看不出来。”倚弦的心已经完全冷静镇定下来，全神戒备，虽然他能确定眼前之人绝非祝蚺，但是对方既然能够夺得翻天印，便决不可小觑。

慕行云露出得意的笑容，道：“可惜易先生错了，现在我就是祝蚺!”

“是吗?”倚弦淡然道，“那就当阁下是祝蚺吧，可是我想阁下定会有负虎将军所托，易某现在有要事在身，不能再陪宗主在此闲聊了!”

慕行云冷笑道：“这倒未必，龙先生难道还没发现有什么不妥吗?”

倚弦蓦地色变，他的归元异能探视而出，已经感觉到十丈外元能结界的微微波动，而且并非倚弦所熟悉的魔能结界，而是玄门正统的锁护结界，不由惊道：“结界?”

“不错!”慕行云悠然道，“翻天印是仅次于先生手上那把龙刃诛神和轩辕剑的三界神器，虽然还不能与你的龙刃诛神相比，但若是布个结界来困住尚未将本身剑技修炼精进的先生，却还是足够了。”

倚弦知道自己一早便被对方盯上了，既然对方做了长足的准备，自己恐怕一时半刻都很难脱身，目前只能尽快破了这个结界再说，他吁了一口气，立即恢复平静神色，道：“看来，阁下是想将易某困在这里了?”

慕行云点头道：“我想是错不了的，忘了告诉你，只要本宗主在这个结界内，如非经过本宗主同意，就算是幽玄这样的法道高手一时半刻也出不了这个结界。当然，这里发生的一切外界也没人能知道，所以你若是想着找濮国的帮手，恐怕一定会大感失望。”

倚弦双目精芒四溢，道：“阁下的意思我想我已经明白了，也就是说除非你死，否则这结界就不会自然解除?”

慕行云再次仰天大笑，道：“你自信杀得了我吗?”

倚弦的眼神变得极为锐利，直逼慕行云，冷喝道："既然阁下自称是祝蚺，那易某能杀你一次，就能杀你两次、三次。"他清楚既然无法脱身，还不如弄清祝蚺的真实身份，所以心中已经决定放手一搏。至于耀阳，经过西岐与鬼方一战，他相信自己的好兄弟面对这次奇袭，也一样可以化险为夷。

慕行云神色变冷，寒声道："既然先生如此自信，那不如就来试试看！"

"易某自然不会客气！"倚弦轻轻翘起嘴角，伸手祭出龙刃诛神，剑芒流溢的龙刃诛神直指慕行云，元能未动，森然剑气已经逼出。

"人道三界中最杰出的两个青年高手就是持有最强两大神器的年轻人，今日就让本宗主看看你究竟有什么长处。"慕行云心中嫉妒，厉喝出声，挥手一道金光洒出，翻天印御起玄光万道向倚弦当头罩去。

"过奖了！"倚弦错步避开，龙刃诛神斩出剑气狂飙，慕行云步步退后，剑气却在离他丈处蓦地化成碎片激射。慕行云无法躲闪，使出翻天印，金色光芒闪着成金色透明大印状将他全身罩住，剑气碎片尽被挡住。

倚弦飞身进逼，大巧若拙的全力一剑斩下，翻天印的玄光再强也挡不住这一剑，慕行云立即飞身急闪而起。倚弦乘机持剑挥洒，剑气狂飞，布满整个结界内，慕行云已不及再布翻天印，只有跃身而起，双袖舞出劲气如涛，配合翻天印的神力将近身剑气迫飞。但是，奈何龙刃诛神的剑气威力何其强悍，慕行云仍是禁不住连退了好几步。

倚弦一击得手，自然放手再击，龙刃诛神强势出招，剑气疯狂而出，剑剑斩向慕行云要害。慕行云闪身而动，双指竖起，遥使翻天印抵挡。倚弦清楚得很，翻天印果然是神宗名器，他在无法施展龙刃诛神最大威力前，恐怕根本无法奈何得了眼前的祝蚺。

倚弦深知急躁是没有用的，唯有沉着攻击才能找出对方的漏洞，于是挥洒龙刃诛神的剑气予攻于守，缓缓展开连绵攻势，以本体冰晶火魄的元能加上归元异能的殊异来争取更多的优势。

两人攻守兼备，相互之间的元能劲气将结界内的地面尽数击裂，但是谁也始终无法奈何对方。倚弦虽然一直在侧耳倾听营帐外的动静，但是却连一点人声马嘶都无法听到，暗忖这翻天印结界果然强悍。

慕行云在攻击中退后数尺，喘了口气道：“看来龙先生似乎一点都不担心你的兄弟耀阳？难道认为方才虎将军所说皆是虚言不成?”

倚弦挺剑而立，淡笑道：“担心又有何用？以我兄弟的文才武略，即使西岐城破，他也能很快东山再起，所以我在这里又何必担心？阁下不必激我，还是担心自己别在龙刃诛神之下送命才好。”

“是吗?”慕行云喝道，“翻天金印!”双指一挥，翻天印放出一道金光，却是形成一个三丈见方的印状玄光向倚弦当头罩下，其中蕴藏的结界元能来势汹汹，可知这一击之力的强劲。

倚弦足尖一点，身形如电闪开，谁知那印状金光并没击空，反而如附骨之蛆一般，折射而起追袭倚弦。

倚弦冷然一笑，道：“小意思!”挥手一剑击出，剑气遥遥击中金光，劲气顿时将整片金光尽数击碎。此时，慕行云趁龙刃破印之际，追上前去一拳击出，烈焰拳劲瞬时笼罩下来。倚弦不及回剑，毅然横起一拳正面对击。

“砰!”两人毫无花招的元能交击，气劲的压迫力之大。令倚弦倒退二步，而慕行云也是连退二步，看来两人半斤八两不相伯仲。

慕行云心中暗惊，他自信炼化了祝蚺三分之二的魔躯，更得到神器翻天印相助修为大进，竟还是只能与倚弦拼成平手，心中不由对倚弦更是大为忌惮。

经此一击，倚弦却更加肯定，眼前的“祝蚺”绝非以前的祝融氏宗主祝蚺，因为不只是法道修为有所倒退，就连战斗方式也有些不同。不过此时明显不是考虑这个问题的时候，不管这个“祝蚺”是谁，对方肯定都不会让他出去通风报信，所以只能先尽量稳住他，然后借机将结界破掉。

慕行云挥手翻天印再变，印底幻出玄光结成封印，直袭倚弦。倚弦挥剑斩出紫芒剑气，剑气旋转而上，避过玄光封印直袭慕行云。慕行云闪身避开，口中念诵玄门秘旨，大喝一声：“敕令!”翻天印顿时爆出耀眼光芒，转眼便照射在营帐所有角落。倚弦心中大感不妙，知道对方用了高强的玄门秘法，立时间，他果然感到在金光映射中全身禁不住一僵。

趁此机会，慕行云的翻天印幻出巨大印状结界由上而下向倚弦压去。

倚弦的身形就此一滞，自知无法躲开这一击，只能冷静双手持剑大力一挥，冰寒剑气混和“绝龙壁”结界将自己完全防护起来。翻天印玄光完全罩在他身上，冰光金彩爆消，含着魔气的玄能与“绝龙壁”元能同归于无。

慕行云再次攻击，但这次他学聪明了，并未使用翻天印的玄光封印神能，只是凌空数百拳疯狂击出，元能强势狂击。倚弦冷笑一声，龙刃诛神光彩耀眼，反手一剑斩出，却将慕行云迫了回去。

倚弦再转剑挥出一式“冰封天地”，热气微散，立时寒气逼人，在慕行云还有诧异之时，纵横八道冰柱出现在他脚下，冰凌闪电上蹿。慕行云还未来得及做出反应已被冻成一个冰球。倚弦再飞起一剑劈下，慕行云强行爆开冰球，却无法躲闪这一剑，唯有以翻天印正面顶上。

“铮！”铿然巨响，声震九霄。

倚弦被反震力激得倒飞三丈开外，慕行云却硬生生受了这一剑，持印之手酸楚难当，险些就此把持不住，同时体外的护界元能受此一击几近崩溃，体内气血翻涌极是难受，血线迫近咽喉又被他强行压下，心中暗惊倚弦之强，不敢再跟他硬战，却只是游斗，不让倚弦有近身的机会。

慕行云毕竟刚刚修炼魔道秘典，体内玄门宗气与之稍有抵触之处，加上翻天印的最强结界布于营帐周围，自然耗损了翻天印本身的威力，所以现在的修为比拼还是稍逊倚弦半筹，微微落于下风了，但是倚弦在短时间内要想逼他自破结界，却也决不可能。

倚弦现在已经清楚，龙刃诛神虽然启锋，但他还无法完全将它的威力发挥出来，甚至他连神器应有的绝招秘技也不知道。而慕行云却能运用自如，在修为的限度内将翻天印的实力完全发挥出来，这已将修为上的不足弥补了很大一部分。

两人比拼许久，那结界内的岩石地面早被清空，从而形成一个很规则的方形，正是结界元能漩涡的形状。

“现在的虎遴汉可能已经在攻城了!”倚弦心中虽然担心，却仍要保持冷静。

慕行云却也小心翼翼，丝毫不跟倚弦硬拼，他没想过诛杀或打伤倚弦，其实只要将他困到天亮就完全够了。慕行云的退避导致他完全落于下风，难以形成对倚弦的威胁，但他留了一分力用来抵挡攻击，令倚弦想要制住他也是难上加难。

时间就这样慢慢过去了，占了上风的倚弦始终奈何不了慕行云，不知不觉间，一个多时辰就在两人的游斗中逝去。

此时，慕行云果断在翻天印护界下闪开一剑，冷笑道:“易先生以为现在西岐城怎么样?虎将军应该已经开始攻城了吧?”

“说不定，我兄弟耀阳已经将虎遴汉击退了!”倚弦淡淡的回应，掌中的攻势丝毫不受慕行云话语的影响，龙刃诛神没有迟滞地尽情展开连绵剑势，迫得慕行云连连后退。

“是吗?”慕行云脚下不停，翻天印依然飞舞，口中大笑道，“五万大军与西岐城内埋伏之兵里应外合，西岐必破，即使耀阳他法道通天，难道还能一人杀光五万南域精兵，重新扭回战局不成?”

倚弦步步进逼，还是同样冷淡的口气道:“任何事情都有意外，西岐城没被鬼方与南域联军攻破便是一个意外，你能说虎遴汉此次奇袭不会遭遇意外吗?不论如何，你今天的下场应是决无意外出现!”

慕行云冷哼连连道:“你以为你能奈何得了我吗?”

“那是当然!”倚弦掌中龙刃诛神呼啸如风，言语间再出一剑，剑气浩然如虹，两人在谈话间竟绕了结界一圈，倚弦步步紧逼，但是慕行云急退迅速，丝毫不让倚弦有伤他的机会，偶尔的反击却也犀利非常。

正当两人相持不下之际，一个阴冷浑厚的声音宛如天外之音般窜入两人耳际——“老夫以为还是有意外的!”

此时，一道人影竟硬生生闯入翻天印结界之中。

“什么人?”慕行云骇然大惊，他所布下的结界自己很清楚，他虽然身在结界内，但从外面破除结界却绝非易事，但来人却这样丝毫没有任何迟滞的破阵而入，几乎是不可想象的。

来人卷起一阵腥风而至，稳稳当当地立在了结界阵内的两人之间，正是那名身份神秘莫测、修为惊天动地的黑衣老者。

“是你?”倚弦已经看清来人身份，亦是大惊失声，心中暗忖道：“他怎么会来这里?”

黑衣老者桀桀怪笑，身形化成一条黑线，慕行云几乎还没看清，黑衣老者已凑近抓向他的肩膀，慕行云如何肯轻易就范，急退之下，翻天印祭出，玄光封印击向黑衣老者。

“你以为凭你的修为也能从老夫手下逃脱?”黑衣老者不屑道，一手“磐龙灭神诀”便将措手不及的慕行云祭出的翻天印缠住。以慕行云的修为这还难不到他，他立即催动咒诀，将翻天印挣脱魔能的束缚，但是身形由此一滞。黑衣老者却并未因此再做追击，似乎在等慕行云缓过劲来。

倚弦在旁观望两人斗法，心中更是百思不得其解，忖道：“这老者为何会助自己对付假祝蚺呢?”正在纳闷之际，忽听黑衣老者的话语在耳边响起：“浑小子，居然有时间站在这里看热闹，还不赶紧去帮你兄弟对付南域大军!”

倚弦立时醒悟过来，这才感应到营帐外的翻天印结界已经被黑衣老者所破除，忙道了声：“多谢!”身形遁空而起，一举冲破结界的束缚，径直向西岐城方向风遁而去。

第一百零六章　与魔交易

黑衣老者见倚弦遁去，这才好整以暇站定身形，道："小子，居然敢从老夫的眼皮底下窃取祝蚺魔躯，胆子不小！"

慕行云知道自己远非老者的对手，但仍然镇定地看着黑衣老者，问道："你究竟是谁？竟敢无故质疑本宗主的身份！"

黑衣老者点头大笑道："不错，临危不惧，有胆识！而你身为玄门弟子，却妄自修行魔门秘法，不惧宗门典规，甘冒天下之大不韪，可算有勇！深思熟虑，群魔丛中智取翻天印，可算有谋！不错，老夫自认不会看错人！"

慕行云心中大惊，他想不到此人居然将自己的行踪作为摸的一清二楚，强自压下惊惧，道："本宗主着实不知你在说什么！"

"你别在老夫面前演戏了！"黑衣老者大笑道，"现在乖乖地跟老夫走一趟，我不会为难你的，只是想跟你商量一点事情而已！"

慕行云冷然道："阁下法道修为高过我许多，现在偏又这般客气说话，恐怕难逃强人所难之嫌！"

黑衣老者桀桀冷笑道："你原本便无从选择！"

慕行云但笑不语，手底下的动作却是不慢，掌中翻天印光华四射，蓄势已久的玄宗秘法再度激发出来，玄光四耀的四方封印瞬时将黑衣老者笼罩起来，与此同时，慕行云的身形趁机全力遁向营帐外，企图借全力一击拖延老者的追击时间，然后顺利逃逸。

但慕行云还是错了，他与黑衣老者之间的修为差距毕竟太大，翻天印的玄光封印根本无法像对付倚弦一样阻挡黑衣老者，黑衣老者似乎早有所料，身形迅速突破封印阻碍，竟然破开营帐另一边的出口，瞬间拦住了疾速逃窜的慕行云，掌中魔能齐聚，宛如苍鹰扑兔般凭空抓向慕行云。

慕行云一心想要逃离，哪想黑衣老者会如此迅速便出手拦截，无奈去势未尽，身形根本无法掌握最低的平衡度，再面对黑衣老者浑厚魔能的拦阻，他唯有祭出翻天印，连人带印撞向黑衣老者。

黑衣老者冷哼一声，魔掌一摄一收，巨大的魔能不但将翻天印吸附得无法动弹，而且将慕行云前冲的势头顺利挡住，所幸翻天印是玄门神器，黑衣老者毕竟有所忌讳，所以只是令它无法借势，却无法完全制止翻天印的攻势。

慕行云心中一喜，正要借机施展厉害法咒之际，却蓦地眼前一空，黑衣老者居然失去了踪迹，正感诧异之时，脑后忽然风声大作，他立时反应过来，不过在方才片刻的交锋中，他已经失了先机，此时根本已是强弩之末，哪里还能首尾兼顾，心中暗呼："不妙!"整个人已经被魔能锁定，丝毫无法动弹。

黑衣老者桀桀大笑，一手抓起被封印的慕行云离开空旷的南域大营，高大的身影随即投入黑夜之中。

慕行云周身虽然被封印得无法动弹，但脑中念头急转，无非想的是如何脱身，但是黑衣老者的法道修为强劲无匹，当今妖魔二宗恐怕难有对手，就算他再行修炼数百载，怕是也逃不出黑衣老者的手掌心，更别说现在还被封印了。

黑衣老者风遁疾速，不多时便将他带到一个隐蔽的洞府之中，随手将他抛在崖壁上，一道黑光闪过，魔能封印竟让慕行云整个人贴在崖壁上落不下来。

慕行云被粘在崖壁上，居然发现自己已经可以开口说话，便冷声道："阁下如果真是有心想我助你，可以挑任何时候任何地点，却为何偏偏要在南域大营坏我好事?"

黑衣老者负手而立，仿佛没有任何情绪地冷然说道："坏你好事?哈哈……那只能怪你自己运气差，老夫只是刚好经过那边，感应到你布下的翻天印结界，所以对你很感兴趣而已。"

慕行云想到针对倚弦的布局，心中暗恨，闻言冷哼道："感什么兴趣？"

黑衣老者嘲讽道："现在的玄宗居然还有人会利用魔躯修炼的圣门奇学，实在令人感到好奇，想来想去，这神玄两宗可真是人才济济啊。"

慕行云反唇相讥道："玄宗是否人才济济，根本不用你我废话饶舌！"

黑衣老者对他言语中的冲撞丝毫不以为忤，淡笑道："你说这话，是不是想让我摸不清楚你的身份？桀桀……你就别徒废心机了。打神鞭和焚神天戟本是魔宗之物，所以懂得御使之法的人倒是大有人在！倒是这翻天印的御使之法，三界之中失传已久，只有两个地方有类似的典籍，那就是神宗天庭的'玄真殿'和蜀山剑宗的'藏经阁'，天庭玄真殿没几人能进去自是不说，就算蜀山藏经阁也只有玄宗的中坚弟子才能入得。"

慕行云脸色阴晴不定，心中震惊于老者的分析，不敢作声。

黑衣老者继续说道："况且你现在所修炼的魔能中始终难除玄能正法的根基，而这样的根基非百十年以上的修炼不能达成，所以这点你完全瞒不了别人。"

慕行云冷哼道："就算我真是玄宗弟子，相信这也不关你的事情！"

黑衣老者仰面大笑，笑声在洞府中震耳欲聋，道："老夫就是对你的身份很感兴趣，露出原貌让老夫好好看看！"

慕行云没有理会他，却是闭目养神。

黑衣老者道："现在的年轻一辈怎么都是一副坏脾气，看来还是要老夫亲自动手才行！"言罢，黑衣老者一挥手间，魔能立即凌空侵入慕行云体内。

片刻后，黑衣老者皱眉道："《灭天魔典》？"

慕行云没想到黑衣老者居然这么快就清楚地看出他所练的魔功，不由亦是一惊，猛地睁开眼睛盯住黑衣老者。

黑衣老者恢复正常神色，以赞赏的口气道："你竟然胆敢修炼圣门中最为霸道也最是危险的《灭天魔典》，嗯，不错，看来连老夫也不得不佩服你了。"

慕行云冷冷道："阁下既然已经知道，又何必废话，你到底意欲何为？”

黑衣老者摇头叹道：“可惜啊，你只将祝蚺的魔躯炼化了三分之二不到，如果你能将之全部炼化，修为应当不会在刚才那小子之下。至于现在，你的魔功修为可是不上不下，本命修为提升得不够，又无法完美融合祝蚺的圣能，以至于连本来面目都无法恢复。不过，这对于老夫而言却是轻而易举！

听着黑衣老者一语中的的话，慕行云虽是仍没说话，心中的震撼可想而知，同时对老者话中所说的恢复本来面目大感诱惑，因为他现时恢复本容必须使用幻变之术，这也是他不敢返回师门的原因，一旦被师尊发现的话，玄门规典的惩罚纵然不比堕入“冰火炼狱”那般生不如死，却也是他万万不愿承受的。

黑衣老者看出慕行云眼中的复杂心绪，道：“好了，且让我来看看你的本来面目！”说着，黑衣老者掌心魔能暗吐，慕行云直感体内有如翻江倒海一般难受，仿佛魂灵魄体被其从中隔绝一般，痛苦地呻吟出声。

随着黑衣老者一手提起，慕行云的面目立即恢复到原本的模样。黑衣老者仔细看了一眼，耳边传来卓长风恭敬的传音：“此子名为慕行云，乃是玄门元宗太上老君的弟子，同样也是当今玄门年轻一辈中最杰出的弟子之一！”卓长风的言词中的语气透出难以置信的声调，谁能想到堂堂玄门高徒竟会冒天下之大不韪，做出这等忤逆之事。

黑衣老者大笑道：“玄宗果然是人才辈出，甚至还能培养出不世之圣门奇才，果然不错，哈哈……”黑衣老者再一挥手，慕行云再次恢复祝蚺的模样。慕行云被强行破去魔躯掩体大法，被折磨得浑身大汗淋漓，但他冷眼盯着黑衣老者，硬是没吭出一声。

黑衣老者点头赞许道：“不错，难怪会被称之为玄宗最为杰出的年轻弟子！”

慕行云喘息道：“你不必拐弯抹角，有什么话尽管说！”

黑衣老者瞥了慕行云一眼，道：“其实很简单，老夫只想跟你做个交易！”

“交易？”慕行云以嘲讽的口气问道，“阁下能跟我做什么交易？”

黑衣老者缓缓道：“虽然《灭天魔典》的确厉害，但是即使一个圣宗弟子欲要练成此等圣功也极是困难，成功的几率不到一成，何况你本体修行玄宗正法的根基太过牢固，更加容易因此走火入魔。所以以老夫所见，你修行《灭天魔典》会留下很大隐患，而且由于修为不到，与祝蚺魔躯的融合程度也不高，否则岂会被那个叫小易的家伙迫得如此狼狈。”

慕行云冷冷道：“那又怎样？”

黑衣老者指了指慕行云，眼中寒光一闪，隐有怒意，沉声道：“现在的年轻人就是不知天高地厚，耀阳和小易那两个小子如此，连你也如此。老夫只是看得起你，别以为老夫不敢杀你。”

“要杀就杀吧，无需多说。”慕行云自恃黑衣老者有求与他，丝毫不惧。

黑衣老者道：“老夫杀你无用，也懒得杀你！不过你可以放心，老夫不会害你，反而会助你一臂之力。《灭天魔典》功法非同寻常，以你这样练下去，即使没有走火入魔也无法大成，枉费你那天纵之才。”说完望向慕行云，似乎想看看慕行云有无动心。

慕行云没有搭话，任由黑衣老者继续说。

黑衣老者沉吟道：“如果老夫说可以助你炼化祝蚺之躯，而且能让你避过走火入魔之虞，你信吗？”

“阁下凭什么让我相信？”慕行云神色不为所动。

黑衣老者缓缓道：“灭天为之非道，魔变为之异化，乾天之谓至道，是无常即道，但凡异变之机……”他慢慢将《灭天魔典》的口诀一一道出，毫无一字的偏差。

慕行云震惊非常地看着黑衣老者，如果说黑衣老者知道他所修行的魔功倒还有可能，但他怎么会知道《灭天魔典》的口诀，而且一字不差。据“妖师”元中邪所说，《灭天魔典》失传魔门数千年，是元师当年从东海一处深渊中偶得，这个黑衣老者是何方神圣？为何会如此清楚魔典内容呢？

黑衣老者将整篇《灭天魔典》的口诀一一念完，道：“小子，怎么样，现在你相信老夫能帮你了吗？”

慕行云沉吟半晌，问道：“阁下恐怕不会只是为了帮我这么简单吧？”

“当然!”黑衣老者嘿嘿笑道，“老夫自然没这么多的闲情逸致管你是否能练成《灭天魔典》，只是老夫想让你替老夫办点事情而已。”

慕行云断然摇头道：“很抱歉，但我不想替别人办事!”

黑衣老者道：“其实老夫并不想收你为下奴，只要你肯为老夫办几件事情，老夫不但可以助你炼化祝蚺之躯，甚至可以将其他几宗宗主之躯一并给你，用以炼化聚元。哼，如果你真的完全炼化五宗宗主之躯，便能将《灭天魔典》练到臻境，那时即使幽玄等辈也未必是你的对手，你可想好?”

“很抱歉，我不是贪心之人!”慕行云虽然很想达至秘典中的高深境界，但这黑衣老者绝非良善之辈，所说的话未必可信，与他合作无疑是与虎谋皮。

“是吗?”黑衣老者冷笑道，“练《灭天魔典》的人居然说自己不贪心!”老者再又叹道，“性情倔强，你跟那两个小子几乎相差不多，可惜，你要知道像幽玄这般的修为，要有将近千年的修炼，而老夫可以让你短时间内达到此等地步，你难道不再仔细想想?”

其实，慕行云很懂得一个道理，那就是想要得到多少势必也要付出多少，甚至付出的可能比得到的多。任何一个魔宗的人决不会平白无故地帮助别人，黑衣老者要这样助他势必将会让他付出不小的代价。

见慕行云默然不语，黑衣老者大怒道：“你别不识好歹，休怪老夫心狠手辣!”

慕行云冷哼不吭声。

黑衣老者怒极反笑，连道：“好好好，小子算你行，老夫就看看你有多少能耐，是否抵得住老夫的手段。”说罢五指张开，五道魔能将慕行云完全吞噬。

慕行云顿感魔能几乎将他身躯寸寸割裂，其中痛楚实难用笔墨形容万一。慕行云冷汗如雨淋下，坚牙几乎被他咬碎，但是他硬是不吭一声。

黑衣老者冷笑连连，道：“不错，再试试这个‘万剑绞心’!”

黑衣老者一挥手，一股魔能击中慕行云的胸口，魔能侵体而入，立即分化成千百尖锐无比的剑气直入慕行云心口，径自旋转起来，千百剑气在心内绞动，那种裂心的痛苦让慕行云整张脸都变得极为扭曲。但是经受几次的他竟然硬是没有发出一声痛叫，只是浑身就像是在水里浸了许久一样。

黑衣老者丝毫没有因此而动容，冷冷地道：“果然是非常之人，居然能受‘万剑绞心’的酷刑而不吭声，假以时日定成大器，只可惜老夫也不想等到别人对老夫有威胁，所以还不如趁此机会将你灭了为好。当然你可以放心，像你这样的人老夫还不舍得杀你，就这样吧，干脆破了你的圣功，然后再将你交给玄门的人处置！老夫倒想看看玄宗如今处置叛徒的手段是否比从前高明?”

慕行云闻言大震，他的修为虽然不低，但是现在已跟祝蚺魔躯融合一起，若是魔功被破，势必会连累原来的修为大幅度降低，而且不只如此，最严重的是魔功被破后，恐怕以后修为上很难再有进步。更加不用说修持魔功被发现，玄门规典的惩治将是如何严厉苛刻。

黑衣老者举起充满黑气的右手，道：“你大概以为老夫没这能耐吧?老夫一向讨厌别人对我的怀疑，看来只能试试看了。想想看，老夫在你印堂输入三道元能，一道切开你两中禀性不同的元能，一道压制你的玄能，一道拔除你的圣能，老夫这个办法不知是否可行，现在试试就行。”

慕行云冷哼一声，没有说话，心中的惊惧却是无以复加。

黑衣老者忽然做出恍然大悟状，道：“哦，我忘了说一点，老夫还准备将你玄能中附带圣能的真元也要清除干净，真是麻烦!”

慕行云大惊失色，这才是真正的厉害所在，本来慕行云无论如何被废功，只要还留有玄中带魔的元能种子，他就有把握在一段时间内恢复魔功，但是如果将玄能中的一道隐藏魔能也给拔除，那慕行云妄想恢复魔功几乎不可能了，非但如此，而且他本体的修为将大打折扣。看来黑衣老者真的对《灭天魔典》极为了解，否则只看法诀绝对不可能知道元能禀性的转变之秘。

慕行云苦笑道：“阁下果然厉害，放我下来吧!”人的想法很奇怪，就如慕行云现在所经受的恐惧，他或许面对生死攸关并不怕，但是想到几经辛苦才得来的一身修为尽数被废，以后不可能再有成就，于是只能委曲求全。

黑衣老者桀桀怪笑道：“识时务者为俊杰，很高兴你能做出明智的决定。”言罢一挥手，慕行云当即从崖壁上掉了下来，饱受非人折磨的慕行云无法控制自己的身体，一把摔在地上，堪堪稳住身子，落地之时，慕行云还是一阵踉跄，勉强站住，还略有不稳。

黑衣老者惊讶道：“老夫还真是小看你了，据老夫所知，没人能在承受七轮‘万剑绞心’之后还能站得住的。慕行云，你还是第一个。”

慕行云忍住酷刑之后的痛楚，道：“说吧，阁下想慕某做什么事情?”他没有逃走的想法，因为他自知就算自己最巅峰状态也逃不出黑衣老者的掌握，何况现在自身还是这种情况。

黑衣老者道：“不急，别怪老夫不信你，你必须先以我圣门‘本命噬心咒’立誓，别告诉老夫说你不会，能学会《灭天魔典》之人绝对不可能对此一无所知!”

慕行云无奈只能按照黑衣老者所说发下咒誓，黑衣老者得意非常地大笑道：“好，老夫言出必行，这就助你将祝蚺的魔躯炼化。”

黑衣老者让慕行云首先面壁盘坐，然后释出强劲魔能将慕行云完全笼罩在一片缥缈雾芒之中，黑衣老者逐次念动魔诀，道：“凝神圣门，导神入虚！待会儿你会受我元能洗体，实乃非常折磨，你必须谨记诀要，千万莫要分神，否则前功尽弃，极易毁功灭元，切记!”

慕行云当日为了祝蚺魔躯，不惜自毁肉身跃入地焰熔池，又怎会惧怕这样一点小小折磨，当即应声点头，驱使魔功达至导神入虚之境。

黑衣老者一手覆于慕行云天灵大脉之上，闷哼一声道：“长风为我护法!”卓长风的声音立时响起道：“长风听令!”

黑衣老者右掌一振，体内浩瀚魔能源源不断地涌入慕行云体内。

……

不知过了多少时候，黑衣老者抹去额头汗珠，缓缓立起身来，一掌轻拍在慕行云的脑门上，道：“醒来!”

慕行云缓缓吐出一口气，双目睁开，立时两道精芒应运而生，一闪即逝，长身而起，面目已经恢复成本来俊逸非常的面孔，丝毫无损，甚至更显英伟，揖身行礼道："行云谢过前辈再造之恩！"

黑衣老者并没有多余的动作与表情，缓缓道："你莫要忘了我们之间的承诺！你且先回去，老夫若是有事自会通知你！"

慕行云恭敬地揖礼，然后出了洞府而去。

卓长风这才从黑暗中行了出来，望着慕行云远去的背影，问道："启禀尊主，长风认为此子野心极大，况且非是我圣门中人，为何尊主会对他如此看重，甚至不惜以本命真元助其炼化祝蚺魔躯呢？"

黑衣老者笑道："长风多虑了，此子甘冒奇险修行灭天魔典，虽然野心的确极大，但正是他这颗魔心异种，只要善加诱导，便足令其发挥极大的用处，可以这样来说，除了那两兄弟之外，他应该是最有用处的棋子！"

卓长风思忖片刻，点头道："尊主运筹帷幄，果然好眼力！我看慕行云在修行上根本无法达至灭天魔典的境地，最终只能依靠尊主的扶植。所以只要适时加以控制，慕行云定然可以发挥最大的效应！"

黑衣老者大笑道："只有长风知我心意！"

卓长风犹疑片刻，道："禀尊主，长风一直有一事不明，不知尊主可否见告！"

黑衣老者轻咦了一声，道："长风有何疑虑尽管问便是！"

卓长风略作思虑道："我知道尊主一直非常看重耀阳与小易两兄弟，他们的确也都是三界年轻一辈中最为出色的人，但是在武库中尊主所表现出的器重，是前所未有的，长风从未见过尊主这样看重两个小辈，难道是因为他们分别得了龙刃诛神与轩辕剑的缘故？"

"长风此言差矣！"黑衣老者桀桀笑道，"所谓的法宝神器都是一些修为层次低卑的人用来自欺欺人的，想当年轩辕老儿手中的轩辕剑不过也只是一个幌子，用来聚集愚昧部族的人气罢了。两个无知小辈纵算拿到神器又如何？法道修为一日千里又如何？最后还不是成为庸庸碌碌无所作为之辈！充其量也不过成为神玄二宗的散仙游勇而已！"

卓长风听黑衣老者将两兄弟说得什么也不如，不由更是大讶道："照尊主这么说，他们两兄弟既然什么都不是，为何……"

黑衣老者道："长风一定觉得我对这两个小辈的态度，丝毫没有从前那般雷厉风行的风格，对吗?”

卓长风点头道：“正是!”

黑衣老者忽然长叹一息，道：“其实，今时已经不同往日了，圣门现在宛如一盘散沙，如果要想成就一番大事，圣门必须一统！然而一旦我们大张旗鼓地搞风搞雨，就会令神玄二宗有所防范，甚至会因此心生灭除圣妖二宗之念，到时候我们还未有所准备便会遭受灭顶之灾！所以凡事必须以奇击正，才能出其不意，达至最好最佳的效果!”

卓长风一生智计百出，当年在魔族大军中更是有奇谋将军之称，听完黑衣老者之言，心中巨震，再一联想到老者方才曾对慕行云所说的话，立时感应到整个事情有了一条清晰的脉络，不由大悟道：“尊主果然明鉴三界形势，长风佩服!”

黑衣老者挥挥手示意没什么值得夸赞的，语气显得格外凝重道：“这些只是奇计其中之一罢了，却是远远不够的，要知道这短短数千年的时间，神玄二宗已经将三界治理的井然有序，根基日渐稳固，若不以非一般的手段暗中调度，就算我们能统一圣妖两宗，恐怕也只是强弩之末，毫无建树可言!”

卓长风何尝不明此中道理，道：“尊主既然洞悉此中先机，可有奇法破解三界僵局吗?”

黑衣老者一双暗瞳似的眼眸立时闪过一道魅异魔芒，道：“这便是我为何会如此器重那兄弟两人的原因所在！只有他们——才能真正继承老祖宗刑天爷的未成大业!”

卓长风震惊道：“他们兄弟俩会是颠覆三界六道的关键所在?”

黑衣老者点头道：“不错，当今之世，唯有他们才是天地三界的最大破绽所在！除此之外，我们将无计可施!”

卓长风再听黑衣老者的肯定之语，不解地问道：“这是为何?”

黑衣老者的目光投向洞府外的缥缈空际，问道：“长风可曾记得，当年我为何会一败涂地?”

卓长风略作思忆，道：“虽然年代久远，但是长风仍然清楚地记得，当时若非尊主无法打开老祖宗刑天爷遗留的宝物，寻不到颠覆三界六道的秘密所在……否则也不至于会……”

黑衣老者沉声道：“我虽然自问当时修为并未达至老祖宗那般高深莫测，但是神玄二宗之中已经鲜有敌手，所以当时不听祖宗遗训，竟自不量力妄图与神玄二宗一拼，终得一败！虽然最后恍然醒悟，但是临阵磨枪对着那块老祖宗遗留下来的圣璧，却已是技穷殆尽，甚至因此丢失我族秘宝！”

卓长风知道老者所说正是当年那场血雨腥风的结局，心中黯然，道：“尊主，往事莫要再提，重要的是我们现在已经可以重头开始！”

黑衣老者道：“只有总结以往的经验教训，才能更清楚地看到我们现在所处的形势。所以我才会那么重视他们兄弟俩！”

卓长风若有所悟道：“难道他们兄弟俩与圣族宝璧有关？”

黑衣老者道：“我想三界之中关于他们兄弟俩与归元圣璧之间的秘密，应该早已不是秘密才对！”

卓长风大惊失色道：“难道尊主是说，他们兄弟俩就是当初引起三界四宗极大关注，最后堕入第七道轮回的两个混小子吗？”

黑衣老者缓缓点了点头，道：“他们不仅得到了归元圣璧的全部精元，更甚至已经去过当年老祖宗毁天灭地的源头所在！”

“什么……”卓长风震惊莫名，失声惊呼。

西岐王庭“英华殿”中，耀阳在殿中来来往往兜了几圈，不知被灌了多少杯酒，若非本体元能修为不浅，此时恐怕早已经瘫倒在地。当然，现在他也是装作醉得不醒人事的模样，免得别人再来灌酒。好在姬昌早已陪同圣祖母离殿，所以群臣更无顾忌，酒过三巡，众臣皆有几分醉意。

此时，又一名并不认识的官员前来敬酒，耀阳斜退了几步，道：“这位大哥，我……我真的……嗝……不行了……”

那个官员也醉意不浅，踉跄地硬是拉住耀阳的胳膊，道：“耀……将军，年……年轻人……喝酒……而已，这点酒……怎么……也得喝下去……”

耀阳大是头痛，刚要再次拒绝，却内息灵觉猛然一震，耳际惊戈之声远远传来，瞬时间似乎冲破了这里满殿的热闹与喧哗。

“敌军奇袭!”耀阳大惊失色，仅有的一点醉意也顿时消失无踪，一甩手将那官员一把甩开，正要迈出殿外，却见到姬昌在侍卫陪同下正两步跨进殿来，看样子大有再喝几杯的兴致。

耀阳单膝跪地，肃容道：“禀侯爷，西岐城外有敌情，耀阳请命迎敌!”

姬昌侧耳倾听，却丝毫无法听到什么可疑的声音传来，更不见有人上殿来报，不过知道耀阳并非常人，松懈的心态立时警惕起来，本来微醺发红的脸立即恢复正常，大手一挥道：“本侯准耀将军再次统领城中所有军队，立即探听敌情，据实上报本侯，不得有误!”

耀阳领诏立即找来金吒，火速赶往城楼。可是还未出得宫廷，就有兵来报敌况，耀阳立即命金吒速去召集所有带兵休整的将士，他则一边迅速赶往城楼，一边让那通报的兵士将敌袭情况快速报来。

原来突袭就发生在刚才，不知为何突然有数万大军强袭北门，几乎同一时间，城内立时有乱贼埋伏响应。所幸耀阳平常怕有敌军偷袭，早命西岐城守城将士严加戒备，所以还不致于阵脚大乱。

只是，耀阳心中清楚的很，就算一时半刻还能顶住，但是已属疲军的西岐将士不论是人数还是士气，都处于绝对下风，情况已是岌岌可危。

让报信的兵士迅速通知金吒率兵来北门，耀阳径自先去北门稳定军心。

飞身等上北城楼，耀阳极目了望，暗夜中的城门前灯火通明，杀声震天，两军正在进行一场角力大战，北城兵士这时见到主将到来，顿时士气大增，喊杀声变得振奋异常，厮杀起来也愈见精神。

耀阳双目在暗夜中锐利非常，一眼望去，城下万千攻城兵士都打着南域旗号，心中顿时大震，他怎么也没想到偷袭的居然会是已经退兵的南域大军，心中不由大是担心已经去往南域军营的倚弦。南域军如此大规模的奇袭，断不可能瞒过倚弦法眼，而南域军来袭，倚弦却未能及时通报他，这说明只有一个可能，那就是倚弦受了牵绊根本不能脱身。

不过，耀阳转眼就消去了担忧，毕竟三界之中能牵制倚弦的人虽然不少，但是能置倚弦于死地的法道高手却是不多，如此算来，神玄两宗的人势必不会动倚弦，而最具杀伤力的黑衣老者也要利用倚弦，不会轻易出手。就算修为稍高的幽玄出手，倚弦虽不是对手，至少也能逃脱。

想到这里，耀阳的心安定下来，再度凝目远望。

西岐城的北门，无数的南域兵士架起云梯冲上城墙，与西岐将士血战，城墙之上已被鲜血染红，双方实力相差太多，五千余将士纵使依靠城墙之防，也难顶数万敌军攻击。

然而所有西岐将士都知道，万一城破，他们必无幸免，何况家小妻儿都难免受辱偷生。故即使未能恢复体力，他们也纷纷搏命跟南域兵士拼杀，一时之间将敌军挡在城墙之上，竟不让敌军再进一步。

西岐军中几个会法道的高手亦跟南域军中十多名法道高手对峙，但是人数上还落于下风，好在耀阳的出现令南域兵士大受震撼，尤其是这些法道之士，他们顿时尽数遁逃回营，没人敢在耀阳面前妄施法道，生怕引至杀身灭道之祸。

尽管如此，但更大的麻烦近在眼前，此时在城内靠近北门之处，居然还有埋伏在西岐城内的乱贼，正组队不顾一切地向北城大门冲来，显然是为了打开城门接应城外的南域兵马。这些人不但牵制了西岐城不少守城兵力，更因为这支兵马的机动性与对城内的熟悉程度，致使全城兵马的调度产生更大的隔阂，随时威胁到守城兵士的士气。

战况异常激烈，短时间内，南域大军至少伤亡千人以上，西岐军亦是阵亡数百人，双方就在北门进行血战，所有兵士为了各自的目的都将性命豁出去了，谁若是胆怯，恐怕只能死得更快。

耀阳亲身督战，心中却记挂着整个西岐城的外围，毕竟西岐不止一个北城，如果对方占着兵多人众，分散攻击力度，然后纵横捭阖用兵击奇，那么以西岐城现有的兵力而言，背腹受敌，加上内乱难治，城破在即。

想到这里，耀阳冷汗浃背。

即使不少南域军攻上城墙，与守城兵士展开激战，但还是有大部分西岐兵力必须对付不断沿着云梯爬上的敌军……火油倾下，石块木棍抛砸，乱矢飞射，尸体被烧焦味混着血腥充斥着所有人的鼻孔。南域军不甘示弱，投石机抛起的巨石高高扬起，震天的喊杀声几乎被巨石砸中城墙的爆声所掩盖，但凡被巨石砸中者立即尸骨无存。

一个个兵士成为尸体倒在城墙上下，运气好的还跟敌人血战，运气差的连尸骨都无存，谁都不知道下一刻自己是否还活着。西岐城北已被鲜血染红，西岐将士越来越少。

耀阳遁空掠下城墙，根本没有时间考虑，也顾不得仁慈，祭出轩辕剑大喝一声，剑气狂猛斩出，呼啸声中，在北门的一群乱贼吓得四散而逃，但是还有首当其冲的十多人，根本不及躲闪就被剑气斩成数截，鲜血四溅。

耀阳再是接连数剑又杀死十数人，此时那些人中有五个法道好手齐齐向耀阳袭来。耀阳持剑厉喝道：“有我耀阳在，尔等休想破我西岐！”双眼精光暴闪，霸道气势压过一切。西岐将士顿时齐喝：“火舞耀阳！”士气大盛。

轩辕剑一剑斩出，一个法道高手就抵挡不住，鲜血狂喷，耀阳跟上再一剑将他毙了。另四人大惊，但还是凭着人数优势齐齐围攻。耀阳冷笑道：“找死！”一拳击破四人的元能攻击，轩辕剑瞬间斩出数道炎热剑气。那四人骇然后退，但是根本来不及，两人被剑气当场斩死，另两人勉强避开，却仍被剑气周围的烈焰焚成烤猪。此时的耀阳当然不会留手，此等天火何等之烈，那两人顿时被烧得惨叫连连，耀阳顺手了结他们，跃上了城墙。

那百数城中乱贼被耀阳几番来回击杀，死伤数十人，又乱了阵形，士气亦是大落，被士气大增的西岐军乘机围剿，已经产生不了什么威胁。

第一百零七章　偷袭西岐

耀阳一上城墙，立即挥剑劈杀数人，扬声喝道：“南域小辈，胆敢欺我西岐城不备，简直找死！”顺手捞起一把长戟，向着城墙之下密密麻麻的敌军砸去。

“轰！”尘土飞溅，那长戟在耀阳元能灌注之下，竟在战场上砸出一个大坑，当场元能劲气砸死数人，十数人被尘土飞石击伤。

“小辈，别自以为是！”原本为南域军攀上城墙，一直护持的十数个法道高手仗着人多向耀阳齐齐围去连击，这十多人实力甚是强悍，十数人联手之威竟能跟耀阳相互抗衡。

顿时间，十人各施法宝，气劲满天横飞，虽然这些法宝远远比不上神器轩辕剑，但是十多件法宝各逞其能，同时攻击耀阳，多少还是有些威力，耀阳也不得不加以躲避。

耀阳大恼喝道：“别以为人多就强，乖乖受本将一剑！”轩辕剑爆出精光耀眼，龙吟声中，九道金光合成一条巨形金龙呼啸而出，含怒出手的轩辕剑气竟将十多件法宝同时冲散。

“去死吧！”耀阳一交手就知道对方多是从魔妖两宗出来的人，根本不必留给谁情面，对准一人连劈数剑，那家伙大惊躲开，但是只能避开两三道剑气，接着连中数剑，顿时立即惨叫毙命。

耀阳并没有因此停手，面对剩下十余人的疯狂攻击，再是斩出十数剑，剑气形成炎龙向敌人扑去，那十余人法道修为虽然不错，但比之刑天抗等人还大有不如，又如何敢硬接这炎龙，于是纷纷逃退，耀阳立即再逮住一人，一剑将他了结。

对方人数虽多，但毕竟修为不能跟耀阳相比，加上被耀阳逐个击破，不久就只剩下八个人，耀阳亦因此耗费了不少元能，只是表面上看不出任何异样。

耀阳的强悍鼓舞了士气，西岐将士更加奋勇，但是南域军源源不断的强攻，加上各个城门之间的强攻配合，让人数上明显处于劣势且战后精力还未完全恢复的西岐将士越来越难以抵挡，虽然内乱已定，但西岐各城门仍是再次陷于岌岌可危的情况之下。

即使耀阳再神勇也不可能以一人之力对抗数万大军，而且还有数名法道高手缠着他，经过方才一战，这八人已经学得聪明，不再跟耀阳硬拼，而是尽量避开攻击，然后利用本身的法宝不断偷袭，不让耀阳靠近他们。耀阳虽然自信还是能解决他们，但无疑会拖慢速度与时间，恐怕真等他将那八人解决了，西岐城也破了。

攀上城墙的南域兵士越来越多，南域兵士的强悍更是丝毫不下西岐军，扑上来的人只要还有一口气就不顾一切地杀向西岐将士，刀剑戟矛毫不留情地捅入体内，飙出的鲜血对他们而言就像是水花一样，没有丝毫不忍之色，已经不到两千的西岐将士逐渐陷入困境，难以支持下去。

正当西岐将士的兵力已经出现缺口的时候，金吒带着五千救援将士终于赶到。金吒率先飞临城墙，使出“遁龙桩”，挥手一个由七色光彩形成的巨大莲花坐台向城下蚂蚁般的人群砸下，光彩散尽，敌军数十人顿时惨死，可说是尸骨无存，更有数十人受伤。南域军吓得不由惊退，空出一片血腥的场地，西岐将士的士气更盛，再度拥到城墙之上，齐声威喝，其声震天。

金吒见到耀阳被困，飞身而下，配合耀阳一举击杀一人。

耀阳一剑劈出，不忘笑问道：“金吒将军的师门神器这么厉害，刚才怎么不多来几下？”

金吒苦笑道：“耀将军，你不会认为我使出刚才那一击很轻松吧？再来个几次，我的玄能可支持不了，这还不如一个一个地来杀得痛快省力。

刚才那一击只是为了打击一下敌军的士气，耀将军如果全力而为，威力定是不只如此。”

耀阳道：“这倒也是，如果没有这些家伙碍手碍脚，这一个时辰下来，我一人就能干掉数百人以上。但是如果像你刚才这样全面积攻击，的确损耗元能太大了。”

说话间，两人又合力干掉一个家伙，剩下那六个家伙眼见得不了好，立即退到城墙上连杀十多名西岐将士，结果被耀阳和倚弦衔尾又干掉一个。另五个法道高手不敢再做逗留，跃下城墙遁空而去。

耀阳登上城墙，厉喝道：“南域小辈自己来找死，我英勇的西岐将士们，给我好好地教训此等贼子。”当即一剑劈空，剑气直劈而下，即时劈开一个云梯，剑气直下不断，落在地上，竟硬是击出一道巨大的裂缝。气劲旋乱，这一剑在他手下死伤的人达数十人之多。

“喝！”万人齐喝，声如霹雳，竟是压过石块撞墙之声。西岐将士士气如虹奋不顾身向南域大军狂击，仗着城墙之防，以命搏命，六千西岐将士硬是将万余南域兵马尽数挡在城墙之外。

夜色更深，战况僵持不下，巨石一块块落在城墙之上，震得整片城墙微颤，被击中者无不成了一摊肉泥，即使受到飞石乱溅，也俱是伤势不轻。西岐将士一边将冲上来的敌军挡下，一边将火油石木等物尽情倾倒，同时箭阵无区别抛射，将城墙下像是蚂蚁一样的南域军射得浑身窟窿。

无论是城上还是城下，鲜血都像是喷泉般乱溅，腥血映红了所有人的脸，那是一张张狰狞的脸，却也是一张张英勇的脸。双方都相信没什么能拦住己方——对方必败。

六千多西岐将士拼死抵抗，丝毫没有退缩犹豫之色，他们都清楚得很，一旦被南域军突破，他们自己死不要紧，但自己的亲人将被奴役，这是他们绝对不愿见到的事情。

蚂蚁般的人潮挤在北门内外，惨叫声从未有瞬间的间断，鲜血飞溅无时无刻不在发生，一具具尸体像是木偶般倒下。这里没有仁慈怜悯所能存在的空间，除了杀戮就只有被杀，残肢断臂随处可见，没人会因此而心悸。

战鼓如雷，激励着双方战士豁出自己的性命。没人会在意尸体被烧焦的臭味，没人会在意那浓烈的血腥味，也没人会在意那一片触目惊心的修罗战场。在这里，你唯一能考虑的就是杀了别人和在战场上活下来。

耀阳虽是法道通天，在这种情况下也只能指挥全军有秩序地对所有攀上城墙或是企图攀上城墙的敌军尽情地进行搏杀。

南域军中的法道高手不敢出现在城前，南域军只能凭着巨大撞木一次次撞击厚实的铁门，每一次的撞击都会引起强烈的震颤，但是西岐城城门之固，实是天下少有，即使连朝歌可能也略有不如。数百西岐将士拼命顶住城门，即使吐血也决不后退，南域军只能不断地重复失败，却始终不肯放弃。

金吒协助耀阳，只有哪里有缺口就立即补上，以他的修为，没有人能突破他的防守。“遁龙桩”此等神器虽远不如龙刃诛神，但威力也非同小可。偶有遇到一个实力比他差不了多少的妖宗法道高手，也被他的“遁龙桩”击成重伤，那个本来自视甚高的妖宗高手立即逃走，想来也不想丧命于此。

不过如此一来，金吒也累得气都喘不过来，这西岐城北门一带战线拉得很宽，不可能将所有漏洞都补起来，西岐将士中有不少法道高手，但他们修为还不如金吒，单身全力顶住一处已是极限。

上一次攻城战中没有损耗多少且精力过人的南域军虽然强悍，实力远远占优，但是奈何西岐城墙之固可说天下无出其右，加上耀阳指挥若定，终于将各个防线全部组织好，南域大军再难寸进。

耀阳长吁一口气，道：“他爷爷的，南域军竟敢乘夜袭城，而且居然还有乱贼没能清除，幸好早有防备，否则还真的是大事不妙。”

金吒也终得喘口气，道：“好累，我宁可跟幽玄硬干一仗，也不愿这样补漏打缺。毕竟看着人命在自己手中死去，心中实在不好受!”

耀阳苦笑道：“战争就是这么回事，一人的修为再强，也顶不住上万人的强攻。以我现在的修为杀千百人也未必不可能，但是杀了这千百人，若是再有一千人围住，那除了狼狈逃窜之外，就没别的办法了。”

金吒道：“还好总算将这南域军顶住，如果再有个两万人，我想我们未必顶得住……”

耀阳气道：“近来连一点休息的时间也不给我，这次搞定后非好好休息一下不可，我想只要顶住这次，西岐城应该无忧了。”

金吒点头，目光依然巡视此时难得静下来的血腥战场。

耀阳来回巡视于城墙之上，望向远在百丈之外的将旗，上书“虎”字，知道虎遴汉就在城外，道：“此次南域主帅虎遴汉可真是厉害，只差一点，西岐城就会被他破门而入，那时我军败势就很难挽回。”

金吒笑道：“错过这么好的机会，现在我想虎遴汉是很是懊恼。”

“只是很奇怪……”耀阳莫名地有些担心道，“虎遴汉应该知道此时想要破城难如登天，他为何仍不命全军撤退?”

金吒亦沉思道：“的确有些奇怪。”

耀阳转头四顾，锐利的目光猛然发现南面隐有火光，心中最为担心的事情终于发生了，失声叫道：“声东击西?”

金吒大惊失色，立即道：“将军，我即刻带兵赶往南门……”

正说话间，一名混身血迹的将领从城楼下赶到，跪伏于地道：“将军……紧急军情，南门被破!”

“怎么可能?”金吒惊道，“虎遴汉哪有这么多兵马?而且南门也有将近四千余将士镇守，即使他还留有大军，也不可能在如此短的时间内破门而入。”

那将领舔了舔早已焦结的唇皮，苦笑道：“南域大军突袭南门，不想守城的刘副将竟率一批兵士将南门打开，我军四千守城将士抵挡不住对方万余敌军。敌军已经破门入城，末将拼死回来禀报，还请耀将军尽早准备……”说着，竟是满口腥血喷出，倒地昏迷不起。

完了!耀阳顿时浑身像是坠入冰窟一般，他怎么也没料到南域军还有如此多的兵马，更没想到南门守将会在这个关键时候叛变投降。如果能将敌军挡在西岐城外，就算敌军有三四倍于己军的实力，或许还有可胜之机，但南域大军一旦入城，就像是将西岐城钢铁般的防线扯得支离破碎。难怪虎遴汉在现在这样的情况下还不撤兵，因为他早就布置妥当，自己毕竟还是差了一线。

耀阳黯然叹道："想不到战局竟会陷入如此境地！"

金吒问道："耀将军，那我们现在该怎么办？"

此时绝非沮丧的时候，已非新手的耀阳深吸一口气，立即振作精神，喝道："全军有秩序后退，退守宫廷，保护侯爷，适时与敌军展开巷战护城！"

金吒一震，道："耀将军真要如此，我军现在连一万将士都不到。这样的话，西岐城将会沦陷大半，我军没有坚实城墙之防，又如何能跟敌军抗衡。"

耀阳苦笑道："李将军的话不错，但是我军如果在此困守，前后夹击之下，再多的西岐将士也势必全军覆没，到时候宫廷也难以保住，我们还怎么跟南域军继续奋战？现在敌军还未能完全控制局势，我们应该乘此机会先占据宫廷以西的地盘，西面山脉陡峭，是易守难攻的地形，所以只需千余人就可保我军无后顾之忧，然后只有这样我们才能顶住南域军的前线攻击，等待援军的到来。"

耀阳当机立断，立即下命全军放弃北门，这是现在唯一的选择。西岐大军立即如退潮般离开北门，迅速向宫廷退去，没有一点的犹豫和迟疑。

当耀阳回首再望向城门百丈开外的"虎"字将旗，号角声响彻整个夜空，位于北城的南域大军再度发起猛攻，尽管耀阳心中最想的便是此时遁入对方营中，然后将虎遴汉诛杀当场，但是却也知道这已于事无补。西岐城已经被攻破！

破晓时分，耀阳亲率五百精兵挡在了北门之前，面对破门而入的南域大军，不需要太多的废话，五百精兵在耀阳的率领之下犹如一把尖刀般向刚刚入城的南域大军冲杀过去。

耀阳首先仰天长啸，混合五行玄能的啸声浑厚凌厉，果然起到了先声夺人，震慑对方的效用，然后掌中一剑旋即劈出，为保留玄能，剑气微启，但还是一剑劈死挡在面前的数人。

激扬的剑气如厉鬼般将南域将士的性命勾走，血像是飞雨般溅开，手持轩辕剑的耀阳所向披靡，根本无人是他剑下一合之将，那些早先扰乱整个战局的妖魔高手也不复出现，再也无人能阻他片刻。

他所率领的这五百精兵早就将自身的生存机会统统抛却，在耀阳的带领下，他们以必死之心向数十倍于他们的南域军发起进攻。尤其是当他们见到主帅以一击百的神威，心中荣辱与共的战意更甚，那种整体的强势，即使强如南域军也一时难以抵挡。

西岐的五百精兵消除了对眼前一切的恐惧，他们甚至也不在乎肉体上的痛苦，卫护在主帅身后向群涌而至的南域大军突袭，混战当场。一名西岐精兵硬是冲上前去杀死两个南域兵士，左侧肋骨却被围上来的南域兵一矛捅入，他狂吼一声，长戟回扫，将偷袭他的对手一戟击毙，但是眼前的南域兵士一矛刺破他的胸膛。谁知他却是双眼血红，不顾一切地向前扑去，长矛穿过他的身体，而他临死之前，一口咬在杀他人的喉咙要害之上，当场与那人同归于尽。

几乎每个西岐精兵临死之前都要拉上南域兵士垫背，他们像是不惧痛苦的猛兽一般对着南域军进行冲杀，对他们而言，早已没有想到活命，只是杀一个够本，杀一双就有赚。

面对这么一批极度疯狂的人，即使杀红了眼睛的南域军也禁不住胆颤后退。西岐五百精兵竟将数十倍于他们的南域大军吓退，何等强悍。但是南域军训练有素，其兵精将猛更是享誉四方诸侯，他们的战力比之西岐将士也差不了多少。随着万千兵士鱼贯般地涌入城中，逐渐将五百精兵淹没吞噬。

最终，五百精兵几乎消亡殆尽，耀阳仅能凭着超人修为救了十余名遍体鳞伤的将士向宫廷退去，南域军面对耀阳这般天人神威，想要再追已经来不及了。

耀阳远远望着城门前被南域兵士纷纷刃尸的死去将士，心中的悲凄可想而知，刚刚还在并肩作战，此时却已不在身边，甚至连一具全尸都无法保留下来，战争的残酷由此可见一斑。

深深吸了一口浑浊血腥的晨曦空气，耀阳看到了渐已近在眼前的王廷，他知道此次顽强死战的目的已经达到，五百精兵虽然几近全亡，却硬是将南域军拖了几炷香的时间。有了这一点时间，其余万余西岐将士早已安全护卫城内百姓退到内廷范围，依靠王廷背后岐山的天然屏障与内廷原本的设计，迅速建立起内城的新防线。

耀阳安置好十余名浴血将士后，再度领了两千兵马前往东门，利用城内巷道狭窄不利大军攻袭的特点，配合东门的五千将领打退了准备前后夹击的南域大军，令东门守军与内廷形成一道防线，然后从所有兵马中挑选出数千名不畏死的战士，乔装成百姓模样，分散在整个西岐城的大街小巷，做好随时巷战的打算，待到从容布置好一切后，他才回到内廷，马上去见姬昌。

宫廷之中，那些妃子宫奴毕竟都是寻常凡俗男女，此时都免不了紧张慌乱之色，宫廷守卫依然如故，只是四处增加了数倍于平常的防备兵力而已。加上耀阳匆匆而过，终于在文华大殿中找到了西伯侯姬昌和圣祖母太姜。

姬昌神色幽沉，负手而立，不知在想些什么。圣祖母太姜在侍婢简云的服侍下也在旁侧，似乎正在商讨应对之策。

随着宫奴的唱喏，耀阳行上殿前，单膝跪地，面色凝重道："耀阳拜见侯爷与圣祖母，耀阳作战不力，以至于让南域贼军攻入西岐城，甘愿受罚！"

姬昌显然知道西岐将士与南域军的作战情况，叹道："此事怪不得你，没人会想到南域军竟然还留有如此众多的兵马，更没想到南域军的奸细竟能隐藏如此之深，说起来南门中有守将大开城门以至导致西岐城破，还是本侯用人不明，耀将军能保留大部分兵力重新组成内城防备，已是不易，又何罪之有？快快请起！”说罢，姬昌亲自上前扶起耀阳。

耀阳铿然道：“侯爷请放心，耀阳定会死守西岐城，誓要让南域军永难安稳地占领此城，然后觅机收复失守的城门。但是为策万全，耀阳还请侯爷与圣祖母先行离开西岐城，耀阳将亲自带兵保侯爷和圣祖母绕过岐山，去往就近的郡镇，足保一时无虞。再则公子姬发在金鸡岭尚有十余万大军，我会及时遣人前往调度大军回防，再根据战况做出安排。相信过不了多久，西岐城还会稳稳当当地回到侯爷手中。”

哪知姬昌闻言当即断然摇头道：“此事万万不可，本侯岂能抛下我西岐城万千百姓而独自逃生呢？”

耀阳摇头急道：“但是，如果就当下的局势情况来看，南域军暂时势大，我军虽然可以凭借地利人和挡得一时，甚至足以挨至附近郡镇的援军来到，但是鬼方新退若是知情反扑，加上崇侯虎大军素来虎视眈眈，我们所面临的变数极大，还望侯爷三思！万一侯爷有个意外好歹，西岐则危矣！”

姬昌喟然一叹，道：“耀将军莫要多说，想我西岐数百年基业，如今竟至如此地步，此乃本侯之错，西岐城若果真遭贼兵倾毁，本侯也只愿能与宗庙同灭，方能以一死在姬氏列祖列宗前谢罪！”

“侯爷怎么能这样想呢？侯爷是我西岐的顶梁柱，只要侯爷尚在，西岐就能东山再起，甚至最后北图中原，倾天下诸侯尽归附我西岐啊……”耀阳还是不肯就此死心，苦口婆心地劝解。

这时，一旁并不插口的太姜缓缓道：“耀将军不要再劝了，数百年的姬氏宗庙永不能放弃，老身与昌儿决定固守我西岐宗庙，绝对不会就此离去！”

姬昌闻言更是正色道：“本侯心意已决，将军莫劝了。”

耀阳此时亦想到岐山宗庙之内的龙脉，想到太姜和姬昌死都要保住龙脉，因为他们深信只要龙脉不断，西岐就不会被灭，这种情况下想要劝服太姜和姬昌无疑是难比登天。叹息一声，他只能无奈行礼道：“那耀阳这就率全军固守岐山宗庙，誓死保侯爷与圣祖母万全！”

“这倒不用!”姬昌沉声道，“西岐困势已成，将军即便再如何努力周旋也只是拖缓南域兵马的攻袭进度，而将军身怀法道异术，本侯还有更加重要的事情需要你去办!”

“什么事?”耀阳闻言一愣，对他们而言这时还有什么更重要比保护宗庙更加重要。

姬昌唤来宫奴，从内殿中拿出一封密封的帛书，然后亲手递给耀阳，肃然道：“耀将军，本侯命你速速赶去金鸡岭，将此帛书交与我儿姬发!”

耀阳这才明白原来姬昌所说的重要大事是指送信，不由大怔道：“那西岐战事怎么办?敌军现在将近三倍于我军的兵力，没有西岐城的坚固防御，已经很是困难了，这个时候耀阳又岂能离城而去。”

姬昌淡然一笑，道：“将军放心去吧，我军退到内城防御，依仗岐山地势，敌军想要攻破防守，绝不容易。西岐城战况已经至此，难有异数，不需多虑，加上旦儿、邑考他们已经开始去往就近郡镇调兵，所以西岐暂且不会有什么大碍。而金鸡岭的援兵事关重大，此信若不是将军去送，本侯才真不会就此安枕!”

耀阳知道再说什么也都无用，只能接过帛书并行礼道：“既然如此，耀阳定不负侯爷所托，将此信安然送达金鸡岭!”

姬昌点头道：“辛苦耀将军了!”

“此乃耀阳分内之事，现在时间紧急，耀阳这就告辞。还望侯爷与圣祖母保重!”耀阳立即起身告退，姬昌一直送他出了殿门，一路叮咛关切，令耀阳心中大是感动，最后君臣二人依依惜别。

出了宫廷，耀阳在内廷找到正在紧张布防的金吒，将一切事情简略地交代了一下，便立即回到此时尚处在保护之中的将军府。

人儿与妲己正在厅内紧张又焦急地等待，妲己此时见到一身浴血的耀阳回来，早已忍不住扑入他怀中，她毕竟是凡俗儿女，哪里像人儿一般深知耀阳的修为，此刻将内心中的担心一股脑说了出来。

人儿在旁调皮地笑道：“妲己姐姐就是不信人儿的话，我说过依照耀大哥的修为在三界中都难以找到匹敌的对手，更别说只是寻常的人间战场了！”

耀阳想到方才还在奋力血战，此时却已然温香在怀，感受到此际妲己在怀中的轻轻抽泣，心中对这一腔真情更感温馨，轻轻拍了拍妲己的柔背，轻声道：“没事了，我们这就走吧，先要离开将军府，否则待到北门的南域兵马突袭到这里，就大事不妙了！我可不想我的妲己娘子受哪怕任何一点点伤害！”

听到耀阳的戏称，妲己玉靥一红，从耀阳怀中起来，风情万种地横了耀阳一眼，直让耀阳大有魂为之消的惊艳感。

耀阳沉了一口气，压下心中万千绮念，向人儿和妲己说明此时西岐的总体情况，并将自身所受的任务说了出来。

人儿笑道：“打仗？本公主还怕他们一群废物不成！”

耀阳轻斥道：“人儿，以你的法道修为对付这些凡夫俗子自然没什么问题，但是你妲己姐姐该怎么办呢？”

“这个……”人儿吐了吐舌头，不敢说了，毕竟战场不比寻常，谁也没有把握能在乱军丛中平安无事，何况对方阵中尚有妖魔二宗的高手坐镇，随时有可能从暗中出手，这更让人不由得不投鼠忌器。

妲己果然善解人意，柔声道：“妾身有人儿妹子保护，一定会没事的，耀大哥你根本不要为妾身的安全而担心！倒是你自己万事都要小心谨慎，千万记得我与人儿妹妹在等着你回来！”

耀阳心中大是感动，肃然轻声道：“战事危机，留你们在此，我又怎能放心去办事呢，所以一定要送你们先去一个安全的地方才行！”

人儿一脸满不在乎的表情，嚷道：“耀大哥放心吧，我把妲己姐姐带到玄宗去就行了，随便哪里都行的。昆仑道宗，北明元宗还是蜀山剑宗，那些个老不死的长胡子我都认识的，随便了！”

耀阳虽然知道这小丫头是冥界的小公主，但还是有些怀疑问道：“真的行？”

“你不信？”人儿气鼓鼓地道，“如果那些糟老头子敢不同意，我就拔光他们的胡子，看他们能拿我怎么着？从前陪同母亲参加蟠桃盛宴，他们从没有谁敢在我面前说一个不字的，哼，就算我不收拾他们，我姨婆也不会饶了他们！”

“姨婆？”耀阳一愣，问道，“怎么从来没有听你说起过，谁哪么厉害，就连玄宗三大宗主都非得给面子不可？”

人儿得意的一笑，挤了挤眼睛，露出调皮可爱的笑容，道：“我不告诉你，以后你会知道的！反正你只要相信我能带妲己姐姐去玄宗就行了！”

耀阳无奈地笑道：“也好，不过你这小丫头别胡闹啊。对了，就去蜀山剑宗吧，反正小倚的旧情人也在那里，你们见见面也好，说不定到时候，我也可以跟小倚一起去那里，给这小子一个见旧情人的机会，哈哈……”

人儿好奇地道：“小倚的旧情人，是谁啊？”

“她叫幽云，到时候你见了她就知道了。还有一点——妲己，你到了那里，小倚的旧情人可能还是一时无法接受你的出现，你也好趁这个时间跟她沟通一下。”耀阳知道以幽云的修为见到妲己自然知道她不是九尾狐，但是同样的身体长相，幽云这般经历，见了肯定还是多少会不舒服。不过耀阳也很确信，以幽云和妲己两人的性格，相处还是比较容易的。

人儿应声答道：“好，那就去蜀山剑宗，小倚的旧情人叫幽云是吧？我倒想看看她怎么能把小倚迷倒的。”

耀阳的耳边传来南门外的大批兵马异动，道：“时间很紧，赶快收拾一下，趁现在就走，切记不要与那些南域兵将纠缠，他们当中怕是夹杂了一些妖魔二宗的法道高手！”

人儿点头，她与妲己素来不是拖沓之人，很快就收拾好一些基本的日常物事，耀阳便带着二女向东门而去。南域军陷入巷战之中，大批兵马被强悍的西岐兵将切割开来，此时还没彻底整合起来，所以一路遁风而行倒没有遇到什么阻碍。

耀阳一直送他们出了西岐城范围之外，又禁不住嘱咐几句，三人这才依依不舍地分道而行。

缓缓行出黑漆幽暗的熔岩洞，黑衣老者负手立于洞外一侧突起的悬岩上，寒风凛冽，冰雪交杂，吹袭他身际黑衣，猎猎作响，但他不动如山岳的身形傲然兀立，尤其显出其人气宇独尊的不世魔势。

此处竟然是一处万仞高山的独面崖壁，那个熔岩洞府便正处在其上，在满天的冰雪风暴之中尤显诡秘奇魅。

“妖帝”卓长风跟在黑衣老者身后，行至岩壁侧缘，小心翼翼地问道：“尊主，既然那两兄弟去过圣地了，您为何不直接利用他们去往圣地，只要参悟到老祖宗的心法，不是自然可以所向无敌，倾覆三界六道了吗？”

黑衣老者向下俯视，凝望在脚下数百丈下的风雪中盘旋的几个黑点，不答反问道：“知道这些生存意志最坚强的苍鹰为何会在如此恶劣的风雪中盘旋吗？”

卓长风随之望去，自然可见是几只寻机觅食的苍鹰，不仅有些动容地说道：“尊主在等待时机？”

黑衣老者点点头又摇摇头，道：“也对也不对！”

卓长风恭敬地直言道：“长风不懂！”

黑衣老者指着那些苍鹰，道：“它们这样做虽然是在寻找最佳的时机，但最重要的还是因为飞得高看得远！”

回首见卓长风仍然有些疑惑，黑衣老者继续说道：“长风，你认为老祖宗刑天氏的法道修为如何？”

卓长风一脸肃然起敬，道：“老祖宗的修为自然已经臻至法道至境，完全可以说天地之间已无敌手可言，虽说盘古老匹夫还有资格可以与之一战，但据宗门秘典记载，当时之战历经七七四十九日，最后还是老祖宗略胜一筹！”

稍微顿了顿，卓长风补说道：“即便后人写入秘典时有所夸大，相信当时也应该是五五之数，不分胜负才对！”

黑衣老者点头，大有深意地问道：“姑且不论此战谁胜谁负，神魔之战的最终结果是什么？”

卓长风黯然答道：“……我圣门告负，从此屈居神玄二宗之下，受尽欺压排挤，直至尊主再次带领圣门崛起!”

黑衣老者摇头再一叹，道：“那又如何？连老祖宗都不能奈何神玄二宗，更何况是当时莽撞蛮横而不知所谓的我呢？老祖宗当年还领悟到了毁天灭地的圣功，最后又怎么样?”

卓长风闻言倒吸了一口冷气，道：“尊主是说，我们圣门根本没有实力与神玄二宗分庭抗礼吗?”

“那倒未必!”黑衣老者冷笑连连道，“我此次能够脱难逃出生天，便注定神玄二宗将被我圣门永踏足下！神玄二宗经过将近千余年的休养生息，早已变得毫无实力与锐气可言，但他们还是能够保持最起码的警惕，所以，我们凡事切不可过于急躁！老夫已经等了千年，早已不在乎时日之长短!”

卓长风恭敬回道：“尊主明鉴!”

黑衣老者道：“再则说来，经过我将近千年坐忘以及神游，我感觉到当年老祖宗似乎在弥留之际还留下了一些东西，不仅仅只是那块圣璧！这就是为何我暂时放弃借助那两个小子进入圣地修持老祖宗心法的缘故!”

卓长风恍然问道：“尊主是说刑天氏族地之秘?”

“或有可能吧!”黑衣老者言罢仰面迎向风雪，眼神内敛，陷入深思之中，卓长风知道此时不便再打扰老者，便识机地退入熔洞之中。

风雪似乎愈来愈大了。

倚弦从南域营中脱困后，立即向西岐城遁去。

刚到西岐城外，便听到杀气冲天的厮杀声，满眼是绵延至城中的火光，倚弦知道已经迟了，西岐城已被攻破。四周的城墙上只剩下血淋淋的一片狼藉，所有的厮杀已经转到城中。

倚弦遁至半空中向下俯视，整个西岐城的情景顿时一目了然。

冲天的火光映红了整个西岐城，似乎到处都混杂着两军的厮杀声。城内到处都是南域军和西岐军的短兵相接，南域军明显实力占优，正面交战的西岐军步步后退，不得不进行巷战。幸而，西岐军毕竟民心所向，在城中对地形的熟悉程度优于南域兵马，在大部分自愿加入的西岐青壮年百姓的帮助下，利用地势将整批南域兵马切割开来，然后出其不意对小股的南域军围而袭之，总算拖住了南域军锐利的攻势。

现时，南域军和西岐军各占半城互斗，南域军凭着实力强悍，西岐军凭着地利人和，表面上似乎是旗鼓相当，但是同样在消耗兵力，对兵力吃紧的西岐军很是不利，军队人数和精力状态，西岐军都远远不如南域军，尽管现在撑得一时，疲军作战的西岐军也难以持久，失守只是时间上的问题。

倚弦顾不得太多，首先向将军府而去，路上如果遇上有小股兵马激斗，他自然是出手帮西岐军，不过他素来不喜伤人，所以对南域兵士并未狠下辣手，一路上倒也救下了不少西岐将士。不少南域军和西岐军将士都认得倚弦，西岐军自是高兴，但南域军兵士却是大惊，他们根本想不到这个龙监军怎么会反帮西岐的。

到了将军府以后，却发现南域军已经将之占据，倚弦随手抓了个兵士问了才知道，将军府在被占据之前就已空置，里面的人早就撤走了。倚弦这才松了一口气，他当然不是担心耀阳，只是怕自家兄弟的家属遭人凌辱罢了。

倚弦出了将军府，默运归元异能来感应耀阳所在，但是怎么也寻不到耀阳。倚弦知道这是耀阳离开了西岐城的缘故，但是在如此关键的时候，他能去哪里呢？难道还有比固守西岐更重要的事情？

倚弦想到这里，自然而然决定赶往王廷去向西伯侯问清楚情况。

倚弦径直向宫廷方向遁去，越靠近王廷他越赶到吃惊，这才发现原来西岐兵马已经尽数集中起来，俨然形成了以王廷内城为主的防御攻势，加上与东门守军之间的传送纽带，整个西岐城的巷战发生了本质性的变化。

正当倚弦被眼前的景况所震惊，对自己的好兄弟耀阳赞不绝口之际，耳边豁然传来一阵娇叱声，因为是女子的声音，尤其在混乱的西岐城中显得格外刺耳，倚弦忙循声望去，只见数十丈外一个年轻貌美的女子正被数以百计的南域兵马死死围在中央。

那女子似乎有些法道修为，身际结界足以阻住南域兵士的突袭，加上掌中剑横扫翻腾，顿时将周围数人击杀，但是南域兵士见对方是女子，更是哄然而上，其间更有妖魔高手闻讯围了上来。

那名女子已被数百兵士累得气喘吁吁，毕竟她的修为还不够深厚，怎么可能在对付百多人的同时，还能应付法道高手的能力，形势已是岌岌可危。

倚弦此时自然不会袖手旁观，移身遁前数丈，掌中“绝龙壁”结界一挥而就，当即阻住了两位妖魔高手的进袭，然后随手击倒数名兵士，护着了那名女子。

“龙先生?”南域军中有人认出倚弦，不由纷纷感到大惊失色。

两位身穿黑白长袍的妖魔高手立在不远处，双目中流露出惊疑不定的神色，一动不动地看着倚弦，似乎被他方才“绝龙壁”结界所显示出的超卓实力所震。

倚弦淡然道：“各位退下吧，易某不想动手!”

一句易某的自称顿时让两位妖魔高手想到了眼前此人的身份，哪还敢再战，抽身便遁空而去，空自留下百余名不知所谓的南域兵士。

此时，一个高大的持戟将领喝道：“别怕他，给我上，这家伙不是什么狗屁监军，根本就是西岐的奸细!”大部分南域军方才并未看清倚弦的出手，自然心中不怕，再一听倚弦是奸细，便全部冲了上前。

倚弦苦笑道：“你们何必逼我动手呢?”他宅心仁厚，身如飘絮，双手斜拍，强劲元能连连袭出，转眼间就将身边的十多人击倒，顿时间惨嚎声四起，他倒是没将他们杀死，也没有使他们缺胳膊少腿，所有伤势俱是些经脉损伤，刚好让他们在几日内失去再战的能力。

所有南域兵士微有退意，那个持戟将领就喝道：“后退者死，给我杀了他们!”

“要杀就你来!”倚弦冷笑一声，身形倏地到了那将领面前，挥手击在他的右肩上。持戟将领虽然身手可以，但一个凡夫俗子怎么可能跟倚弦相比，根本不及做出反应，就眼前一黑，被击倒在地，这一击令他至少要躺上数月。

南域兵士想不到倚弦竟有此等修为，不由大惧，纷纷萌生退意。

倚弦站定身形，挥了挥手道：“你们带上受伤的弟兄，走吧！”

剩下的南域兵士谁也不敢再有异议，都相互搀扶着伤员纷纷退走。

倚弦转头对那名女子道：“姑娘，现在西岐城兵荒马乱，凡事要多加小心，快快走吧！”

那女子仔细看了看倚弦，道：“你是易先生？你不是在闭关吗？”

“不错，正是易某！”倚弦一愣，问道：“不过，姑娘怎么会认识在下？”

那女子欣然一笑，福了一礼道：“奴婢简云见过易先生，奴婢乃是圣祖母的贴身侍女，时常听侯爷与太祖母说起你的名号！”

倚弦讶道：“圣祖母的贴身侍女？那你怎么会在这里？”

简云叹道：“奴婢原本奉圣祖母的旨意，前去给东门的金吒将军传诏，谁知回来时受到南域兵的包围，还多谢先生救了奴婢。”

倚弦扬手道：“这只是举手之劳，不值得在意。不过，简云姑娘，你可知耀将军何在？”

简云摇头道：“耀将军不在这里，奴婢也不知该从何说起，先生不如随简云去见侯爷，还是由侯爷将事情告诉先生为好！”

倚弦知道目前也只能这样，便道：“也好，那就麻烦简云姑娘带路了。”

简云淡淡一笑，前面带路径直往王廷方向而去。

第一百零八章　本命降咒

西岐城背靠东西走向的昆吾山脉，所以向来都是兵家易守难攻之地，而这岐山正是其中的主峰之一，整个西岐王宫都建在岐山脚下，以山为背，三面筑了城殿用来防护，放眼望去，王宫中房舍林立，宫设殿防，俨然一座坚实的城内城。

倚弦一直跟在简云身后，看着此时兵马遍布的王宫内外，心中暗忖："难怪西岐城破之后还能坚持下来，原来此处王宫原本便是为了战乱而建！"

好在有简云带路，否则倚弦就算仗着一身超卓玄法可以穿过重重护卫，也断然寻不到西伯侯姬昌的所在。

简云领着倚弦一路畅通无阻地进入内廷宫中，倚弦这才看到内城之中居然尽是成千上万的寻常百姓，遍布在宫廷内部，随处可见，此时还有宫奴正在为这些百姓发放干粮，心中大是感动，暗忖："西伯侯果然是仁政治天下，难怪会有如此鼎盛的声名！"

一路行将下来，倚弦又发现在如此众多的民众之中，竟然多是老幼妇孺，青壮年的民众少之又少，不由有些纳闷，恰巧此时从宫城外行进几个一身浴血、又身无戎甲的年轻人，似乎寻了许久才寻着家中父母，抱着父母一阵痛哭，断断续续的话语说的是几个兄长已经在巷战中死去，所以特地回来告知父母，然后又再奋身离去，显然是再度出城拼战，惹得白发苍苍的父母黯然落泪，却丝毫没有拉住最后一个孩儿的打算，身旁的家人亲戚虽然同样悲泣连连，却很快开始安慰起二位老人来。

倚弦心中恻然，禁不住被这一家人舍身为国的精神所震撼，更为这样的情况出现在西岐而大感宽慰，因为西岐城虽然被南域大军奇袭而破，但照现在看来，虎遴汉仍然面临着巨大的困难，他在巷战中遭遇的将不再是因溃败而士气低落的西岐兵将，而是整个西岐上下一心保家卫国的全体黎民百姓！

他心中感慨，跟随着简云再又在宫中如林的殿舍中穿行了一刻多钟，最后登上一处依山而建的雕栏石梯，走不到十丈高的距离，便可以看到一座方圆五十丈左右的空地位于一处山坳之中，空地上耸立着一座飞檐卷角、气势雄奇的阁庙，旁近松柏林立，烟雾缭绕，颇有些世外之地的气度。

倚弦抬眼上望，阁庙上方的竖匾镌刻“太祖宗庙”四字，再一回首望去，顿时被眼前的景致吓了一跳，倚在身后的石栏上，整个西岐城的繁华立时尽收眼底，原来西岐王宫原本处在岐山山脚上，地势颇高，加之太庙修建在岐山之上，所以此处依山面水，正是一处绝佳的风水妙地。

蓦地，倚弦感应到体内元能受了某些莫名力量的牵动，不由立时心生警惕，归元异能伺机而动，循着那股力量的源头寻去。

简云以为倚弦被眼前的景致所惑，忙轻呼道：“易公子，易公子……”

倚弦几度探寻不得，只能作罢，回过身赞道：“这太庙所在的景致实在是万中挑一，乃易某生平仅见！”

简云笑了笑，道：“太庙不仅景色怡人，而且也是攻守兼备之地！记得圣祖母曾经说过，只需五百兵士守卫此处，便可将五万之众拒于岐山之下，而且根据兵械粮草的多少，足可抵挡十天半月之久！”

倚弦轻咦了一声，细看整个太庙附近的地势，只见阁庙前两壁山崖兀立，唯一可通阁庙的路径便是两旁的石梯，而庙前的凭崖石栏高与胸平，其形平整无缝，虽有雕砌小孔，大小却刚刚可做箭眼之用。

细细推敲，就算来敌冲破戒备森严的王宫内城，守卫方只需将两旁石梯毁掉，便会形成彼此对峙的局面，那么一切正如简云所说，只要兵械粮草足够的话，坚守此处的确可以支撑十天半月的时间，等待援军的到来。

倚弦点头表示对简云所说的赞同，正待说话之际，忽觉思感一动，一个苍老浑厚的声音从身后响起——

“简云丫头人云亦云的夸口之言，着实让易公子见笑了！”

倚弦回身望去，只见两个身影从阁庙中行将出来，正是一位身形修长、面相威严又不失慈颜的老者扶着一位手把龙首木杖、白发银丝的老妇人缓缓行前。

简云慌忙跪伏于地，道：“简云参见圣祖母与伯侯大人，方才贸然失言，还请圣祖母责罚！”

倚弦这才知道原来这两人便是西伯侯姬昌与被耀阳称为“极是厉害”的圣祖母太姜，当即也跟着不卑不亢地揖身行礼，道：“小易参见圣祖母与伯侯大人！”

因为耀阳曾经异常肯定的言词，让倚弦对这位圣祖母更加注意，他一番余光审视看得仔细，虽然表面上这位圣祖母看起来似乎与平常老妇人除了衣着华贵之外，并无其他不同，但倚弦却捕捉到她双目中时而闪烁的神光，尤其是透体而出的元能反震更显示出她的超卓身份。

姬昌先是抚须一笑，然后太姜也随之微颜一笑，道：“易公子无须多礼！”看着倚弦起身谢礼，太姜对简云道：“小丫头起身吧，下次见了贵客谨记不可说这等不知天高地厚的胡话，知道了吗？”

简云忙叩头答道：“简云知道错了！”然后起身替姬昌扶住太姜。

倚弦道：“其实，简云姐姐说得没错，此处太庙的设计无不独具匠心，而且是经过反复推敲的，看似有如平常景致一般简单，但是细看之下，这地势、石梯、围栏、壁眼等等细微之处却都是另有用途，由此可知，此处太庙应是攻守兼备的一处绝佳之地！”

姬昌点头赞道：“易公子果然眼光独到！”

太姜在简云的扶持下，缓缓踱至围栏前，俯视此时正四处烽烟的西岐城，悠然一叹，道：“此处宗庙乃是姬氏太祖爷当年初建西岐时所建，在当时因为是诸侯割据的大乱之世，所以本意便是为了兵家攻防所需，却后来被后世的子孙改建成了姬氏宗庙。却想不到，现在却又成了我姬氏避祸之地！”

姬昌闻言早已泪流满面，面向太姜跪倒在地，道：“这都怪孩儿不好，是孩儿没用，害的祖宗基业惨遭他族蹂躏，这都是姬昌愧对姬氏列祖列宗！”

太姜老泪横流，道：“昌儿，这天下现时战火烽烟，纷争四起，乃是殷商的败落，不是谁的过错，再说你贵为西岐之主，从受袭封侯以来，便将西岐治理得繁荣昌盛，天下皆知，更为了万千百姓受过牢狱之苦，试问你何错之有？”

倚弦听得心中大是不忍，道：“伯侯大人的确无须自责，古往今来，战乱之祸谁人能避！小易认为，现在最重要的是坚守西岐每一寸土地，等待援军到来！”

太姜点头道：“昌儿，易公子说得对！你起来吧！”

“谢圣祖母不责之恩！”姬昌抹去眼泪，起身朝倚弦揖礼以谢，倚弦赶忙回礼，姬昌问道：“敢问易公子，你对当前西岐战况有什么看法？”

姬昌此言一出，太姜与简云的目光同时投向倚弦，等待他开口。

倚弦暗暗叫糟，毕竟他从未学过兵家理论，虽然平常可以从耀阳的话语中听到几句，但是也只能算是知其皮毛，所以这时听姬昌问起，只能硬着头皮道：“不瞒圣祖母与伯侯大人，小易虽然擅长法道玄术，但是对兵家要论却是一点也不擅长，比不上耀阳那么能征善战！”

姬昌道：“易公子无须过谦，也不用忌讳什么，想到什么尽管说便是！”

太姜在旁也点头道：“易公子少年得志，老身虽然并未涉足三界，却也旧闻易公子之名，所以还望不吝赐教！”

倚弦知道此时推托不得，但想到此时还不知耀阳下落，心中着急，问道：“小易在还未回答伯侯大人这个问题前，能否也请问一个小问题？”

姬昌已经猜到倚弦的想法，轻笑道：“易公子定是想问耀将军的去向？”

倚弦连忙点头道：“正是，正是！”

姬昌皱眉道：“昨夜情况紧急，敌军大举入城，我们只能将兵力集结在王宫内城，然后利用熟悉的西岐内城打巷战，而这些伎俩不过是没有办法的办法，所以本侯便遣耀将军连夜赶往金鸡岭，希望可以尽快带来援军！”

倚弦这才知道耀阳原来是送信调兵去了，难怪他在城中以归元异能也感应不到耀阳的存在，叹道："诚如伯侯大人所说，现在的确只能做这个打算了！"

言罢，倚弦当即仔细揣摩片刻，望着山下的西岐城，缓缓道："小易认为此时的西岐城虽险无忧！"

太姜目中精芒一闪，急切问道："易公子为何会如此肯定！难道是因为看了此处太庙的缘故？"

倚弦点点头又摇了摇头，道："无可否认，多少也受了太庙地势的影响！其实，就算没有太庙的独特地势相助，我静观过西岐城里的巷战景况与王廷内城的构建，南域军若无其他兵马相助，三五日内恐怕根本无法彻底攻克西岐城！而且就算攻克，圣祖母与伯侯大人只要能顺利撤离西岐城，不到三五日后便可与援军一道收复西岐城了！"

太姜苦笑摇头道："原来易公子说有险无忧是指这个意思！可惜，老身与昌儿却不会因为个人的生死而擅离祖宗族地！"

姬昌眼望太庙，双手抱拳仰面向天，悲呼道："本侯愧对祖宗基业，就算在此了却残生，也无颜面拜见九泉之下列祖列宗啊！"说到最后，姬昌掩面不禁，止不住又老泪横流。

望见太姜与姬昌眼中的悲戚与坚决，倚弦顿感无言，回首望那耸立眼前的"太祖宗庙"，心下不由感慨万千，世人有为了信念而不顾生死的人，也有为了钱财名利不顾一切的人，更有像是姬昌这等为了先人基业而奋不顾身的人……

倚弦再一想到他与耀阳两兄弟，或许正因为他们从小便是孤儿，反而没有祖宗族氏的挂累，可以自由自在地享受各自的人生，这种感受自然与姬昌誓死守族保民的付出无法相提并论。

回头想到方才进内廷看到的一家人，倚弦叹了一口气，心道："也只有这样的西伯侯，才能赢得百姓民众如此的爱戴与拥护！"

太姜问道："易公子为何叹气？"

倚弦这才注意到自己的失态，忙将方才所见以及心中的想法说了出来，道："只有圣祖母与伯侯大人此等胸襟才能博得民众如此拥护，所以小易才感慨倍至，这也是我说西岐有险无忧的最大一个原因所在！"

姬昌摇头轻叹道："此乃小义，算不得什么！西岐城破，唇亡齿寒，古来征战败的一方难免会遭劫掳一空，更可怜的便是无辜的黎民百姓，他们从此便会沦为胜者一方的下奴，从此便成了无国无家之身……"

听到这里，倚弦想到他与耀阳兄弟俩的遭遇便是如此，黯然无言。

姬昌唏嘘不已，忽然止不住一阵干咳，险些立足不稳，亏得简云眼明手快，上前赶忙扶住了姬昌，这才没有跌倒在地。

倚弦大惊问道："侯爷，你怎么了？"

姬昌连连摆手示意没什么，却偏偏说不出话来，额间冷汗汩汩沁出，状况似乎极差。倚弦的归元异能略作感应，却丝毫无法从姬昌的体内寻出异状，如此症状极为怪异，令倚弦顿时也大感束手无策。

太姜忙对简云道："云丫头，你赶紧扶侯爷进庙歇息！"简云似乎早已有所习惯，此时不消多说便扶着姬昌进了太庙。

倚弦愣了半晌，难以置信地问道："圣祖母，侯爷他究竟怎么了？方才还好好的，怎么片刻间就……"

太姜望着简云与姬昌进庙的背影，挪步长叹一息，道："昌儿这个情况已经持续了很久，自从逃离朝歌回来便经常这样子，奈何太医查了好些次都诊治不出来出了什么问题！"

倚弦奇道："莫非是中了某些魔道妖法之类？"

太姜摇头道："我姬氏一脉传承自上古轩辕黄帝一族，每一代的君主都有修持本族秘传的'皇道法脉'，非是寻常妖魔法道可以近得其身的！"

倚弦听耀阳说过此事，自是知道这种可能性极微，但是他曾经饱览魔门典籍，清楚除此之外，理应没有他法可以让一个修持法道的人慢慢受侵袭才对，心中思忖再三，始终无法寻到答案。

太姜道："老身猜测昌儿最有可能便是遭了一种'本命降咒'！"

"本命降咒？"倚弦闻言大惊，他曾经在魔门典籍中看到过类似的介绍，这种"本命降咒"源自最古老的邪魔外道，据称在上古还未有神玄妖魔四大法宗之前，便流传在三界之中的邪术，同样也是妖魔二宗万千邪法由来的根源。

尽管无法得知世上为何会存在这种邪术，倚弦从《轩辕图录》中领悟出阴阳互根的道理却让他并未受此困惑，问道：“圣祖母学知渊博，难道也没有解救之法吗？”

太姜摇头长叹道：“除非圣祖帝君再世，否则……”说到这里，太姜禁不住再度老泪横流，“昨日城破，老身便占得一卦，竟是极阴极阳之象，暮夜奇袭我西岐，当属极阴之兆，却又物极而反，极阴化阳，正如易公子所说，当是有险无忧之数！但是……”

倚弦心中一震，知道太姜如此伤悲定是事出有因，急问道：“既然是物极反作，那极阳之数莫非暗藏杀机不成？”

“正是，阳者，统摄威势之所存，在西岐所指自然是昌儿，阳极而尽，说得便是昌儿……”太姜仰面向天，泪痕遍布的老脸上一片悲愤，大声喝斥道，“人说天道无情，难道你就真的忍心夺去我那至仁至义的昌儿？难道真的要看着西岐这片祥和的乐土从此走向末路？你难道真的对三界众生没有丝毫眷顾之情吗？”

倚弦听过耀阳对西岐的分析，清楚地知道太姜所言丝毫没有托大，姬昌只要一死，势必引至各大易公子之间的暗斗成为明争，到时候加上妖魔二宗从中兴风作浪，天下大乱必然始于西岐！

想到这里，倚弦抬头仰望苍天，天际风云交缠不休，似乎总是浮动着一抹淡淡的黑彩，天始终没有一成不变的阴与晴，千百年如是！

太姜的喝骂余音回荡在整座岐山上空，久久不息。

“即便天有不测风云，圣祖母又何须如此悲观！大乱之后始有大治，西岐乃天下民心所向，如今之势，不过是只待时机成熟而已！”

苍老浑厚的语声从倚弦身后传来，令倚弦心中一惊，对方居然到了他身后五丈距离之内，他的归元异能才感应出来，可见对方的法能修为之强。不过，熟悉的语声令倚弦一听便听出是谁来了。

回头一看，果不其然，正是姜子牙，忙躬身行礼道：“小易见过先生！”

姜子牙客气地颔首以礼，道：“想不到易小友也在！”

太姜不知来人是谁，却见倚弦对他极为尊重，惊问道：“不知来者是……”

姜子牙赶忙上前行跪拜之礼，道：“昆仑山道宗弟子姜子牙奉师命前来辅佐西岐贤主诞世，助我主逐鹿天下，带领万千黎民百姓摆脱乱世纷争之苦!”说着，姜子牙从袖袍中拿出一样物事递给太姜道，“这是我玄宗自轩辕宗主后传承下来的信物——‘玄光华魄’，请圣祖母过目!”

倚弦从旁细看姜子牙递过的“玄光华魄”，原来是一块方寸大小的椭圆形白石，表面上看起来并无异样，但看姜子牙的神情举止，他猜测理应是非常贵重的物事，因为碍于姜子牙与太姜面前，倚弦只能放弃意欲以归元异能试探的好奇。

太姜一早便听姬昌说过姜子牙，此时见到不免心中大感震惊，接过“玄光华魄”，然后从颈上取下一块样子相同的白石，两相对比之下，两块白石竟不约而同耀出一阵华彩异芒，一闪即逝。

太姜感应到白石间的灵性，不由自主地欣喜万分，喃喃絮语，激动的说道:“果然是老祖宗的‘玄光华魄’，先生终于来了，老身与昌儿日夜盼望的便是像先生这般的贤士!如果西岐能得先生相助，实为姬氏与西岐万千黎民百姓之福!先生大义，老身唯有来世结草衔环以报……请受老身一拜!”

姜子牙闻言慌了手脚，忙虚空施展出元能劲气，隔空一把扶住太姜，道:“圣祖母言重，言重了!姜子牙不过只是一名普通的玄宗弟子罢了，哪能担得起圣祖母如此大礼!圣祖母快快请起，折煞老夫了!”

太姜感应到姜子牙虚空一托的元能劲力，顿感无法再拜倒下去，当即心生敬意，叹道:“既然先生不愿受老身一礼，那么这个情面就算是老身欠下的!从即日起，只要先生还在西岐一日，见了任何文武百官、王亲国戚，无论官职大小，贵贱高低，即便是见了昌儿与老身，都无须行此等繁杂礼节!”

倚弦闻言一惊，这等荣誉岂是寻常人可以得到，足见太姜对姜子牙的重视，忙上前一步，恭敬道:“小易在此祝圣祖母喜得贤臣，也祝先生可以匡扶明主，拯天下苍生于水深火热!”

太姜与姜子牙与倚弦之间自是一番客气说辞。片刻后，三人的谈话进入主题，姜子牙道:“老夫昨晚算到伯侯有性命之虞，所以今日唐突来访，希望可以尽量帮伯侯度过这个劫难!”

太姜闻言大喜道:“先生难道能解‘本命降咒’?”

“本命降咒?”姜子牙怔了怔，面色凝重地摇头道：“如果侯爷果真是中了‘本命降咒’，老夫恐怕也没有多少把握，希望可以尽人事，只是天命莫测……”

姜子牙喟然一叹，继续说道：“自从魔星现世搅乱三界循环，‘第七道轮回’更令亘古至今的六道轮回陷入一片紊乱，天地之间的秩序已经大乱，任何事物的生藏易变都不再受神玄二宗所控制!”

倚弦听到姜子牙所说的一切，心中咯噔一震，尽管踏足三界以后的磨练已经令他可以处变不惊，但是心中却大生疑窦，暗忖道：“如果姜先生所言属实，我们兄弟俩难道真的闯了大祸不成?”

想到这里，倚弦回想起当日“阴阳劫地”中相助他们的老者，也就是今时今日威逼他们兄弟的黑衣老者，心中更是大大的震惊了一把，忖道：“难道黑衣老者当日就是为了要脱出受困之地，更为了扰乱三界六道的秩序，才会那么好心帮助他们兄弟二人进入‘无极秘境’？但是，以有炎氏的立场而言，他们完全没有必要这样做……这到底是怎么回事?”

倚弦越想心中越感到烦乱，偏又理不出个头绪，想到只能等到他与耀阳汇合以后，才能好好研究一下了。

姜子牙说完后，抱拳对太姜道：“如果真是不吉之象……希望圣祖母千万莫要为此过于伤悲，凡事都要以大局为重，否则只会令亲者痛、仇者快!”

太姜毕竟是此时姬氏一族的第一长者，一生之中何等风浪没有见识过，尽管眼中的忧郁神色更浓，但还是凝重地点了点头，道：“唉，老身省得！希望先生可以助昌儿脱出此次劫难！我这就让简云丫头出来接先生去看看昌儿!”说罢，嘴皮微微蠕动，却丝毫没有半点声音发出来。

倚弦知道这是法道秘术中的“密语传音”，乃是修炼至一定层次后的法道高手才能练就的法术，结合耀阳以前说过关于太姜的描述，倚弦更加肯定这位圣祖母太姜是一位深藏不露的法道高手。

相反，姜子牙并未因为太姜的举止而有任何惊讶的表情，似乎早就晓得一般。

不到片刻，简云从太庙中行了出来，在太姜的嘱咐下拜见了姜子牙，并准备领着姜子牙行进太庙祖祠，姜子牙折回头对倚弦道：“对了，昨晚老夫巡视整个西岐附近，在距离西岐城百里外的山岗之上发现了一批兵马，根据旗帜番号来看，理应是易小友所领的濮国兵马，看样子并未参与昨晚的战事。所以老夫估计你的身份恐怕已经泄漏，这才导致濮国整体兵马不能参与昨晚的攻城奇袭！”

倚弦此时闻听土行孙与紫菱以及濮国兵马的消息，心中从昨晚开始悬起的大石终于落了下来，便草草将昨晚受困的事情说与姜子牙听，道：“多谢先生告知濮国兵马的下落，免了我四处寻找之苦！”

姜子牙点头示意，回身在简云的带领下进了太庙。

太姜目送姜子牙与简云行进太庙之后，望定倚弦，大有深意的说道：“易公子，老身并未亲自送子牙先生进庙为昌儿诊治，实是因为今日有些话想对你讲！”

倚弦方才便猜到太姜有话要讲，当即恭敬点头道：“圣祖母有什么吩咐，只管跟小易说便是！”

太姜面色沉重道：“其实，你应该猜得到，老身今日想说的无非指的是你的兄弟——耀阳！”

倚弦虽然猜到，但是闻言还是免不了一震，脱口问道：“圣祖母是否认为耀阳现在有对不住西岐的表现不成！”他自是想到耀阳曾经说过关于太庙威慑的经过，所以忍不住问了出来。

太姜摇头道：“当日耀将军能护送昌儿回到西岐，老身实是感激不尽的！虽然其间确有重语相向，但是绝无怀疑之心！后来，耀将军通过自己的不懈努力，的确证明他非是池中之物，这一点让老身颇感安慰，更让西岐从此多了一员智勇双全的虎将。不过……”

说到这里，太姜长叹一声，道，“老身万万没有想到的是，耀将军的福缘竟是如此深厚，在被人威逼之下进入太庙祖祠的地底，不但可以避过我姬氏‘龙行四方法阵’的危险，还因祸得福承了一身龙脉地气！”

倚弦默默点头，他听耀阳说过着这段奇遇，但是按照耀阳的叙述，那些所谓的“龙脉之气”似乎对修行并无什么助益，耀阳也没有因为这个而得到什么。不过，倚弦并未就此发问，他知道太姜肯定会说出来。

果然，太姜续道："虽然这'龙脉地气'并不是助益法道修行的物事，但是它所能带给一般人的却是一身皇道正统的本命脉气!"太姜说到此处，老眼中迸出两道精芒，似是耀阳若在身旁，便足以将之吞噬一般。

倚弦不解问道："请恕小子愚钝，皇道正统是指……"

太姜道："皇道便是帝者之道，是指在三界中的人间如何达至尧皇舜帝的方法，乃是我姬氏不传六耳之法，却不想被耀将军如此福缘撞上了!天意如此，老身原本无话可说，只是近来西岐连遭巨变，耀将军更是从中脱颖而出，不但劳苦功高，而且……"

倚弦越来越明白太姜话中含义，心中顿觉不舒服，剑眉一挑，打断太姜的话道："圣祖母是担心耀阳他日会令西岐易主不成?"

太姜再度叹息一声，面带无奈地说道："姬氏既然如今是西岐之主，而且祖宗基业传承千年之久，自然不希望其中出任何差错!哪怕是令老身有丝毫怀疑的事情，老身便不会让事情往无法预计的方向这样发展下去!"

倚弦心中大感不忿，但语声仍是恭敬，给足面子道："不知圣祖母今日跟在下说这些，究竟是何意思?"

太姜缓缓道："希望易公子可以告知耀将军今日老身所说!虽然西岐如今正是用人之际，但老身不愿西岐日后有肆意利用、赏罚不分的骂名，所以还望耀将军见谅老身的顾虑之处!正如子牙先生方才所说，天命难测!"

倚弦心中忿忿难平，他想不到耀阳如此倾力相助西岐，最后却落了一个功高震主的下场，这让他如何将眼前的事实说与耀阳听呢?耀阳从小最大的宏愿莫过于建功立业，却想不到现在建功至伟却招来厄运。

"希望易公子可以体谅老身的苦衷!"太姜遥望天边变幻莫测的乌云，道："这几日公子不妨以贵客的身份留在太庙等耀将军回来，如何?"

倚弦毕竟生性温和，并未因为自身的不满而心生芥蒂，于是淡然点了点头，却并未因此说出客套恭敬的话来，足见他此时的心情之差。

"易公子稍候，待会儿简云丫头会带先生去太庙后堂的客房歇息!"太姜也不再多加言语，缓步踱入太庙，脚步稍有些急切，想来是想知道姜子牙探视诊治姬昌的结果。

倚弦行前数步，先是望了望战火中的西岐城，再遥望关山万里，想到此时正送信前往金鸡岭的耀阳，心思禁不住一片黯然。

耀阳甫一出了西岐城，就全力施展出“风遁”向金鸡岭赶去，送信一事甚为重要，他自不会再有任何拖沓。

谁知刚离西岐城不到十数里，耀阳就感觉到前方妖能异动，身形蓦然一顿，只见前方一道纤纤身影翩然而立，却不想正是那只久未谋面的九尾狐。

耀阳心生警戒，当空停下步子，笑了笑，装作很是惊讶的模样，道：“没想到，娘娘竟会有此闲情雅致在此处看风景!”

九尾狐媚眼狠狠瞪了耀阳一下，然后轻舒腰肢，媚态横生，娇声道：“本宫才没那闲工夫哩，我正等着现在西岐最负盛名的耀将军!”

耀阳心中暗思她究竟有何意思，撇了撇嘴道：“不知娘娘等耀阳所为何事?”

九尾狐心中暗骂，再次横了耀阳一眼，道：“本宫最近一直感觉寂寞得很，所以很想找耀将军聊聊，或能得到慰藉，不知耀将军可有空吗?”

耀阳嗤了一声，扬手道：“娘娘千万不要，你的媚心术耀阳可吃不消。”他是这样说，但神色依然很是自然，显然对九尾狐媚心术的抵抗力强了不少。

“耀将军说笑了，以你的修为，连本宫现在也要忌惮三分，哪里还怕什么媚心术。”九尾狐眼中诧异之色一闪而过，知道耀阳亦非当初的懵懂小子，现在可不易对付，一不小心她也可能吃亏。

耀阳淡笑道：“耀阳可还比不上娘娘，不知娘娘在这里等耀阳，究竟有何要事？不妨直说，反正我与娘娘从前还有一个约定，只要能帮得上忙的，耀阳一定会尽量帮忙!”

九尾狐对耀阳如此坦荡的态度感到颇为惊疑，一双媚目紧紧注视耀阳半晌。

就算耀阳素来自认脸皮颇厚，此时仍然被她看得分外尴尬，禁不住求饶道：“娘娘，你就饶了我，有什么尽管说吧!”

“姬——昌——将——死!”

九尾狐的声音听起来极是平淡，就仿佛在说一件鸡毛蒜皮的小事一般，但是那话的内容却足以让耀阳惊得脸色大变。

“什么?”耀阳不敢相信地脱口而出。

九尾狐眼中寒光闪过，道：“姬昌也还算有自知之明，若是换了任何其他人，都不可能将信送至金鸡岭，唯独选你送信是选对人了！你其实根本不需要这么辛苦赶去金鸡岭，反正此次姬昌是必死无疑，你再赶去金鸡岭也无济于事!”

“怎么可能？娘娘莫要开玩笑哩!”耀阳狐疑地看着九尾狐，道，“就算姬昌想跟岐山宗庙同归于尽，南域军想攻入宗庙也非两三日可以办到的事，况且南域军毕竟只是孤军一支，谁知以后会不会有什么变化?”

九尾狐没好气地睨了耀阳一眼，道：“不知你是真不知道还是在装假，不管战局如何，姬昌也断不可能继续活下去?”

耀阳惊问道：“为什么?”

九尾狐道：“因为在这个非常时候，我妖魔两宗已经没有任何人希望姬昌能够活下去!”

耀阳心惊不已，虽然已经从九尾狐的话语中感觉到一点端倪，怎奈这些日子以来，他最多的精力还是用在领悟兵道之上，哪有闲工夫去分析妖魔二宗与西岐王室之争的厉害关系，闻言反问道：“此话怎么说?”

九尾狐妩媚地淡笑道：“你现在算是最清楚西岐的情况了吧？包括本宫在内的几大派系都在争夺西岐最终的控制权，除了朝歌，这在其他各地都是不可思议的现象。你可知这是为何?”

耀阳耸耸肩，故作不懂道：“这是你们的事情，我怎么会知道?”

九尾狐冷笑道：“因为自命不凡的神玄两宗也参与进来，好一句‘圣主诞西’！他们这么看重西岐，可见西岐这块肥肉之重要，也就是说西岐可能将是第二个殷商，所以只要能够把握西岐，就可能掌握天下。”

耀阳嗤笑道：“娘娘这话岂不自相矛盾，神玄两宗既然一直控制着三界形势？那你们魔妖两宗哪还有什么机会可言?”

九尾狐摇头道：“没想到像你这样狡猾的家伙，连三界四宗真正的情况也不清楚。三界虽说一直由神玄两宗把持，但他们只是定下三界规范，将六道轮回内的事情定下一个断定是非的根据，其实他们并没有真正插手参与人界之事，因为他们惧怕打破天地间的平衡，所以始终讲究什么‘顺其自然’之类的虚理，反而我魔妖两宗比较有兴趣。你想想，在人界支持各方势力的哪有神玄两宗重要人物的存在？就算是西岐的兴衰，神玄两宗至今也没有直接出面干预!”

“既然这样，那你们还跟神玄两宗争什么？”耀阳表面上讶异地道，但其实他亦感到神玄两宗这一手的厉害所在，魔妖两宗为了争夺人界的霸权势必会加剧相互内耗，根本对神玄两宗产生不了威胁。

九尾狐没好气地白了耀阳一眼，冷哼道：“你知道什么？三界之中最重要的也不过是三界大势与六道轮回，神玄两宗把持这些根本法则而又惧怕这些平衡被打乱，所以寻常这些天规教条无不偏向他们的本宗利益。在这种情况下，他们不必花时间去理会人界的霸权，反而可以分化我魔妖两宗。魔妖两宗也是因为没办法，只能从人界着手，争取能跟神玄两宗抗衡的本钱，最终的目的也是希望能够把持六道轮回和天地规则。”

耀阳是初次知道此等秘闻，不由啧啧称奇。但耀阳知道没时间跟她扯下去，便将话题扯回，问道：“按照你说的意思，是因为神玄两宗已经开始插手西岐之事，魔妖两宗才会想到杀姬昌？”

九尾狐道：“只有姬昌一死，西岐的情况才会向魔妖两宗有利的方向发展，本来魔妖两宗的人还未必会动手，可是伏羲武库出世，轩辕剑认你为主，加上那个黑衣老者横插一脚，所有人都已经等不下去了。”

这些以耀阳的才智自然不会想不到，九尾狐也不做隐瞒，道：“姬昌绝对不可能活下去，只要姬昌一死，西岐定会分裂。拥有强大军队实力的姬发击退崇侯虎有功，亦最得民心，他势必是其中最强的一支势力。姬旦虽然曾经惨败，但他在其他时候无不表现过人，兼之那次惨败也是因为那鬼方公主为敌国奸细之故，他的势力也定然不小。至于本宫让你扶持的伯邑考，他虽然不怎么样，但他甘愿替父为质，将姬昌救出朝歌有功，孝心可嘉，兼且还是长子，亦能得一帮拥戴必然能独傲一方。此三人基本已将西岐分割，至于其他诸子则基本起不了什么风浪。”

耀阳不用想也知道九尾狐所说不错，冷然一笑道："娘娘分析得非常不错，这些不正合娘娘之意吗？"

九尾狐淡笑道："不错，姬昌之死，本宫也很是高兴。所以特地来提点你一声，你这个时候为他跑腿，也是白辛苦一场，为他人忙乎。不管你再怎么为他们卖命，最后还是什么都得不到，你难道不想想，姬氏的天下怎么会轻易让人？如果让姬发或是姬旦最终统一西岐，对你根本没有一点好处。所以本宫劝你还不如助我去帮伯邑考，自不会没有你的好处！"

"什么好处？"耀阳听到这里，面上浮起不屑的笑容，上下打量了一下九尾狐异常妖媚充满诱惑力的身体，道，"娘娘不会又想献身给我吧？"

以前是九尾狐经常调戏耀阳，现在反而被耀阳调戏，而且耀阳那明显不屑一顾的神色，摆明了就是看不起她。九尾狐虽然又气又恼，但毕竟今非昔比，耀阳的修为已经超过她，加上有轩辕剑之威，她早已不是其对手，也不敢轻易出手找他晦气，只是娇笑道："这有何难，如果你想要，本宫自会让耀将军如愿以偿！"

耀阳望着眼前笑靥如花的表情，以及那充满无限诱惑力的娇躯，仍是忍不住有些心动神驰，好在他知道这只骚狐狸绝非易与之辈，当即凝神静息屏去脑海中翻腾的欲念，摇头道："哈，说笑而已，就算娘娘愿意，我还不敢哩。所以关于伯邑考之事，请恕耀阳无能为力！"

九尾狐大恼道："你方才还承认，欠下本宫一个约定，怎么这么快就要反悔不成？"

耀阳木然道："当初的确答应过你一些事情，但是现在西岐城破，姬昌亦是必死无疑，这种情况跟当初所说的差得极远。而且等到姬昌死后，伯邑考不就可以自己称王，那我当初答应的责任当然也就没有了。"

九尾狐顿时为之气结，当即一句话脱口而出，哼道："只是不知三界中人如果知道你们兄弟俩的真实身份会有什么反应？"

耀阳闻言目光凛然，一眼扫去，眼中尽是藏不住的杀机，冷冷道："我不知道当时会有什么反应，但恐怕娘娘也断然不会好过多少。再说，娘娘此举岂不间接将我们兄弟俩逼到了黑衣老者那一方，到时候……"

说到这里，耀阳的神色突然变得从容自若起来，笑道："当然，若是我们兄弟俩没事，娘娘自然会有好处。偶尔有些事，耀阳还是可以帮忙的。”他改变口气也实属无奈，现在他虽然自信有能力击败九尾狐，但两人的实力相差其实并不是很多，如果九尾狐施展全力脱逃，他也没办法能够截得住她。

九尾狐岂会不知这个时候逼急了耀阳并没有好处，当即也顺着耀阳的语气道：“这话可是你说的！本宫记住了，希望你们兄弟俩到时候莫要忘了！”

耀阳道：“我说话自然是一言九鼎，再说我们兄弟俩能有今天，无非都是得了娘娘与那蚩老鬼的帮忙，我们自然知道饮水思源！”

九尾狐想起从前的事情便觉肉痛，想她在女娲宫中做了五百年的奴婢才终于搏到一个千载难逢的机会，想不到最后竟然造就出两个神乎其神的后生小辈，于是一脸痛苦地点了点头，道：“你们明白就好！”

顿了顿，九尾狐又道：“本宫还是有一点想不通，你究竟为了什么那么拼命地去帮姬昌，难道只是因为他给了你一个名利地位，你就注定要为此给姬家作牛作马，不求回报吗？”

“这个我心里有数，不需要娘娘这么操心了。”耀阳回答的口气很是平淡，心中却被九尾狐的这番话掀起了波澜，的确以前他所做的一切全部是基于姬昌的知遇之恩，以及他从小建功立业的理想之上。但是姬昌若死，他又将何去何从呢？不论姬氏是谁掌权，他的心中都对西岐再无半点眷顾。短短数语之间，他一时甚至不知该怎么办了？

九尾狐微笑道：“你自己知道就好。现在三界之中已不平静，魔妖两宗蠢蠢欲动，那黑衣老者的出现也是天大的变数。而神玄两宗为此已有相应举措，年轻一辈开始现世，那些老不死也坐不住了。这次的蟠桃盛宴，恐怕神玄两宗诸人又将商量如何对付我魔妖两宗。当然不到万不得已他们也不会直接出手，自然要找几个人手来帮他们办事。”

耀阳心中一动，淡道：“你到底想说什么？”

九尾狐干脆明说道：“你真以为神玄两宗看上你们了？他们还不是为了你们两兄弟手上的两大神器？如果你们没有龙刃诛神和轩辕剑傍身，看他们管不管你们的死活！”

耀阳摊了摊手，耸耸肩道：“我们本来就不必他们管，我这人天生喜欢什么事情都自己做主!”

九尾狐早看出耀阳一身傲骨，此时趁机嘲讽地笑道：“你虽然这样说，但现在的做法其实最终会沦为神玄两宗的走狗。你别不信，仔细想想看，究竟是神玄两宗全力帮你，还是你们做神玄两宗的免费劳力。你助姬昌，其实就是助神玄两宗。神玄两宗帮助小易去追回乾元绫，但是乾元绫是谁丢的呢？最终倚弦还在朱雀一事之上帮了神玄两宗一个大忙。伏羲武库，神玄两宗在你们受到黑衣老者要挟之时，他们连个影子都不见。而当你们拼命帮助玄宗两个家伙取得神器之后，神玄两宗就施施然出现了，不费一兵一卒就捡了大便宜。这些事情你自己想想就清楚了。”

“这些不过是娘娘的一面揣测之词，耀阳姑且听之吧!”耀阳表面沉静，但是心中却是大震，九尾狐所说的话无不打入他的心坎。虽然他对神玄两宗没有什么好印象，但是想起来，自己这一切的作为的确是间接地帮了神玄两宗不少。

九尾狐知道有些话适可而止更有效果，笑道：“你怎么想我管不了。只是本宫看着你这样一步步起来，不希望你被神玄两宗利用。本宫很想见到你创出一番真正属于自己的事业，不要再为他人卖命，这不值得。”

耀阳不置可否，浅笑道：“多谢娘娘关心，我心中有数，不知娘娘还有什么事情，如果没事，那耀阳就先行告辞了。”

九尾狐道：“你现在或许不相信本宫，以后就会知道的。”

“既然无事，耀阳这就告辞，娘娘自己珍重，以后有机会再聊。”耀阳不表露任何想法，微微一笑，当即错身风遁而去。

九尾狐若有所思地望着耀阳离去，纤眉微皱。

第一百零九章　皇道邪徒

耀阳满腹心事地向金鸡岭急遁而去，虽然表面上他对九尾狐的话似乎摆出一副不屑一顾的样子，但是暗藏在心中的思绪却如潮涌一般，没有一刻可以平静下来。

九尾狐的话并不是没有道理，只要他细细回想一下，神玄两宗从他两兄弟身上得到的好处，远比他们所付出的帮助多了许多。如果选择让他帮魔妖两宗还是神玄两宗，尽管他绝对不会选魔妖两宗，但也没有想过选择神玄两宗。

九尾狐有些话说得很对，他耀阳绝不甘心替人卖命，他不想让别人来把持他的一切，这是自从他们兄弟俩开始修习法道的那一天便坚定不疑的念头。

但这一切绝不会影响他现在的行动，不管姬昌是否真的会死，他答应下来的事情便一定会去做，况且他无法容忍自己掌控下的西岐被攻破，所以他发誓一定要击退南域军。

经过将近六个多时辰之后，耀阳终于赶到了金鸡岭。

城寨的守卫兵士多是当日望天关之战的旧部，远远一见是耀阳便早早开门相迎，令远途跋涉的耀阳心中多少有了一份感动，看着眼前这些曾经跟自己同生死共患难的兵士，他的心中重新燃起希望。

他先是与一众久别的兵士寒暄了片刻，然后当即去找姬发，他心中虽然不齿于姬发是“邪神”幽玄的弟子，但毕竟受了姬昌所托，也不想为此耽误宝贵的时间。他在西岐的时间并不短，而且每每都在为西岐破敌而苦战，时时刻刻都想着如何逼退敌军，自然而然对西岐产生了类似故土的感情，再怎么说他也绝对不希望西岐就这样被南域大军占领。

况且对于姬发是否派兵援助西岐城之事，耀阳倒没有多大担心。想来姬发再如何狼子魔心，毕竟还是姬氏子弟，兼且他也甚得姬昌欢心，很有希望继承西岐大统，这时应该会顾全西岐的基业才对。

当他行至金鸡岭的将军府外，只听到府内一片欢腾。耀阳大是讶异，让守卫的兵士入内通报，片刻后兵士出府将耀阳接进府内。经过长长的回廊走道，耀阳进了将军府内厅。

此时，厅内一片热闹非常的景象，除了当值的将士外，其他的正副将领全部都在，众人围成一席，酒肉筵席，歌舞升平，无不显出高兴雀跃的兴奋神色。

姬发一见耀阳入厅，便喜孜孜地迎了上来，一脸他乡遇见故友的亲切神色，喊道："耀将军来得正好，哈哈，我们刚听闻崇侯虎退兵的消息，将军便已赶到。真是撞巧不如撞好？不如一起来庆贺一番，如何？"

"崇侯虎退兵了？"耀阳大喜之余，更感惊讶，按理来说，崇侯虎的大军应该配合南域军的奇袭，给西岐制岐更大的压力才是。

姬发笑道："不错，据可靠消息说，崇国内部有乱，崇侯虎不得已只能将大军撤回，现在已在两百里之外。"

"那真的太好了！"耀阳顿时感到事情的转机，崇侯虎退兵两百里这么远，绝对不可能是佯退，这样一来，金鸡岭便可以调出大批将士回援西岐城。

姬发看着耀阳，有些惊疑的问道："耀将军此时离开西岐城来到金鸡岭，不知所为何事？相信以将军之能定是已将鬼方击退，所以特地前来报喜！"此言一出，众将更是心情愉悦，大肆欢酒颂赞。

"鬼方的确已经被击退！但是……"耀阳言语一顿，竟自说不下去了，一来西岐在自己手中失守，令他无颜重提旧事。二来毕竟此事事关重大，在场众将一旦得知并将消息散布出去的话，则金鸡岭士气必将一落千丈，到时候如果崇侯虎再又回兵，恐怕大势不妙。

想到其中后果，耀阳如何还能说将出来，于是只能从怀中将姬昌授受的帛书拿出，双手奉上，正色道："今特奉侯爷之命，将帛书带给公子，具体情形还请公子查看!"

姬发闻言一愣，看着耀阳手中的帛书，似乎已经清楚事情的严重性，当即挥手将耀阳领进内室，再恭敬地接过帛书，将之打开来粗粗看了一眼，顿时脸色大变，失声道："耀将军，此事可是当真?"

耀阳苦笑道："耀阳虽然不知帛书内容如何，但是相信侯爷所言绝对不会有假的。现在西岐城的情况还处在危急之中，望公子能速速派兵驰援!"

"这个自然!"姬发略作沉思片刻，便道，"此时崇侯虎大军已退，金鸡岭可以抽出三万精兵，日夜兼程尽快赶回西岐，配合就近郡镇兵马的增援，应该还来得及!"

耀阳喜道："如此甚好!"

事不宜迟，姬发立即出外招了一将进内室，却并不说明是为何事，只是从容淡定地命他即刻率三万精兵火速赶回西岐城，那名将领稍微一愣，但将令一出，他一员副将怎敢出言询问出兵原因，随即领命行出内室。

等那名将领领命出室后，耀阳立即抱拳道："公子，此时西岐城情况非常危急，耀阳这就赶回去助侯爷一臂之力!"

哪知姬发却道："耀将军不要急，西岐城虽然尚处在危险之中，但是我大军已经前往，而且定能及时赶到。而耀将军始终一人之力，就算赶了回去，恐也难改战局。况且耀将军守城时久如此劳累，又连夜赶来，应该好好休息才对!"

"这倒不必……"

耀阳还未说得上话，姬发便打断他的话，对室外的兵士喝道："来人，收拾西厢房第十二间，请耀将军休息。"

接着，姬发再又笑着对耀阳道，"耀将军请放心，我会在大军到达之前赶回西岐，届时一定竭尽全力，力保我西岐城不失。南域鼠辈虽强，但我西岐将士还是绝对会将他们赶走。耀将军守城传书辛苦，姬某先替姬氏一族多谢耀将军。耀将军尽管好好休息一宿，再说明日还要联同南宫大将军与耀将军一起商议讨伐崇侯虎大军一事!"

话说到这份上，耀阳再也没有理由可说，尽管他对于姬发没有委派他担任此次回防大军的任何职务，他甚是不舒服，清楚地知道这是姬发在乘机打压自己的军功，但姬发毕竟是姬昌之子兼且是西岐军主将，耀阳即使被升为龙腾大将军，将衔与姬发同等，但他始终还是在为姬家做事。没办法，耀阳只能忍气吞声告辞，去往厢房休息。

遣走了仆佣，耀阳并未解衣除衫便上床休息，毕竟几天几夜未曾休息，法道修为虽然高，但也开始感觉到阵阵困意，他仰身躺在床不到片刻便已入眠，五行玄能自动运转，开始消除他的疲累。

夜，在耀阳的沉睡中悄然来临，又是一个无月、无星、无风的夜晚。

黑夜中，微风轻动，耀阳虽是疲累入睡，但循行在五行玄能中的归元异能却依然超卓如常，此时异能翩动，令耀阳的警觉之心立即感觉有异，他立时双目圆睁，霍地起身轻喝道："谁?"

"嘿，没想到耀大将军在熟睡中竟还有这么强的警觉心，让奴家连你身前十丈距离都无法逾越，看来法道修为已然日进千里，果然是不凡!"熟悉的慑魂媚笑声从窗外传来，一道轻盈妙曼的身影随之飘然进房。

虽是黑夜，厢房内也未着丝毫灯火，但对耀阳而言，眼前的一切却跟白日相差不多，此时一眼看出来人正是妖媚入骨的九尾狐。

耀阳伸伸懒腰下了床，睡眼惺忪地懒洋洋道："娘娘一个女人家，半夜三更进入一个正常男人的房间，这行为好像并不雅吧。"

九尾狐媚眼如丝，轻哼了一声，虽是不屑之意，但气息从琼鼻中哼出急而不短、喘而不重，却让人听来别有另一番风情，然后才朱唇轻启道："有什么不雅的，古往今来，男欢女爱俱是常事，谁还管得着本宫不成?"

"大姐，你就别耍我哩!"耀阳怎会不知这妖狐狡诈成性，素来做的都是损人利己之事，所以早已屏息静气，对九尾狐的态度一直是冷眼旁观，所以眼中神志清静如止水，"娘娘应该知道，我对美女的抵抗能力向来很低，经不起什么诱惑的，更何况此时夜阑人静，孤男寡女共处一室，只怕……"

"只怕什么……"九尾狐媚笑着踏前几步，一脸的妾意缠绵，道："本宫今晚就给你了，耀将军难道不要吗?"

只看九尾狐一脸娇容倦态，话语间的诱人呼吸与喘息跃然入耳，脚步踉跄着一副站立不稳的弱不惊风，偏又加上衫衣不整，活脱脱一副惹火身材扑面而来，加上一袭香风更让人嗅之半身酥麻，心中欲念直如燎原之火升腾而起。

耀阳一看她来真格的，暗呼一声厉害，忙驱动玄能压下心中绮念，用手捂住嘴巴，连连打了几个呵欠，道："大姐别玩了，大半夜的，说吧，不睡觉跑到我房间里来有什么要紧事吗?"

九尾狐看他的架势，知道自己这套媚心术已经没有办法令他动心，只能装作可惜地叹了一声，道："本宫劝过你的吧，你偏偏不听，还是屁颠屁颠的跑来了。真是的，你这样做岂不是白白便宜了姬发那个小子吗?"

耀阳淡淡道："对你而言，姬昌死了、西岐被破才是最好的事态，才是让你们妖魔二宗得益的，但这并不代表我的意见!"

九尾狐闷哼了一声，冷笑道："那你认为自己这样做得很对?"

耀阳摊开手一笑，也不作任何辩解，只是道："各做各事，在乎的是自己怎么想，而不是你教我怎样去想!"

九尾狐闻言气结，只能恶狠狠地盯了他一眼，道："既然你认为自己是对的，不知是否介意跟随本宫去看场好戏!"

"什么好戏?"耀阳一愣，暗忖："这骚狐狸半夜是要去干吗?"

"你跟本宫来就知道自己错得有多厉害了，当然来不来随便你!"九尾狐抛下一句话，身形一幻，出了房间，也不等耀阳便腾身而去，显然是吃定了耀阳一定会跟上去一般。

耀阳艺高人胆大，什么样的艰难险阻没有经历过，此时被九尾狐勾起了好奇心，怎么会放弃心中的求知欲，当即不以为然地笑了一下，掠身跟在九尾狐身后。他心想倒要看看这九尾狐究竟在搞什么鬼。

夜深人静，将军府内灯火通明，四围的守卫兵马仍然在四处巡逻，一切都是那么井然有序、平静如常，看不出任何风吹草动的可疑迹象。

九尾狐领着耀阳出了将军府邸，来到旷野之中，然后立身在一处黑暗隐蔽的所在，静立了片刻，屈指算计了一番。

耀阳环视四周，并无异状，有些不耐烦地问道："有什么好戏啊?"

"嘘……"九尾狐忙做出噤声的手势，用手一指前方，轻哼道，"你不会自己慢慢看!”

耀阳沿着她的指向看去，只见将军府方向闪出一道黑影，急驰而出，向着金鸡岭的山径上匆匆而行，虽然隔得有些距离，但是熟悉的身影加上异能感应，耀阳可以肯定对方便是姬发。

耀阳不由大是纳闷，心忖：“西岐城告急，前方大军已经出发，他就算有事暂不能随军前去，也就罢了，但为何会在半夜里鬼鬼祟祟去山上做甚?”

看着姬发的身影逐渐消逝在山径之上，耀阳诧异地问道：“他深更半夜这是去哪里干什么？还有娘娘怎会预先知道他的行径呢?”

九尾狐没好气地道：“你不会自己看啊？哼，很快就知道了！当然，如果你认为是我跟姬发私通来害你的话，你也可以选择回去继续睡你的好觉!”

耀阳虽然疑心大起，但也知道九尾狐与姬发之间存在的利害关系，不会因为自己而有所和解，况且他自认自己根本没有什么值得姬发与九尾狐联手对付之处，所以不用她使用激将法也不可能就此打道回府。

耀阳也不答话，直接掐了个隐遁的法咒，与九尾狐一起跟随姬发的行迹，一直往山顶而去。

不久，二人就到了金鸡岭之巅，见到姬发的步子停了下来，耀阳与九尾狐不敢靠得过近，尤其是耀阳隐然觉出一股强势元能的存在，更不敢贸然挺进姬发身周十丈距离之内，于是找了一处草岩交接的暗黑地方隐匿起来。

因为前方莫名高手的忽然出现，令耀阳不敢存有丝毫小觑心理，不但敛起周身气息，更不再运转体内玄能施展隐遁之类的法道秘术，而是身躯自然紧贴在岩石缝隙间，利用最原始的隐匿方法将自身藏了起来，然后纯粹用归元异能的超卓感知来自十丈开外的任何声响异动。

这番施为被他身旁的九尾狐看在眼里，心中的震惊可想而知，虽然她与耀阳近在咫尺，但却意外地发现，她的妖灵邪魄竟然浑然无法探测到此子的任何玄能反应，只能感受到他如同磐石一般的身躯与石岩掩体融为了一体。

尽管九尾狐出身最擅长隐匿行踪的妖宗，在她所擅长的法道秘术中，自认为不管对手是谁，在现在相隔的十丈距离之内，起码有数十种独特的秘法可以令对手无法辨出她的存在，但此时面对耀阳这种融自然于一体的方法，着实是闻所未闻，试想这怎能不让她感到心惊呢?

随着姬发的缓缓前行，山巅处一道孤立人影出现在二人视野之内，只见此人兀然而立，面向绝崖，背对姬发，沉声道:“发儿，你来了!”声音一听便知，赫然是姬发之师——“邪神”幽玄。

姬发恭敬地躬身一礼，道:“弟子姬发拜见师尊!”

幽玄转过身来，双眼精光如电，问道:“事情办得怎么样了?”

姬发点头道:“回禀师尊，基本上一切都按照原定计划行事，但有一点还是出乎弟子的意料之外!”

幽玄一怔道:“什么事情?”

姬发一顿，神情凝重道:“父侯竟然派耀阳那小子来此传给弟子一封帛书，说是恐怕不日将离人世，并已将王侯之位授予了弟子!”

听到耀阳的名字，幽玄不由恼怒地低哼一声，显然对耀阳的憎恨不浅。姬发见幽玄发怒，不敢说话，肃立一侧。

幽玄大笑道:“既然你父侯已经将王侯之位授予你，岂不正好合了发儿的心意吗，你还有什么担心不成?”

姬发点头道:“只是父侯自幼修行皇道法脉护体，素来身体就非常好，怎会无缘无故说这些话呢?”

幽玄道:“或许你父侯忽然感觉身体不适，加上西岐局势紧张，所以才会在帛书中有所夸张，希望你能尽快带兵赶回呢，这些都只能等你回到西岐之后才能弄清楚的!”

“师尊言之有理!”尽管姬发目露怀疑的神色，但是听幽玄这么一说，自是不敢再多言。

幽玄冷冷哼了一声，言语道:“倒是耀阳那小子，竟能得到轩辕剑认主，现在是更加难以对付了，想不到他的修为在短短时间内精进得如此之快，连为师暂时都没想到好的办法剪除此人。况且现在还不是对付他的时候，你自己一定要小心一点才是!”

姬发点了点头，眼中微有担忧之色，道:“据闻那轩辕剑乃我姬氏先祖轩辕黄帝亲铸之神器，威盖天地，持之可横扫天下，统一人界。现在此剑落在耀阳手中，对弟子而言可能是个很大的威胁。”

幽玄嗤之以鼻，道：“这些鬼话其实都是神玄两宗胡诌的，或许轩辕剑的威力的确可以与龙刃诛神并列，冠为三界之首，但是如果以为谁持有轩辕剑就能称霸人界，那就是天大的蠢材。夏启、成汤，他们又何尝拿到轩辕剑，最后还不是一样独霸天下。如果说得到轩辕剑就能一统人间界，那我们还有什么好争的。”

姬发沉思道：“如此说来，轩辕剑只是一把难得的神兵利器而已。不过，有一点还是肯定的，耀阳这家伙得了轩辕剑，多少能令民心、军心有所归附！”

幽玄冷笑道：“就算他能得民心、军心又如何？如果说轩辕剑落在姬旦或是伯邑考手中，我们就麻烦了！但是耀阳那小子现在始终只是你们姬家的一条狗而已，说到底还是无权无势，手上而且没有一兵一卒可用，背后既无神玄两宗支持，也没魔妖两宗做靠山，根本形成不了什么威胁。”

“师尊说得甚是。”姬发恭声道。

远处的耀阳听得心中浑然一震，更兼九尾狐有意无意的目光扫视过来，已然无名火起，若非因为在旁窥视，怕是早已仰天长啸发泄出心中的愤恨来。

此时，幽玄沉吟再三道：“耀阳此人现时倒还仅需戒备就行，但是真正有威胁的是那个突然出现的黑衣老者，此人的修为连为师都自叹不如，兼且手段毒辣，心机深沉，绝对不易对付。”

姬发讶道：“此人究竟是谁？据师尊所言，此人应该断不可能凭空出现才对。”

幽玄摇头道：“这名黑衣老者的身份，为师也不知道。况且他的修为已然在任何妖魔二宗的高手之上，恐怕就连神玄二宗也少有人及！但不管他究竟是谁，他的出现，必会令魔妖两宗发生极大的动荡，同时也会牵连三界。嘿嘿，到时神玄两宗肯定忍耐不住……”

姬发不解问道：“那黑衣老者的身份竟连师尊也不知道？”

“这点很是奇怪，不过凭空猜测也没有任何用处。”幽玄沉吟道，“现在最重要的是你能够尽快把握西岐大事，只要掌握了西岐，天下大势将会朝着有利于我们的方向发展。对了，此次回西岐的事情可有把握吗?”

姬发得意地笑道：“请师尊放心，相信这绝对没有问题，此次计划很是成功，只要弟子带兵破了南域军，再加上父王的帛书，西岐已有七成落入弟子之手。”

幽玄点头以示赞许，继续问道：“对了，南域军那边怎么样？有没有其他出乎意料的异动?”

听到这里，耀阳不由心中一怔，大有疑惑之色，暗忖：“他们难道早就料到南域军会奇袭西岐城吗?”

姬发颇有得色的一笑，道：“请师尊放心，一切尽在掌握之中，如果南域军真有变动也不可能逃过我们的眼线。而且根据协议，他们也不敢胡来。再说现时西岐的战况极为微妙，一切都正如我们意料中的那样，内城巷战构成攻防一体，加上周边郡镇的援兵，南域兵马被整体拖住，至多只能占取半城，根本无法再有寸进！所以哪怕他虎遴汉有违背协议的想法，恐怕也是力所难及!”

幽玄桀桀大笑道：“如此甚好，任何人都想不到此次西岐大捷之后，整个人间界的大势彻底变换过来。这次你做得很好！果然不愧是我邪神的弟子，桀……”

耀阳心中大震，额间冷汗汩汩沁出，直到此刻他这才明白，为什么奇袭那晚会有西岐将领为南域兵马打开城门，原来这一切不是他耀阳未能守住西岐，而是姬发从中搞鬼。但由此他不得不讶异姬发的手段竟如此高明，竟然可以为了自己的势力，连亲父和祖宗基业也用来利用。正如这师徒俩的话中意思，他们联合南域军奇袭成功，而到时姬发又率领金鸡岭大军回援，南域军便会被迫撤兵，这样一来，姬发就成了拯救西岐宗庙的大功臣，声望将一时无两，甚至超过几个所谓的龙腾大将军——耀阳。

九尾狐扭转妖身冲他回眸一笑，这一笑之中自然包括了无边的嘲笑与一副冷眼旁观的得意嘴脸。

耀阳并未因此恼羞成怒，毕竟经过几次大战之后，他真正懂得了凡事谨慎后行的意义所在，因为在任何情况下，愤恨憎怒只会让人丧失理智，却非真正智者所为。况且耀阳现时已经不只想做个智者，下意识中更有雄心勃勃的渴求。

姬发自是不敢居功，只听他恭敬地行礼道："这还是多亏了师尊的栽培，姬发即便能有寸功也是得师尊之助的缘故。而这次还有意料之外的成果，父侯居然传诏给弟子，让弟子继位！相信有了这封帛书，余子皆不足惧，可说西岐已在弟子手中！"姬发说着，眼中亦不免露出无比的信心。

幽玄脸色亦喜，道："如此自是最好，不过还有一点同样很重要，此次协同南域奇袭之事，最后莫要落下任何口实才好！"

姬发点头道："师尊所言甚是，弟子不敢大意，一定会处理妥当！"

"嗯！"幽玄应声道，"相信以发儿之智，理应可以处理妥当！"

姬发笑道："弟子省得。"

纵算耀阳忍住了心中的愤恨不满，此时也难免意兴索然，既然现在还不能正面与幽玄师徒俩冲突，哪还留在这里做甚，难道看他们师徒俩分享龌龊成果不成，想到这里，耀阳身形弓起，正准备离去。

谁知，身旁幽香阵阵扑鼻的九尾狐媚然一笑，抿起玉唇做个噤声状，然后丝毫不怵耀阳直勾勾的疑问目光，俯首在他耳根边吹了口气，传音道，"小冤家，先别这么着急走，好戏还在后面哩。"

耀阳不解地看向九尾狐，显然不清楚这师徒俩还会玩什么花样，却在将信将疑的片刻间，他突感灵觉一动，无声无息的庞大元能场已经隐然若现，将十丈外的崖顶团团围拢起来，他情知有异，忙屏息静听不再出声。

崖顶之上，幽玄亦是感觉到情况不妙，神色微变，背负的双手放下，随意地松了松指节，双眼如电四扫，冷哼道："神玄两宗不是一向自命正大光明吗？怎么今夜也学起旁门左道来了，这样鬼鬼祟祟的，难道见不得人吗？"

"对付妖魔外道自然得用非常之法，尤其像阁下这般修为高深、阴险狡诈的邪道巨寇，我们更是没有选择的余地，得罪了！"

只听气势雄壮的声音响如铜钟般悠扬传来，一股浩然磅礴的玄能威势霍然现形，将整个崖顶十丈范围内死死笼罩起来，紧接着数十人同时在半空中跃然现身，正中说话的正是亢金龙。

耀阳与九尾狐正是堪堪身处阵外，耀阳一眼看去，崖顶半空中按一定规律悬空而立的居然是十六位星宿神将。这十六神将布成一道强悍法阵，将幽玄团团围住，强大的玄能集成无比的威势。而在神将身后居然还有近二十名玄宗高手替他们护法。

幽玄的脸色大变，惊呼道："天罗地网困魔法阵?"虽然刚才他知道对方已经发动法阵，而且自身困在法阵中央，一时半刻定然无法突破而出，却没想到对方布下的竟是三界闻名的"天罗地网困魔法阵"，心中此时免不了仍是大感震惊非常。

法阵正中处在乾位的亢金龙对幽玄的反应感到非常满意，然后淡笑道："在下星宿神将亢金龙，今次无礼之举，实乃想请三界鼎鼎大名的'邪神'幽玄前往天界法殿一叙，所以还请老前辈莫要推辞才好。"

幽玄果然不愧"邪神"之名，顷刻间便已将心中的震惊压了下来，冷笑道："不好意思，老夫素来对神玄两宗没有什么好感，如果你们真的想请老夫前去，那就尽管试试这困魔法阵是不是真如传说中那般厉害了。"

"既然前辈想见识一下天罗地网困魔法阵的威力，我等又怎好拂了前辈的意思呢?"亢金龙仰首高笑一声，右手的阵令手势一挥，连他在内的十六人同时出声低喝，各自掣出得意的法宝秘器，顿时间，崖顶上空一片炫彩耀目，金、紫、红、青等炫光闪烁不停。

幽玄自是不敢小看这"天罗地网困魔法阵"的威力，伸手祭出"惊锋"魔刃，低声冷哼道："老夫倒要看看三界知名的二十八星宿神将究竟有多厉害?"

"阴火阳水，四星归位！敕!"亢金龙叱喝，他与另外三人同时纵起，浮于虚空之中，各色法宝飞舞而起，玄能震荡。突然光彩四射，四大法宝同时激出四道各色烈光，向幽玄包围击去。另十二人也各自使出法宝，光芒如华，气劲飞爆，搞得风卷云涌。

十六人按照乾坤离坎等各个方位将幽玄团团围住，丝毫没有一丝空隙。姬发此时身处阵中，退后一步却是全力防备，面对神玄二宗鼎鼎威名的法道玄阵，以他的修为至多只能勉强防住而已。

反观幽玄则怒目裂牙，喝声连连，掌中"惊锋"如狂雷击出，瞬间激飞数道攻击元能，齐齐反向十六人击去。十六名星宿神将惊喝出声，他们想不到在如此强势的法阵中，幽玄居然还能出手反击，人人都将小觑之心收起，全力配合身旁的星宿神将将阵脚稳住，然后施展抵消反击的玄能，再双手挥扬，十数件法宝秘器齐向幽玄罩去。

幽玄身随影动，在狭小的法阵中心摇摆几步，已避开众人的法宝攻击。脚步快猛，双指一点，“惊锋”暴亮起来，转而化身千百击出。亢金龙等上层法阵的四人低呼一声，法宝四飞，却硬是将幽玄的“惊锋”的魔能化影尽数击碎。此时另十二道攻击从四面向幽玄合围，相互策应之下，整个法阵的攻击元能竟蓦地增强了不少。

幽玄冷笑连连，道：“以为这样就能对付老夫？不要再自以为是了！”语罢，他挥袖连连击出魔能如潮，居然能将十二道攻击尽数抵消。而亢金龙等四人在上面的攻击却同时袭下，迫得他只能匆忙躲避。

在场十六位星宿神将的目标一直就是幽玄，姬发则堪堪将攻击的余劲一一挡消避开，显然要再想做出回击却是不可能的。亢金龙等神将也似乎不在意姬发，所有攻击都没朝姬发施展过。

外围的耀阳心中直觉纳闷，暗忖道：“难道对星宿神将而言，这里真正有危险的就只有幽玄吗?”

只听幽玄喝道：“看你们如何应付老夫的手段?”挥手一指，“惊锋”爆出银光如练，飞跃如跳电，分开刃风四射，骤然已袭到众人面前，其利断金。

十六位星宿神将，却是齐齐后退，将法宝收回，及时一击而出，将刃风击散。幽玄知道这样耗下去，他只能落于下风，魔能消耗之大连他也吃不消。他惊叱一声，“惊锋”飞旋起来，骤然就银光暴闪，在幽玄周围绕了一圈，锐利无比的刃锋有如毒信般向外伸张，再次逼退欲要欺上的众人。

乘此机会，幽玄蓦地拔身而起，直望天上冲去。亢金龙等人根本不及追上包围，但是他们丝毫没有紧张，反而尽出法宝向幽玄衔尾击去。幽玄冲起不到十丈，就感到气劲逼人，身形不由一滞，反而落了下来。由十六位星宿神将联手而成的“天罗地网困魔法阵”发出强大的玄能结界，竟硬是将幽玄拉了下来。

幽玄心中愤然，不甘心怒喝一声，却是借势猛地加速下坠，避开十六星宿神将的联手攻击，有如流星般撞向峰顶一侧的岩地。“轰!”一声巨响，乱石飞溅而起，峰顶岩地竟被砸出一个大洞来。

然而，幽玄意图脱出法阵控制的念头显然没有成功，他最后还是被强大的玄能结界反弹起来，身形在虚空之中勉强停住，却还是感到一阵气血沸腾。

幽玄吁了口气，怒哼一声道：“困魔法阵果然厉害非常，看来有天罗地网之称倒也名副其实。不过以为这样就能困住老夫，那就实在是异想天开了。”话语间双指强势点出，“惊锋”魔刃急闪而出。

幽玄大喝着纵身而起，提起周身魔能，身如影电般闪开身际各个法宝秘器的攻击，然后全力向困魔法阵的核心亢金龙一人击去，他经过方才接二连三的法阵围攻之后，发现每当亢金龙挥动手势的时候，法阵的威力便会增强几分，当即猜到这个法阵的阵眼或许便是这个亢金龙，此时自然不会放过任何机会。

亢金龙哈哈大笑道：“幽玄前辈以为这样就能破阵吗？那就错了，水柔土厚，敕!”双手合起一抵，金光闪烁，光芒成圈，其余十五名星宿神将及时做出同样姿势，手中的法器发出各色不同的光芒。

光芒耀眼，气劲狂涌，幽玄猛感所有玄能都集中在亢金龙面前，就像在亢金龙面前筑起了一道坚实的防御墙。幽玄一拳击在由玄能组成的防御墙之上，却有如击在了一块铁板之上，丝毫难损玄能组成的防御墙，竟反而被强悍无匹的玄能反震而回，玄能侵入幽玄体内，肆无忌惮地驱除魔能。

幽玄大惊，身子不能自主，急忙默运魔能硬是将玄能迫了出来。“砰!”幽玄满口鲜血喷出，踉跄地落下。

这时，姬发大惊失色，急忙扶住幽玄，问道：“师尊没事吧？”

幽玄好不容易顺了一口气，冷笑道：“以为这样就能困住老夫，实在也太过小看老夫了。”尽管他这样说着，但是亢金龙等神将的攻击已经到了他面前，而刚驱除体内玄能的他连避开的时间也没有。

第一百一十章　无耻神门

“无知小辈，以为这样就能奈何得了老夫吗？给我破！”幽玄长发虚张，闷声厉喝一声，一把推开姬发，擎起“惊锋”魔刃，竟是毫不顾忌地正面迎上一斩。

“轰！”巨响如雷，双方无匹的劲气将所有人的发须衣衫吹得飞扬激荡，幽玄以一敌十六，纵算他是魔道宗师级数的法道高手，再强也不是神玄二宗苦心调教多年的神将合力之对手，此时被气劲掀得一口鲜血猛地喷出，暴退三丈开外才堪堪稳住了摇摇欲坠的身形。

就在此时，出乎所有人的意料，一人蓦然出手。

在幽玄与亢金龙等十六名星宿神将拼力对击之后，一人适时动手了。没人可以想得到，身为“邪神”幽玄之徒的姬发就在此时出手了，却不是向星宿神将布下的强悍法阵，而竟然是一掌击在猝不及防的幽玄后背上。

“轰……”气劲交击，姬发蓄势已久的元能顺利破开幽玄身际虚弱的护体结界。

“你……”幽玄不敢置信地回头瞪了姬发一眼，闷哼一声，此时伤上加伤，整个人忍不住向前倾斜，亢金龙见机长啸一声，十六道各色光芒同时覆在幽玄身上，光线形成一个网状封印，将幽玄重重困住，重伤的幽玄却是再也无法动弹。

“怎……么回事？”耀阳看得惊呆了，连他也无法相信，一直对幽玄非常恭敬的姬发竟然会出手攻击自己的师父。

“啊……”幽玄马上醒悟过来，他想不到的是自己居然被亲传弟子给出卖了，此时在封印中猛地睁开眼来，暴怒狂吼，四肢伸展，竟将网状光芒尽数挣散。但是迟了，十六样法宝同时架在他的全身要害，亢金龙更是一掌抵在幽玄的胸口，将他的魔能封住。

幽玄被制，动弹不得，却是双目含恨，紧紧盯着姬发，大怒喝道："逆徒，你竟敢出卖老夫?"

姬发仍是心有余悸地微一退步，转瞬又神色自若地慷慨陈词道："师尊……噢，邪神前辈明鉴，我西岐乃轩辕黄帝之后，不论传承抑或血统，俱是神玄两宗的后辈，生生世世注定要与魔妖两宗为敌的，至于拜前辈为师实是无奈，还请前辈见谅。身为姬氏之子，姬发时刻不敢忘记自己要承接先祖斩妖除魔之责。魔妖两宗危害人间，使得生灵涂炭，百姓遭殃，姬发岂敢冒天下之大不韪，助魔妖两宗为虎作伥呢?而且姬发今日之举也是为了前辈着想，只望前辈莫要继续造孽，去天庭法殿好好静养一番，假以时日，希望前辈能够明白姬发的苦衷!"

幽玄哪肯听他的自辩之词，已然破口大骂道："你这逆徒，原来跟神玄两宗一样卑鄙无耻，老夫收你为徒真是瞎了眼。告诉你姓姬的，只要老夫脱困，非将你挫骨扬灰、神识焚灭不可，更要杀尽你姬氏一族，永世不得超生!"

姬发面无表情地摇头叹道："前辈莫要动气，姬发这样做真的是为了前辈着想。如果将来前辈静修一段时间之后，还执意要杀死我姬发，那时姬发任由前辈处置，绝无半点怨言。但现在还是要请前辈安心地去天庭法殿受戒静养!"

幽玄仍是兀自怒骂连连，其中恨意，看起来就算将姬发千刀万剐也难消除。想来也是，他自修为大成以来，行踪遍及三界六道，纵横捭阖有如神助，故而自称邪神，从来少有人能够令其稍有阻滞，何曾像现在这般窝囊过。而现在让他如此狼狈的却是他自认最为信任的亲传弟子，这让他如何接受得了。

耀阳在旁看得亦是轻声摇头，恨声传音道："还真是想不到姬发竟是这等贼子，本以为他出卖西岐，引敌入内只是受了幽玄的怂恿，却没想到他不只父亲、家业可以出卖，竟连师尊也可以出卖。实在是没道义、没人性，还口口声声说是为别人着想，堂而皇之地提出什么生灵涂炭、百姓遭殃，他爷爷的，怎么不说说在西岐城牺牲的将士和那些无辜百姓。如果真让这种人掌握了天下大势，人界还不大乱吗？”

九尾狐在旁轻笑传音道：“哎哟，我们的耀大将军是嫉妒吧？”

“我嫉妒什么？那小子哪一点比我强吗？”耀阳嗤之以鼻。

九尾狐妖媚的脸上浮起一丝嘲弄的笑容，传音道：“的确，无论是修为、才智抑或潜质，你都比他强。甚至说到福缘机遇，上天都特别眷顾着你们兄弟俩，但是有一点是谁也比不上姬发的。那就是——他始终是姬昌之子，西岐最有可能的继承人，这个身份是你没有的。当然，你如果拥有这个身份的话，你一定能做得比他更好，甚至更有可能统一天下，然而以你现在的身份，就算你的名望再大，法道修为再厉害，也很难成就自己的事业，所以你才这样嫉妒的！”

耀阳一怔，眼中神光烁然，沉吟再三，终于不得不承认这只妖狐所说的话，他此时的心中蓦然生出一种倦怠的情绪，禁不住仰面向天，望着苍穹无尽暗叹一息，缓缓说道：“你说得或许是吧，从西岐到金鸡岭这一路上，我可能都是在嫉妒他，这一点多谢你的提醒，我以后会注意的！”

九尾狐闻言却更是一怔，她刚才这样说无非是想借机打压耀阳，却没想到耀阳丝毫没有沮丧，反而因此更为警醒。这令她很难相信，在这么短短的时间内，耀阳的修为、才智竟能进升到现在这个境地，尤其是方才在逆境中对自己行为反省的举动，证明他已然非是池中之物。想到这里，九尾狐不由对耀阳更加忌惮。

此时，在崖顶被封印的幽玄突然停住骂声，神色更是一片愤恨，转首往天际虚空望去。耀阳的灵觉同样感觉有异，但是偏偏说不出为什么，只是感应中徒生出一股高深莫测的气息。九尾狐见多识广，妖灵邪魄深深为之一震，立时仿照耀阳的隐匿方法施为，泯灭了自身所有的灵应气息，也不敢再做任何窥视，与身旁的掩体融为一体。

原来天际一朵祥云遁至，一人从天而降，徐徐落在众人之间，白色长须和一袭青衣道袍随风飘扬，发须尽白却看不出一点老态，面如冠玉，剑眉飞挑，凤眼凌厉，逐一扫视间的威严气势跃然而出，让人不自觉退后数步，一代宗师的气派尽显无遗。

幽玄纵横三界这么些年，虽然极少与神玄二宗中宗主级数的人物交手，但是见到来人，仍是不免闷声道："太上老君？"

来人正是赫赫有名的北明元宗宗主太上老君。

耀阳的心中确是感到强烈的震惊，因为他用的是自行领悟的融自然于一体的隐遁法，他可以很自信地向四大法宗任何宗师级数的法道高手施展出来，并确信在五丈范围内不会被识破行径。但方才太上老君——这位玄门三宗之一的宗师，却让他感觉到一股异常强烈的压迫力，这不是普通的元能胁迫力，而是太上老君身际的元能护界带给他体内归元异能的震撼。

耀阳此刻才体验到自身修为与这些宗师级数法道高手的差异所在，他甚至想到，就算他和倚弦同时用龙刃诛神与轩辕剑合力围攻十丈外的太上老君，就算能撑个数百回合，恐怕兄弟俩最终也只能逃脱一个。

此时，一众星宿神将与护阵的神玄两宗弟子纷纷给太上老君揖身行礼，太上老君微微颔首向众人示意。

姬发见到太上老君大喜，早已快步上前，当即向着太上老君叩拜，道："弟子姬发叩见师尊，弟子不负所托，现在已将幽玄制住，还请师尊发落！"

此言一出，顿时引起一阵哗然，就连在场所有捉拿幽玄的星宿神将都不知道，姬发竟然会是太上老君的弟子。幽玄更是难以置信地看向太上老君和姬发，连喝骂都不知道该怎么出口了。

耀阳心中更是一凛，大有不安之感，他惊疑未定地看向九尾狐，想不到她回敬的眼神却也一样，极为吃惊的样子，没有人能够想象得到姬发居然会是北明元宗的弟子——太上老君之徒。

太上老君上前扶起姬发，轻声道："发儿，这么多年辛苦你了！"

姬发恭声道："姬发乃是轩辕黄帝之后，更是玄宗弟子，做这点事情是应该的，即使赴汤蹈火也是甘愿！"

太上老君点头赞许有加，道："你能胜而不骄，居功不傲，甚是不易。想你身为轩辕姬氏之后，自幼入得玄宗，成为为师的关门弟子，却要委屈你进入魔妖两宗，冒着生命危险时刻为玄宗传递消息，如今又擒得'邪神'幽玄，极是难得。如此忍辱负重，为师会记住你的功劳。"

姬发大义凛然道："弟子只是做了分内之事，本无任何功劳可言！"

太上老君淡笑道："为师知道你这些年的辛苦！"

耀阳暗忖道："姬发这家伙有个屁辛苦，倒是辛苦地将西岐城给搞垮了！"想到这里，他心中又是一震，"却不知道这是他的意思，还是玄宗的意思呢？如果真是玄宗的意思，那神玄二宗怕是也跟妖魔二宗平起平坐了。"

"太上你个老不死的，还有姓姬的小杂碎，你们两个猪狗不如的卑鄙东西，果然有神玄两宗的卑劣天性，这么喜欢玩阴谋诡计，有本事够种的话，就与老夫拼个你死我活……"幽玄已经再次忍不住破口大骂，双眼死盯着两人，眼光中的愤恨已经达至极限，试想如果目光能杀人，太太老君和姬发怕是不知死了多少次了。

太上老君丝毫不惧幽玄的杀人眼光，却对他极度唠叨的骂声感觉烦躁，闷哼一声，道："亏你身为魔宗的顶尖高手，居然如同寻常街边泼妇一般，闭嘴！"语罢，老君一袖拂去，无匹玄能顺延封印侵入幽玄体内，青光盈然上头，幽玄顿感六觉紧闭，竟然耳不能言、口不能语。不过尽管如此，他仍是以无比憎恨怨毒的眼光死死盯着太上老君和姬发。

太上老君显然不再理会丝毫没有威胁的幽玄，沉声对姬发说道："此时三界形势日趋紧张，伏羲武库和黑衣老者之事，更是使得六道局势变得更加复杂。虽然三界的大体情况隐有向我们神玄两宗靠拢的趋势，但是这当中的无极玄机却只有我们几个老东西可以揣测一二！"

姬发听出老君口中隐蕴的担忧，不安地问道："敢问师尊，难道三界大势将会发生传说中的巨变？"

太上老君摇摇头又点点头，无奈地说道："我们虽然知道三界大势所趋，但是却只能眼睁睁地看着势头往无法把握的方向发展，唉……"太上老君说到这里，禁不住长叹一息，继续道，"三界动荡之始必是来自人界。所以，发儿，你要尽快彻底征服西岐，然后以西岐为根基，进而掌握天下大势，只有灭除妖魔二道企图瓜分人间造就六道失衡的妄想，才能让他们成不了气候！"

姬发毅然点头，道："请师尊尽管放心，弟子已经有非常把握，定能如愿控制西岐，然后谋取天下，使我神玄两宗得以顺利的荡除三界妖魔。”

太上老君微笑抚须，道：“对你的能力，为师很是放心。不过，现在形势紧迫，容不得半点耽搁，为了让你早日成事，我神玄两宗特意派遣玄宗中最具谋略学识的姜子牙来助你！子牙周游天下数十载，天文地利，学识通天，论及谋略兵道之说，即使是为师也自问有不如之处。所以有他助你，相信不日就可以反了殷商暴政，一统天下！到时你身为天下之主，主控人界，再由神玄二宗助你，天下可定，姬氏江山将得永久，三界亦能恢复平静。”

远远的耀阳听完这一席师徒倾谈，心中免不了一突，非常不舒服的感觉油然而生，因为如果说到神玄两宗的人，耀阳最尊敬的无疑就是姜子牙，而且他知道自己一直靠着姜子牙的帮忙才能有今天这样的成绩，所以无论从哪一方面而言，他都很感激姜子牙。但是，如果姜子牙最后要助的是姬发，甚至会要求他也留在西岐助姬发，那他该怎么办呢？与姜子牙为敌？还是替姬发卖命？无疑，这两个结果都不是他想要的。

试问姬发怎会不知姜子牙之名，闻言不由大喜道：“既然有姜先生助弟子一臂之力，弟子就更加有把握了，多谢师尊成全。弟子心中倒是并不在意天下谁有，而想的是只要对我神玄两宗有利，这天下无论谁得了去都一样。弟子愿为我神玄两宗、三界六道，以及万千黎民百姓做出一切牺牲。”

太上老君满意地点头道：“发儿，你出身轩辕一族，同时也是我玄宗后起之秀中的佼佼者，更有你父侯勤政爱民所造就西岐的鼎鼎盛名与四方民心，所以你成为人界之主乃是既定的事实，不会再有任何更改，而且这也是我们二宗，乃至天庭三界对你自身能力的一种肯定！是将整个人界重任交付给你！”

姬发闻言立时跪礼，恭恭敬敬地说道：“既然是师尊以及神玄二宗的前辈看重，整个人界统一的重担，弟子愿一力承担！”

耀阳看到这里，心中禁不住冷笑连连，忖道：“想不到竭心尽力出卖祖宗百姓的人，竟能受此重托，还真想不到神玄二宗的一帮家伙这么好眼力！”

九尾狐在旁侧目见到耀阳此时不忿的神情，玉面露出一丝难以察觉的微笑。

太上老君将姬发扶了起身，对姬发又夸奖一番，然后行近封印中的幽玄，道："对了，幽玄兄既然将在我天庭法殿静养，想必也用不着这些腥风血雨的法器了？而发儿修行时间相对尚短，且所修习的重点也非玄门法道，所以纵是天资聪颖，也难有过高修为，所以需要有个神器防身。说起来，幽玄兄与发儿也算是师徒一场，不如就将'惊锋'留给发儿吧？"

太上老君淡然一笑，伸手凌空在幽玄体外虚摄，玄能令整个封印光华四射，幽玄顿感体脉内一阵天翻地覆的旋转，知道对方正在施展玄门正宗的"摄魔诀"，意图将依附在体脉内的"惊锋"魔刃摄出，幽玄心中大恨，直恨得睚眦皆裂，却因为现时身陷囹圄，体内魔能尽遭锁制，根本无可奈何。

"铿吟……"只听一声低吟脆响，幽玄体脉内的"惊锋魔刃"应声被太上老君摄出，老君攫起鱼跃不停的"惊锋"，五指发出青光环绕刃身，玄能瞬间侵入"惊锋"之内，跟"惊锋"蕴化的魔能进行角逐。已然没有幽玄输入魔能补续，"惊锋"内蕴的魔能怎么可能跟太上老君此等法道高手相抗衡，不一会儿，便见到青色光芒纠缠着黑色魔能芒光逐渐离开"惊锋"刃身。

"铮！"只听一下清脆之声，"惊锋"凭空弹了一下，青光已将魔能尽数驱除。太上老君手指微弹，"惊锋"腾跃而起，径直落在姬发手中，老君肃容道："惊锋原本出自神宗，但魔刃毕竟追随幽玄日久，虽然为师已经将附在刃身的魔能尽除，但是一时半刻不能够根除其魔性，不过好在魔刃之主已经不能再召唤此刃，所以你只需每日以玄门正法熏陶其禀性，磨砺其体用，则假以时日必可为你所用，成为助你征战天下的神兵利器！"

姬发大喜接过，道："多谢师尊恩赐！"

"惊锋"乃是仅次于"焚神天戟"等三大神器的宝贝法器，姬发早已觊觎已久，但这是幽玄仗以成名的得意法器，自然不会轻易传给姬发。姬发想不到现在终得这神器，心中之兴奋雀跃实在难以以言辞来表达。

不过，姬发始终还是能够控制自身的情绪，稍事高兴之后便表现正常，郑重其事地向太上老君谢过，只是眼中的兴奋之色还是久久不能消去。当然，这个太上老君也能理解，毕竟能够得到像“惊锋”这样的神器，三界之中恐怕没有几人能不动容的。

“好了，那就就这样吧，为师与众位星宿神将先行回去。发儿，你则要尽快将西岐局势控制住，当然，如有必要时可以向玄宗任何一宗求助！”语罢，太上老君随手一击将封印的幽玄摄入随身的乾坤布袋之中，交给亢金龙等人。

姬发连连称是，当即恭送太上老君率领神玄两宗众人离去。

姬发看看手中的神器“惊锋”，面上终于露出隐忍已久的得意笑容，仰面长长舒出一口气，立在崖顶尽处的孤悬岩石上，毅然扫视夜色中的江山无限，双目中现出咄咄惊人的凌人煞气，半晌之后才飞身遁去。

崖顶只余下一片空荡荡，刺骨寒风吹拂而过，激起无边寒意。夜风骤息，再有顷刻工夫，大片大片的雪花纷纷扬扬地散落下来，整个金鸡岭被漫天雪势所笼罩，片刻间便成了白茫茫的一片。

“又下雪了！”耀阳缓缓从岩石旁行出，望着漫天降下的雪花，双目茫然望向远方，脑海中再度浮现出鬼方围攻西岐，他带兵救援却惨遭玉璇算计，面临三位红颜知己在两军阵前，他浑然无法自持的情景。

那个时候的他是多么无助，尽管他自信可以将区区鬼方胡民赶出中原之地，但是不允许自己女人受任何一点伤害的他当时茫然了，他明知为将之道不可心存二念，不可优柔寡断，但他竟然还是无法在当时挥动箭阵攻击手势的勇气。

就像是现在一样，他费尽精力历经千辛万苦，创下如此傲人的战绩，才得以力保西岐不失，最后却还不如一个为了自身利益出卖祖宗和西岐百姓黎民的姬发。而他耀阳却有心无力，甚至根本没有办法去与之抗衡。

就在这瞬时间，耀阳蓦然感到自己竟是孑然一身立在这天地之间，身旁的一切都只是幻影一般无依无靠，那种悲怅的孤寂立时淹没了他所有的情绪，彻彻底底的绝望油然而生，令他感觉到自己以往的任何努力最后只是一场空，空的就如同眼前这漫漫飞雪的天与地，只剩下一片空空如也的白色。

却在心如死灰的转念之间，耀阳的体内升腾起一股抑止不住的脉流，脑海中霍然一阵轰鸣，似乎听到一声声熟悉的呼唤声，令他登时间灵台大震，神志恢复过来，嘴角漾起一丝温馨的笑意，“不，我绝不是孤孤单单的一个人，我还有一个好兄弟……”

九尾狐这时拂掉身际的雪花，冷笑连连道：“耀大将军，你看到了吧，所谓的神玄两宗也就是如此卑鄙无耻，如果抛开所谓的正邪道争，他们跟我们妖魔二道又有什么差别？”

耀阳冷冷睨了九尾狐一眼，并没有吭声。

九尾狐以为自己的话引发了耀阳的某些想法，哪肯就此作罢，忙继续煽风点火道：“怎么样？本宫说得没错吧，神玄两宗能够看中你，最后还不是为了别人。而且不管你有多么优秀，神玄两宗现在已经有了轩辕老儿的族孙后辈姬发小儿，还用得着你吗？对于他们而言，你不过是替他们卖命的廉价棋子，绝对不值得重视。你得到轩辕剑又如何？最终你打下的天下还不是姬家的？所以……”

话说了一大堆，九尾狐偏偏在最关键的地方顿了顿，小心瞥了瞥耀阳，然后继续道：“所以，如果结果是这样的话，与你帮助伯邑考又有什么区别？而且，只要利益需要的话，最后我们可以废掉所谓的伯邑考，由耀将军亲自登基为王，然后在妖魔二道的帮助下一统天下，如今本宫想一想都觉得兴奋……”

“就此打住吧！”耀阳双眼如电，厉芒一扫她的脸，有如雷击般的凛冽逼视九尾狐，淡然道：“你想说的就只是这些吗？”

对视着耀阳的眼神似剑，九尾狐不由自主地避开耀阳的凌厉眼神，心中暗惊，她没想到又是多久不见，现在耀阳的修为竟有如此威势，尤其是气势中扑面而至的那股霸气，连她也不敢与之正视。这种感觉从前也曾有过，像那个愚蠢至极的纣王，虽然每日都被她的媚术迷得七荤八素的，但是每逢一些要事总也能让她感受到那股天下至尊的皇者之气。

九尾狐有些震惊地看着眼前的耀阳，她自然不知除了耀阳本身的玄能威势之外，其中更有体内神州龙脉之气的作用。

“耀将军或许还不清楚本宫的意思！”对于自己刚才受不了耀阳逼视的失态，九尾狐轻咳一声掩饰过去，道，“照现在看来，神玄两宗是不会让你跟姬发争天下的，所以你再跟他们在一起，也只是替人卖命的卒子而已，除了轩辕剑之外毫不足道。以本宫看来，只要神玄两宗一有办法控制轩辕剑，就会对付你。说不定太上老头也会像今日夺取幽玄惊锋一般，将你的轩辕剑……”

不等九尾狐说完，耀阳面色平静地问道：“你——说完了没有？”

“你不会自己想一想么……”九尾狐话未说完就被耀阳此时的煞气所震。

天际雪花飘飞，耀阳的神色似乎宁静如常，眼神中更是显出一片平和，但是那股莫名而来的煞气却让人不敢面对。只见他右手一伸，金光一闪，神光烁然的轩辕剑跃然出现在他的手中，在漫天飞雪中显得格外炫目。

九尾狐不由自主后退几步，惊道：“你……现在出剑做甚？”

耀阳摆出一脸亲和的笑容，道：“娘娘不必惊讶，只因你方才一番话令耀某现在心情不甚舒服，很想找个人泄泄愤，但是冰天雪地里好像只剩娘娘一个人，所以娘娘莫要见怪！”他此时的笑容让任何人见之都有不寒而栗的感觉。

“你……”九尾狐哪会不知耀阳此时的想法。

耀阳脸色突变，寒声道：“你别以为我不知你在此挑拨离间？为的无非就是想我跟神玄两宗起冲突，然后你就能从中得利……是吧？”

说到这里，耀阳言语一顿，长长舒出一口气，道：“其实，相信娘娘应该知道，从在朝歌第一次见到娘娘开始，一直到西岐再至今时今日，我们兄弟俩对娘娘的恩赐都不敢有片刻忘记，所以现在我倒想着能不能一次性全部还给娘娘！反正天气这么冷了，为了我的妲己，不知娘娘是否吝啬你那身千年狐狸皮哩！”

九尾狐何时听过如此张狂的话，当即怒火上冲，正准备以兄弟俩的身份之秘相要挟之际，却被耀阳首先用话顶住了。

“拜托娘娘莫要再说些我们兄弟身份如果让神玄二宗知道便如何如何

之类的无稽废话!”耀阳冷哼道，“就算我们兄弟俩与神玄二宗倒戈相向，你也不会占到任何便宜，到时候我们兄弟如果真正受制于黑衣老者的话，我们定然会第一个剥了你!”

耀阳掌中轩辕剑一振，龙吟作响，剑气勃然溢出，再度逼得九尾狐后撤数步，见到九尾狐退出自身剑气控制范围，耀阳大笑道：“就算是现在将你灭口，耀某人自信已有一搏之力！如果娘娘不信，不妨试上一试!”

“好，算你狠!”九尾狐牙缝间崩出几个字，心中虽然实在气不过，但是耀阳此时的勃勃杀机明眼人一望即知，何况耀阳经过这么久的修行磨砺，归元异能与五行玄能已经融会得炉火纯青，她已经浑然没有自信可以制住这位年轻人，甚至因为对轩辕剑的忌讳，让她面对耀阳更没有丝毫把握可言。

九尾狐眼中凶光毕露，狠狠地盯了耀阳一眼，道：“你们兄弟俩总有求于本宫的时候，咱们走着瞧!”语罢，九尾狐抽身急遁而走，她只能含恨离去，也由此心中对耀阳的忌惮更深。

耀阳远远望着九尾狐遁去的身影消失在天际虚空，心境再次扯回到现实当中，不禁冷哼道：“就凭你一只骚狐狸，竟想利用我得什么好处吗?做梦去吧，就算神玄两宗又如何，难道我还怕了他们不成?”

尽管如此，耀阳仍然被九尾狐挑拨离间的话说得心中有所震动，那些话多少还是有些道理的，他想不到自己这么辛苦，最终得来的却是一场空，这种滋味换在任何一个人身上都绝对不会好受。

从风雪中行回军中营帐，看着灯火通明有如白昼的营地，以及巡逻的兵马在附近井然有序的巡视，耀阳心中的郁闷更是可想而知，他甚至在脑中闪过此时趁机干掉姬发的想法。

但是，耀阳暗自估量了一下姬发的修为，姬发身兼魔玄两宗法道之长，在三界四宗的年轻一辈中恐怕也是佼佼者，加上他此时也拥有一柄神器“惊锋”，虽然耀阳自信姬发仍不是自己的对手，但毕竟此地是军营要地，加上此时的姬发更是玄宗所谓的人界天子，难保附近没有神玄二宗的高手护卫，所以想杀姬发也不是一件容易的事情。

再则说来，如果出手杀不了姬发，那他不仅仅是跟姬发翻脸，甚至还是跟整个西岐成了敌对之势，他若说西岐城破是姬发的奸计，根本没有证据可言，就算抓住那个刘副将，也只是增点风言风语，对他没有丝毫好处。

况且，耀阳虽然不屑姬发的行为，但姬发的行径还不至于达至欲除之而后快的境地，尤其是姬昌对自己始终有知遇之恩，无论如何他都不会让这位仁慈的长者陷入难堪，所以这个功利十足的想法也只是泄愤的想想而已，一念及此，耀阳自觉好笑地轻轻摇了摇头。

心情不舒服，他怎么也睡不着觉，更没有心思静下来修习玄门法道。整整一夜时间就在他的心绪如潮中慢慢过去。

第二日清晨，耀阳起身迫不及待去找姬发，他自然不会因为自己将所有事情看在眼里所以去找姬发的麻烦，而是为了能尽快回到西岐城才去找姬发，如今崇侯虎新退，西岐城告急，却让他只能待在这里，坐看姬发在西岐城搞风搞雨，怕是会被活活郁闷死，而且原地休息向来不是他耀阳的风格。

雪已经停了，大地一片银装素裹。观望此时的金鸡岭，不论天气、地势等等任一方面来说，在军事上都将是易守难攻的局面。看到这里，耀阳心中忽然明白崇侯虎退兵的原因，因为已经有法道高手预测到近日的天气变化，所以不顾与南域的联攻之势，及早地收兵整顿，为所有兵马添置防寒衣物等。

想通了这一点，耀阳心中更感沉重，崇侯虎手下的确能人无数，加上魔族刑天氏的帮助，任何人都不敢轻视他北侯兵马的存在。

在去往将军府的一路上，耀阳碰到一些以前跟随他剿杀崇黑虎的巡逻兵士，自是被一众敬重他的兵士围住，一番嘘寒问暖之后，一众兵士开始不停询问西岐城的战事，耀阳知道此时如果说明情况只会打击现时金鸡岭的士气，当即委婉的措辞说了一番，安抚了众人的心事。

耀阳心急火烧的匆匆到了将军府，对守卫的兵士说明来意，哪知守卫兵士极为恭敬地回话告诉他，姬发已经连夜出发赶往西岐城了，金鸡岭的一切军务都已经交由伤愈后的大将军南宫适处理。

耀阳心中大震，当即想到姬发此举纯粹是为了防备他才做出来的，从昨晚到早晨这将近五个时辰的时间，姬发怕是已经到了西岐。

虽然最坏的打算耀阳已经猜到了，但是他心中却仍是隐有不安之感，但是又说不出个所以然来，当即向守卫兵士问明南宫适的居处，然后离开将军府，直奔金鸡岭军中营帐。

上了金鸡岭，耀阳的到来令所有守营兵士的精神都位置一振，纷纷询问耀阳是否会留在金鸡岭一同抵御崇侯虎的北侯兵马，耀阳心中不忍拂了众多兵士的好意，只能一一应付过去，这才顺利来到中军营帐。

南宫适早已收到兵士通报，迎出营来，见了耀阳，大笑道："耀将军，来得正好！老夫正要遣人去寻将军前来议事！"

耀阳微感一怔，问道："不知大将军寻末将有何差遣？"

南宫适抚须笑道："耀将军千万不要再末将、末将的自称，老夫知道耀将军因守护西岐有功，早已被圣祖母赐封为大将军，现在与老夫乃属同品为将，何来末将之称呢？"

耀阳赶忙自谦一番，南宫适将他迎进帐内，道："公子回西岐以前，已经留书告知老夫，大意是想请耀将军协助守护金鸡岭，以免崇侯虎再来扰关。毕竟金鸡岭此道关口甚是重要，绝对不容有失！"

耀阳怎会不知这是姬发有意在拖延自己，但南宫适说的话也是实情，但此时的耀阳如何可以静心留在金鸡岭呢，稍事迟疑片刻，耀阳回望南宫适道："大将军，昨晚大雪封山，而且看势头寒气回荡不去，加上冰封解冻的时日问题，耀阳以为金鸡岭足保一月无事！反而西岐之危只争朝夕，来不得半点延误，虽说公子已经班师回援，但始终力薄难及四方，就算将南域贼兵驱逐出西岐，后事也必然需要多多清理，所以我认为此时还是应当赶回西岐，以图后用！"

南宫适沉吟道："耀将军之心甚是可嘉，而且说得非常在理，只是……"他颇感为难地继续道，"但是，公子之意甚是明确，便是留耀将军在此为老夫出谋画策，以应付崇侯虎的北侯军。况且崇侯虎也绝非这么好对付，如果采取与南域贼军前后夹击的手法，也将极力打击到我军的士气，但是只要有耀将军在此，金鸡岭如虎添翼，才更有胜算可言。"

见南宫适说话间的神情，耀阳清楚他绝对不会违背姬发之意。尽管耀阳未被委派军务，完全可以不告而别，但是如果没有经过南宫适的同意，这跟临阵脱逃也没什么区别，更无疑是给姬发一个打压他的机会，而且这时跟姬发乃至西岐闹翻，对耀阳而言没有任何好处。

耀阳心中一动，缓缓点头道："大将军所言极是，金鸡岭的确很是重要，但是有大将军率数万大军镇守此处，凭城墙之固、山势之坚、天势之利，以及大将军南征北战之能，即使崇侯虎再度攻来，也定能将其杀得片甲不留，所以大将军无须高抬耀阳，我不过是一时运气亨通，才会博得薄名，说到底我一人之功对金鸡岭亦无大用。况且耀某对西岐的天时地势较为熟悉，而对金鸡岭却一无所知，所以一旦应战，恐难保证不出差错……不知，大将军以为呢？"

看着南宫适微微颔首的样子，耀阳知道自己这番话怕是已经说到南宫适心里去了，他这数月来接连打了几个漂亮的战役，甚至连威震天下的"飞虎军"也让他势如破竹一般烧了个底朝天，威名之盛在西岐可谓一时无二，难免在无意间落了这位老将军的脸面。而此时这一番自谦的话正投了南宫适的胃口，让这位老将军立时对耀阳的态度从下意识的抵触变成赏识，而且按照耀阳的推断，南宫适也不会愿意一个与己同级的将领来抢自己的军功。

然后，耀阳继续说道："其实，耀阳也很想留在金鸡岭帮助大将军对付崇侯虎，只是初出西岐之时，侯爷曾经嘱咐过耀阳，将帛书交给公子以后，必须就要马上回去协助西岐抗贼。所以，不论如何，耀阳实在不能违背侯爷的意思，还请大将军见谅！"

南宫适禁不住一愣，想到的自是姬发为何不告知自己关于这一点，而是只让他留住耀阳，道："既然是侯爷之命，耀将军何不早说？又或是昨晚跟随公子一起返回西岐呢？"

耀阳苦笑一声，装出很是无奈的样子，道："一来这是侯爷说的口谕，而并未在帛书中提及这些小事情，再则公子定是心中过于担心西岐，所以连夜赶回西岐，并未跟我事先通知，所以他也是不知侯爷的意思，但现在只能跟大将军说清楚其中原委。"

南宫适当即点头道："一切当然以侯爷意思为重，老夫这就不再留将军了，赶回西岐辅佐公子击退南域贼兵的重担，一切都要拜托将军了！”

“这是当然！耀阳这就告辞，大将军保重！”

耀阳立即起身告辞，南宫适一直将他送出营外，耀阳匆忙出城，径直施展遁法向西岐城而去。

遁至半空之中，耀阳忽而心有所感，停住前行的势头，霍然回望，只见金鸡岭方圆十里外白茫茫的一片，片刻间竟然出现黑压压的大批兵马，往金鸡岭方向席卷而至。

“崇侯虎？”耀阳心中大震，心忖道，“想不到他竟然会犯险用兵，天时地利皆不利攻坚之战，若不是大有把握，此举无疑于自困死局，究竟是什么原因令崇侯虎做出这种举动呢？”

想到这里，耀阳心中咯噔一下，自然而然地联想到此时的西岐之战，忖道：“难道是西岐战事出现转机，所以崇侯虎迫于鄂崇禹的压力，才会犯险出兵意思一下，而并非真正意义上的攻打金鸡岭！”

耀阳颇觉安慰，但转念又暗暗叫糟不已，因为另一个可能性则是西岐大败，已经无法坚守下去，南域兵马正在组织最大规模的一次进袭，而崇侯虎在得知消息之后，自是不甘人后的大举发兵，意欲分取最后一杯羹。

但不管如何，此时的他已经顾不了这么多，只有在最短时间内赶回西岐才能知道真实的战况究竟是如何，再说不管西岐之主是谁，耀阳都不愿意见到西岐有任何闪失，只因在他心目中，早已将西岐当做了家乡。

主意已定，耀阳心中大定，回身施展遁法全速向西岐方向驰去。

南宫适看着耀阳远去，回到营中后难免对西岐城的战事极为担心，为了军心的稳定，耀阳带来西岐失守的消息没有传播开来，而是仅限于军中几个高层将领清楚。尽管包括南宫适在内的大将在外表上没有任何异常，但毕竟想到西岐家小的安危，谁又能将自己完全置身事外呢？

此时，一名兵士突然急急冲入中军营，跪报道：“禀大将军，在城外十里处，崇侯虎大军约五万战车兵马突然出现，现在已迅速向我金鸡岭靠近，可能随时发起大规模攻势！”

“崇侯虎？他不是已经退兵了吗，怎么突然又出现了？”南宫适心中大震，他南征北战行军日久，正如耀阳方才所说，这种天气气候根本不宜作战，尤其不利于攻坚之战，却想不到崇侯虎会冒兵家大忌犯险出兵。

虽然揣摩到崇侯虎可能另有所图，但南宫适却丝毫不惧，面色沉稳地长身而起，下令道："传我将令，所有副将级别的将士随我上城楼，擂鼓号令全军，做好随时迎战的准备！"

"是！"传令兵立时出营而去。

南宫适戎甲从未离身，此时取下置于将台旁的头盔稳稳戴上，心中已经明白过来，北侯军此次犯险来袭，恐怕是准备和南域军的西岐攻势联手呼应，目的无非是让整个西岐首尾难顾。

南宫适冷哼一声，他心中想到的是上次大意被围的耻辱，这次他正好可以借机报仇雪耻，狠声道："崇侯虎，今次定要让你知道我南宫适的厉害！"

擂擂战鼓声中，南宫适毅然踏出中军营帐，在门外众位将领的簇拥下，行出营房，径直往位于金鸡岭下的主城楼而去。

城内外双方越来越急促的战鼓声，以及城外千万兵马战车驱驰而来的赫赫声势，似乎隐隐透出鲜红的血腥气息，在这大雪封山后的清晨显得格外凝重而肃杀，这也拉开了金鸡岭新一轮攻防战的序幕。

第一百一十一章　大势已去

耀阳不作任何休息，直接向西岐而去，风遁虽快，却因为消耗元能，不利于长途奔袭，所以偶尔只能降低速度以维持长时间持续。

用了差不多五个半时辰的时间，傍晚时分，耀阳终于顺利赶回西岐城。

虎遴汉果然不愧是南域名将，用了不到两天的时间，西岐城内围几乎全部攻陷，西岐军仅剩的兵力全部在最后一道防线——岐山下阻击敌军。依仗地势之利的西岐军拼尽全力，才将南域军挡住。双方就在山腰处僵持，这一带已经完全被血染成暗红色，到处都是还未收拾的尸体，若非天寒地冻，恐怕早就尸臭熏天。

刚好一场战事罢了，双方暂时处于休息状态。但谁也不知道究竟什么时候又会再次交战。天色愈渐昏暗，虚空中下着微微小雪，让这片天地显得更加凄凉。耀阳一路向宗庙遁去，只要遇到南域军便出手干掉一些，看看四处尸横遍野，他心中对姬发的愤怒就更甚。

在岐山最前线的交战处，耀阳遇到了此时身为前锋大将的金吒，他详细询问这两日的战况，说了几句话才知道姬发早他几个时辰赶回，此时已接手指挥西岐全军，正在宗庙主持防线，商量如何抵御南域军下一轮的攻击。

听到这个消息，耀阳的心中别提有多郁闷，也没再问什么，向欲言又止的金吒匆匆叮嘱了几句，便大步离开。

一路上，耀阳巡视守备兵马，看望伤兵，顺便将西岐援军即将赶到的消息确定了一番，鼓舞了不少兵士低落的士气。

行不多久，耀阳登上守卫更为森严的宗庙山梯，数百名守卫兵士尽是陌生的面孔，虽然个个对耀阳恭敬有礼，但是耀阳能够从他们眼中看出莫名的寒意，他知道这些应该是姬发这些年暗中训练的忠心耿耿的死士，甚至他们当中更有当晚打开西岐城门让南域兵马杀入城内的元凶。

当这个想法在脑中回荡，耀阳踏足上山石梯的步子越觉凝重，他心中的忿恨在积聚，体内的轩辕剑气更激荡开来，透出阵阵轻微的剑吟之声。尽管他可以感应到身旁守卫体脉内充盈的玄门真元，但是无法抑止的愤恨隐然呼之欲出。

“小阳!”熟悉的呼喊在山梯尽头响起。

“小倚!”耀阳抬头便望见山梯尽处的倚弦，以及倚弦微眨眼的默契动作所做的暗示，他禁不住长叹了一口气，摇头轻笑不已。

倚弦负手而立，仰望夜空小雪，同样回首笑看耀阳。

耀阳虽然早就确定倚弦回去南域营中不会有危险，但此时看到倚弦现在安然无恙地站在眼前，还是高兴非常地上前道：“你小子真让我担心，还以为你回不来了哩!”

倚弦呸了一口，笑骂道：“怎么可能，你小子明明就是在咒我!”

耀阳到了他面前，上下打量一番，点头道：“不错，看起来还比较完整，不过不知道有没有内伤呢?”

倚弦摇摇头回了句：“去你的!”然后收起玩笑之色，大有深意地望了望石梯两旁的守卫，拉起耀阳往宗庙正祠行去，待到避开了众守卫的耳目，才正色道：“怎么现在才到? 姬发早你好几个时辰便到了!”

耀阳闻言黯然，眼角余光扫视四周，道：“说来话长，我们兄弟俩迟些再好好谈吧!”

倚弦继续道：“这两日来，双方激战甚猛，包括原来的宫廷守卫在内，如今西岐军只剩下六千余名将士，所幸岐山还算得上易守难攻的险要之地，才能勉强挡住南域军的凌厉攻势。此时南域军在兵力上远胜西岐兵马，不过因为防线较窄，他们无法投入太多兵力攻山，否则即使地形再好，恐怕宗庙也已经失守了。尽管如此，西岐城想要撑过这几日仍是困难，一个不好，恐怕援兵还未赶到，宗庙已经被攻破。姜先生已经赶到，协助姬发抵御南域军!”

“协助姬发?”耀阳心中咯噔一下。

倚弦点点头，面色凝重的炯炯望定耀阳，说道：“小阳，你心里要有个准备，伯侯已经驾鹤西去!”

“什么……”尽管耀阳心中已经有了准备，但乍听到这个噩耗，仍是无法接受，后退了几步，问道，“侯爷向来身体极好，即便在朝歌受尽商纣苦刑也未有事，如今身处自家后宫又怎会……难道是妖魔作祟?”

倚弦点头道：“这事说来诡异，很难一时讲得清楚，如今就连圣祖母也因为无法接受伯侯辞世的事实，已然闭关不出，所以现在整个西岐已经由姬发接手，而且据姜先生告诉我，姬发不是幽玄弟子，而是玄门元宗太上老君的入室弟子，真是让人吃惊!”

耀阳摇头苦笑道：“还有更吃惊的在后面，我们待会儿找个地方再说这些吧!”言下之意很明显，这里显然不是说话之地。

“也好！我们先进宗庙跟大家打个招呼吧!”耀阳跟着倚弦进了宗庙庙祠。

甫一进入庙祠大殿，便见十数名西岐将领正围坐在一起，细细研究地形战局，姬发和姜子牙也在。

姬发神采飞扬，双眼有神，口若悬河，大有指点江山之态，神情自信，丝毫不惧此时的危急情况，众将被他所感染，信心大增，大为精神。在一旁的姜子牙也屡屡满意地点头，显然对姬发的能力大为赞许。

姬发首先注意到耀阳进殿，不由微一皱眉，但还是向耀阳点了点头，道：“想不到耀将军这么快便赶回了西岐，赶紧过来跟我们一起研讨对敌之策!”

姜子牙见到耀阳，脸上露出微喜之色，微笑着招手示意耀阳过去。其他将领见到耀阳，都极是客气地跟他打招呼。在座的十余位将领中除了少数几个外，其他的将领耀阳都没有见过面，他自信当日曾为西岐的守城大将，对手下将士怎会不识，足见这一批将领理应跟石梯上的守卫一样，是姬发早有预谋培养的势力。

这样一来，整个大殿上唯一看得顺眼的便只有姜子牙了，耀阳正要上前跟姜子牙寒暄几句。突然，岐山下战鼓擂动，喊杀声阵阵传来，殿门外匆匆忙忙进来一名兵士，急报道："禀告公子及各位将军，南域贼军再次来袭，金吒将军正率兵奋力抵抗！"

众将也没有过多惊讶之色，显然已经习惯了南域军的突袭行动。

姬发挥手让传讯兵士退下，望定众将冷笑道："南域贼子显然是想让我军将士不能好好休息，所以利用多于我方的兵马分批袭击，企图令我军最终变成疲军不能作战。我怎么会让他们轻易得逞？王守副将，你率三百人绕道从岐山侧面'虎仗崖'斜出，务必杀他们一个措手不及。"

"末将领命！"副将王守是个中年剽悍之人，一脸杀气显是长年军旅之人，闻言先是按照常规领命，但还是有些讶异地问道，"回禀公子爷，敌军势大，金吒将军现在仅率两千将士难以抵挡，而我率领这三百将士即便从斜里杀出，令南域贼军措手不及，恐怕也无法产生太大作用。"

姬发哈哈一笑，双眼厉芒绽现，毅然道："这个王将军大可放心，日间南域军困于地势屡攻不下，兵将身心疲累，跟我军一样需要休息，所以敌军士气定然不高，这从此时攻袭战的喊杀之声可以看得出来。所以我敢断定，此次南域军投入的兵力不会超过五千，主要以骚扰为主。至于我军所处地形易守难攻，以金吒将军连日作战的能力与经验，绝对能够应付得很好。"

姬发稍顿了顿，道："根据岐山的特殊地势，敌军所用的攻山阵形只能是步步为营围而攻之，因此兵力上自然而然无法集中，王副将你所率领的三百人为的就是打乱他们的阵脚，敌军定然不清楚到底我西岐军是否尽了全力，而金吒将军亦是带领精锐兵马瞬时冲出，南域军的来意只是侵袭试图扰乱我军军心罢了，咱们有心算无心，对方必然阵脚大乱，人心惶惶，非退不可。"

王守听罢，点头心悦诚服道："公子所言甚是！"

姬发炯炯目光望定王守，道："王将军，我相信你一定能将南域军贼子击溃，为西岐带来一场胜利！"

王守本是勇悍之人，听了姬发一番话，顿时热血沸腾，大声应道："请公子放心，我等必誓死将南域军击退，决不会让南域军再有寸进！"

"好！我就等王将军的好消息。"姬发转头向另一个坚实的老将道，"朴老将军，你经验老道，就由你领兵一千策应金吒将军和王将军！"

"末将遵命！"朴老将军领命与王守一同出殿准备去了。

姬发眼神坚定，透露出无比的自信，铿声道："此次南域军敢犯我西岐，将是他们最大的错误！几日后，辛免将军率三万援兵便会赶到，到时他们将自食其果。让他们知道胆敢犯我西岐的下场。各位将军，西岐数百年的基业和万千百姓的安危就看各位了。我等定要誓保西岐，各位将军可有信心？"

"誓死保我西岐！"众将无不激昂非常。

姬发对众将的激昂很是满意，挥手示意道："好了，大家现在各就各位各行其责，全力迎敌！"

众将轰然应诺，然后接连行出殿外，开始全力备战。

此时，见到众将出得殿外，姜子牙微笑道："公子此次迎敌战术处理得极是不错，不过还是疏忽了一件事情！"

姬发一怔，马上问道："不知姬发错在哪里，还请先生指点！"

耀阳与倚弦也大感好奇，不知姬发错在何处，疑惑地望向姜子牙。

姜子牙缓声道："金吒将军虽然法道修为过人，但是他毕竟已经近两日两夜未曾休息，即便可以坚持怕是也会降低战斗力，所以依老夫之见，应该在战后立即撤他回来，好好休息一下，以应付明日即将来临的大战。"

姬发立即拜谢道："先生所言甚是，这是姬发的疏忽，多谢先生的提醒，就照先生的意思办吧。"

姜子牙浅笑不语。

耀阳候了半晌，这才终于等到机会上前向姜子牙行礼，恭声道："耀阳拜见先生！方才碍于军务不能向先生行礼，还请先生莫要见怪！"

姜子牙应声笑道："耀将军回来就好，这样一来西岐城将更有把握将南域大军顺利击退。"

耀阳自是不便将自身的不满表露出来，忙道："有先生在，耀阳不需要太花精神了，替先生斟茶倒酒就行。以先生的能力，现在出山就定可保西岐百年基业。"

姜子牙仅是淡笑，道："老夫也只是出来辅佐而已，出谋画策老夫在行，但行军作战还是得由各位将军亲自率兵。对了，耀阳，你赶紧来拜见即将成为伯侯的姬发公子，以后希望你能够好好辅佐他。"

耀阳的心中何尝不知这已经是定数，尽管不屑，但还是做了做样子，点头称是。

姬发当然更是客气，连道："耀将军乃我西岐功臣，日后你我军政各行其责，造福一方百姓，还得多多仰仗将军！"

耀阳表面上仍是客气地说道："不敢！那些都是耀阳的分内应该做的事！"

姜子牙看出耀阳的神情有异，笑问道："耀将军心中有事，莫非所虑的是否是公子师尊之事？"

耀阳虽然早知姬发乃玄宗弟子身份，此时却不能在姬发面前表露出来，闻言唯有点头道："不错，此事先生应该知道……"然后他装作欲言又止的样子。

姜子牙道："耀将军所言甚是，老夫也是最近才从元宗宗主太上老君处得知此事，原来公子本就是我玄宗弟子，只是因故为我玄宗才去做了'邪神'的弟子，所以还请耀将军莫要多虑。"

耀阳无奈地摸了摸鼻子，做出恍然大悟的模样，道："原来公子竟是玄宗的弟子，还真是没想到，请恕耀阳无知多事。"

姬发叹道："我怎会介意呢，耀将军能有此心，足见对我西岐有心，况且将军素来为我西岐做出太多，现在还风尘仆仆赶回来助战，实是我西岐良将。可惜此时军情紧急，否则姬发定要为耀将军洗尘！"

耀阳自是谦虚一番。

姬发客套了几句，便道："耀将军连日都未能好好休息，此次回来就先好好歇息一下。今日这里的战事交给先生和姬发等众位将军就行了。"

姜子牙连连点头，道："应该应该，今晚之战一过，近日必有异常血战，到时候非得耀将军亲自出马不可！"

耀阳却是清楚得很，姬发此番作为实则是想在掌握西岐大势之前将他排出在作战将领之外，以免打乱他整体接管西岐的策略，这一点从姬发留书南宫适留他在金鸡岭便可以看出来。但既然现在是姬发主持大局，而且姜子牙也是这个意思，他只能打个马虎眼，道："多谢先生和公子关心，耀阳这就去休息！"

耀阳临走才又忍不住向姜子牙问道："先生，云姐姐没有跟你同来西岐么?"一旁的倚弦闻言禁不住没好气的大摇其头，都什么时候了，居然还有心情向姜子牙问这些。

姜子牙笑道："早就知道你会问，雨妍已经赶赴昆仑山，走时跟老夫提过你，并说有机会应该可以在瑶池的蟠桃盛宴见面！"

耀阳点头表示知道了，然后谢礼。

"偏殿厢房已经为将军准备好了！"姬发挥手唤来宫奴，道，"带耀将军与易公子下去休息吧！"

耀阳与倚弦与姜子牙示意别过，跟随宫奴出了殿。转过几个殿房，宫奴将兄弟俩领至殿房中便退下了。

耀阳心中气闷，便对倚弦道："陪我去走走。"

倚弦知他心情不好，自然不会拒绝。

兄弟俩默默地出了庙祠后院，在落雪中缓步而行。

耀阳走到高处，突然停步回身问道："小倚，我走后究竟发生何事?你快点告诉我。侯爷怎么会忽然……"

倚弦面色凝重的沉声道："当我来到西岐城的时候，城池已破，后来金吒将军组织大军抵抗南域军。可是南域军势强，虽然有百姓帮助巷战抗敌，西岐整体局势还是在不断败退，内城防御一直坚持到今晨，本来应该足以坚守一段时间，谁知，今日临晨伯侯姬昌突然驾薨……"

倚弦说到这里，语气一顿，道：“伯侯之死应是妖魔二宗中的绝品高手所为，所用的伎俩据子牙先生猜测，可能是被人施展了‘本命降咒’的缘故！”

“本命降咒？”耀阳熟读《幻殇法录》，怎会不知“本命降咒”的可怕，“他爷爷的！究竟是谁干的？”他忍不住骂了一声，姬昌之死完全打乱了他心中的计划，同时对于魔妖两宗蓄意将姬昌置于死地之事极为愤恨。

倚弦叹道：“姬昌之死，使得西岐军心顿时一乱，南域军趁机强攻，金吒将军为了避免不必要的伤亡，保存足够的实力，率兵退到岐山。直到最后姬发赶到接手全局，西岐城就只剩下岐山最后一条防线。一旦这儿被破，宗庙将不保，也就意味着西岐城全部沦陷。不过，无可否认，姬发的能力不弱，他在短短一个时辰内已经全线把握战局，处理各种事务井井有条，极少有出错的时候。而且现在有姜先生辅佐，以他的能力，西岐之内少有人能跟他相抗衡。”

“他真的这么强？”耀阳忍不住问了这么一句，不过他也清楚姬发的能力不在自己之下，如果再加上姜子牙的谋略辅佐，的确是如虎添翼。

倚弦拍了拍耀阳的肩膀，道：“当然，他比起你而言还稍有不如，你唯一比不上他的地方只是身份而已！”

耀阳轻笑自嘲道：“小倚，你不用安慰我！”

倚弦正色道：“我这可不是在安慰你，不是我自夸，现今三界年轻一辈中，如果就各方面能力而言，没有任何一人能比得上你。你应该知道我这人从来都是实话实说，绝对不会为了安慰你而去说假话。”

耀阳道：“少在那里胡掰，就算没有人能及得上我，至少还有你比我强！”

倚弦无奈摇头道：“所以说你小子还是跟从前一样，受了打击以后就会变得这么没有自信！”

耀阳心中郁闷，岔开话题道：“对了，圣祖母太姜怎么会闭关不出呢？难道是也受了妖魔二宗的暗算？”

倚弦道：“其实，姬昌之死，无论是圣祖母还是姬昌自己都早已算到，此是不可避之祸。圣祖母在姬昌驾薨后就闭关不出，怕是因为受了刺激的缘故，我见她在一夕之间似乎变得更为苍老憔悴了。而在她闭关之前，姜先生赶到与她深谈许久，然后圣祖母就亲自传诏让姬发继承伯侯之位，主持西岐一切事务。姜先生同样受到重用，奉诏辅佐姬发，地位仅在圣祖母与姬发之下。至于姜先生具体与圣祖母谈了什么，就不得而知了。我曾经问过姜先生，他只是笑而不语，我也没有因此再问。姬发虽然才刚刚继位，却已经颇得民心与军心，各方面能力亦是丝毫不差，而且现在他得神玄两宗支持，在西岐的威望更是如日中天。”

耀阳双眼茫然望向昏暗的天际暮色，心中抑止已久的失落感再度浮上心头。

就在两天之前，他还是意气风发，前有非常信任他的姬昌做靠山，后有玄宗姜子牙的帮助，在西岐的声望已经达到顶点，即便是姬发也要忌惮他几分。转眼间，随着神玄两宗支持姬发，姜子牙亦辅佐姬发，姬昌死，姬发继位，他立时便成了一个无足轻重的人。人世间的事情就是这么无奈，耀阳只能苦笑，甚至很可笑地发现心中忽然有种失去靠山的感觉。

倚弦看到耀阳的神色不对，急问道：“小阳，你怎么了？”

耀阳摇头苦笑，没有吭声。

倚弦哪会感觉不到自家兄弟忐忑不宁的心绪，但是毕竟已经不是当年做下奴的时候，凡事都没有比身家自由更重要的，所以无论什么都能拿来聊以自慰。而现在的耀阳正从一个最高点往下落，这个过程没有人能够体会到他的痛苦，就算身为兄弟的倚弦也不知该如何才能开解他。

倚弦用兄弟俩习惯性的撞肩动作靠靠耀阳的肩膀，道：“小阳，咱们一起去找土行孙喝酒，如何？”

“老土？”耀阳勉强提起精神笑了笑，点头应允。

濮国的一万大军已经离开西岐城，驻扎在往南百里外的乱松岗，虎遴汉说是让濮国兵马策作后应，而将他们调到此处，其实是因为倚弦的缘故，不让他们参与攻城奇袭之战，以免在关键时候乱了阵脚。

百多里的距离虽远，但对于惯使风遁的两兄弟而言，根本不算什么。

耀阳似乎想发泄心中的闷气，风遁全力而行，倚弦也只好舍命陪君子。过不了多少时候，两人就到了乱松岗。

耀阳毕竟刚从金鸡岭疾速赶回来，本身耗费了大量玄能，而倚弦的精神相对保持较好，元能更显充沛，自然比耀阳快了一步落足乱松岗。

耀阳点足落地，吁了口气道："你小子真行！"

"还好！"倚弦道，"你赶不上我是因为你没有休息好的缘故！"

"也许吧！"耀阳笑了笑，回身望去，禁不住道，"好热闹！"

只见岗上营帐遍地，绵延整个山头，因为远离西岐战况的原因，此时的山岗之上灯火通明，诸多濮国兵士因为无须涉身战乱，更可以很快回归故土，从而使得营中呈现出兴致高昂的热闹景象。

耀阳与倚弦快步接近军营，耀阳更是大步踏入营中，见前面一队兵士警戒地围过来，他也不理，扯开嗓门大喊道，"老土，你出来，老子来看你哩！"

一众兵士见到耀阳身后的倚弦，立时全都恭敬行礼，让出一条道来，让兄弟俩过身，倚弦点头回礼，挥手示意他们继续巡逻，不需理会他们。他知道耀阳心情不好，这样大喊也算一种发泄，于是也没有阻止。

听到喊声的土行孙立即威风凛凛地大步行出帐来，见到耀阳与倚弦，神色大喜，立即屁颠屁颠地地跑了过来，一边跑一边还喊道："易大哥，耀大哥，你们回来了。"

耀阳乍一见到土行孙，难以置信地看着他高大威猛的身形，目瞪口呆地讶声道："他……他是老土？"

倚弦笑道："怎么样，就算告诉了你，最后还是想不到吧？"

"太意外了！"耀阳怎么可能不感到吃惊，以前那个龌龊三寸钉，现在居然变成了一位相貌堂堂的魁梧汉子。

土行孙的动作虽快，却还是比不上另外一个人，只看一阵清风拂过，抱着紫龙神兽的紫菱有如闪电一般从后面窜到倚弦面前，高兴地露出娇媚笑容，倚在倚弦身旁，柔声道："易大哥，你回来哩！"

"紫菱公主！"耀阳讶道，然后一双揶揄的眼神大有深意地看着倚弦，眼底的意思很是明显——就是“你厉害”三个字。

倚弦苦笑地摸摸鼻子，干咳两声，不知该说些什么。

紫菱黏在倚弦身边，见耀阳一眼看出自己的身份，诧异道：“你是谁?”

土行孙忙在一旁道：“他是易大哥整天挂在嘴边的好兄弟耀阳!”

紫菱一听是倚弦的兄弟，立即甜甜地一笑，落落大方地招呼了一声，问候道：“耀大哥好!”

“哈哈……不错!”耀阳点点头，再度暧昧地睨了倚弦一眼，转眼又被紫菱怀中的紫龙神兽所吸引，只见那个小家伙见到倚弦立时瞪大了眼睛，透出欣喜万分的神情，可惜因为被紫菱紧紧抱牢，一双肉翼根本施展不开，只能嗷嗷直叫唤。

紫菱撇撇嘴，一脸委屈地说道：“人家天天只知道往外跑，都已经不喜欢你了，你还赖过去作什么?”

耀阳看得啧啧出声道，“咦，你怀中的那个小东西是什么?”

倚弦伸手轻轻抚拭小家伙茸毛光顺的小下巴，间或用大拇指拂过小家伙的嘴角，立时让小家伙服服帖帖地闭上大眼睛，摆出一副很满足的憨态，极是可爱。

倚弦笑道：“这个小家伙据说叫紫龙神兽，好像是龙族的一种圣兽吧!”

耀阳两眼放光，赞道：“想不到你还养了这么个可爱的小玩意，给我看看!”

紫菱略作迟疑一下，看了看倚弦，才有些不舍的将小东西递给耀阳。耀阳大大咧咧地将小东西一把抓过，左摆弄一番右折腾一下，时不时摸摸掐掐，在旁逗小家伙，一边啧啧称奇，一边玩得不亦乐乎。

小紫龙神兽毕竟觉得耀阳生疏，况且对耀阳的摆弄极不乐意，趁着耀阳不注意，两只小爪子搭在他的手上顺势一抓。

“啊呀……”猝不及防的耀阳一声痛叫，差点就此松手，好在他玄能深厚，这才没有当众出糗，他想不到这小东西的两只爪子竟然会放电，威力还不小。

倚弦等人见状都大笑起来。

“小东西，想杀人吗?”耀阳左手以玄能护体，然后右手一个爆栗敲在小东西的头上，痛得小家伙嗷嗷直叫。

紫菱伸手想过去抢过小家伙，却被耀阳让开，她大嚷道：“你怎么可以打它?”

“没事的。”倚弦见到耀阳难得来了兴致，拦住紫菱劝解。紫菱虽然得以与倚弦更近距离的接触，但还是不大放心，虎视眈眈地盯着耀阳。

耀阳笑道：“对啊，小倚说得对，我怎么会对这么可爱的紫龙神兽下重手呢?所以这一点弟妹可以放心!”说完，耀阳机灵的一闪，早就躲过了倚弦踢过来的一脚。

紫菱满脸通红，轻嗔道：“讨厌……”话虽这样说，但她心中却是甜滋滋的，对耀阳不由大有好感。

倚弦脸色尴尬，道：“你小子别胡说!”

“好了，随便你吧!”耀阳挥挥手，不给他任何辩解的机会，然后一把捧起紫龙神兽，道，“小家伙，想不到还挺厉害的!”

小家伙刚刚被他打了一下，心中老大不爽，哼了一声，偏头不理他。不过，说到对付这个小家伙，自然难不到耀阳，他随意一笑，回头问道：“这小家伙喜欢吃什么?”

紫菱从袖中拿出一块菱煌玉，道：“他喜欢吃这种菱煌玉，给!”

耀阳接过菱煌玉，掌心缓缓接受到玉体透出的温凉气息，赞道：“想不到这小家伙吃的还这么好!”言罢，他将菱煌玉在小家伙面前晃了几下，小家伙的眼睛一亮，但还是不屑一顾地将可爱的小脑袋转向另一边。

耀阳一惊，引来众人一笑，耀阳摇头一叹道：“可惜啊可惜，原来你不喜欢吃这个什么菱煌玉，唉，把它扔了。我还是带你去吃人世间的山珍海味吧!”说完，他作势欲扔。

小家伙这下可急了，一爪子揪住耀阳的衣服，张开嘴巴，开始嗷嗷叫唤。

耀阳笑道：“你要就早说嘛，来，给你!”说着将菱煌玉塞入小家伙的嘴中。

小家伙咕噜一声将菱煌玉吞下肚子，还舔了舔舌头。

耀阳趁机道："那，你吃了我的东西，可不能再生我的气了！"

小家伙可不会记仇，用舌头舔了舔耀阳的手。耀阳摸着它的头，欣喜的向紫菱问道："它叫什么？"

"紫龙神兽啊，耀大哥，刚才不是说过了吗？"土行孙道。

"笨！"耀阳就像是刚才打紫龙神兽一样，跳起来挥手给了他一记爆栗，道，"我问的是它自己的名字，不是它是什么种类。"

土行孙委屈地摸摸头道："你早说嘛，还有就是好歹我在这里也是一员大将，大哥给点面子啊。"

众人又是一阵哄笑。

紫菱若有所思道："也是，我一直没有替它取一个名字，谁让紫龙神兽实在很罕有，千百年难得有一只出现，所以叫它紫龙神兽应该不会有错。"

耀阳摇头道："这可不好，咱们家的紫龙神兽跟其他紫龙神兽怎么会一样哩，一定要有一个惊天动地的名字才行。对了，它既然会放电，就叫作电王怎么样？"

"去，这么难听，什么电啊！"另外三人没有一个同意，连小紫龙神兽都露出鄙夷的神态看着耀阳。耀阳脸皮倒是厚得很，干笑了两声，一点都没有因此而不好意思。

紫菱道："现在这小家伙至多只能放一阵子电，哪里能称什么电王啊？再说好好一只紫龙神兽居然起了这么俗气的名字，那不是笑死人吗？"

"这样啊……"耀阳沉思片刻道，"既然是只能放一阵子电，干脆叫电阵子……也不好，挺难听的，对了，雷电雷电，不如就叫雷阵子怎么样？"

倚弦对这个没什么意见，道："这个名字起的还是可以的！"

土行孙皱眉道："一般般，不过至少比什么电啊的好听多了，而且又不用叫小什么、大什么的那么俗气！"后面的话明显是冲着紫菱说的。

紫菱正想说个可爱的名字出来，哪知被土行孙一句话堵回去了，自然不好再说什么，老大不情愿地道：“雷自然是威风，不过那个阵不好!”

耀阳拍拍土行孙的肩膀，道：“行军破阵，这么威风还不好吗?”

土行孙一听行军破阵，这话正说到土行孙心里去了，他原本以为这次来西岐会打上一场硬战，谁知始终风平浪静，心中一直老大不痛快，此时听耀阳说得起劲，当然随声附和起来。

紫菱则拼命在摇倚弦的手，一副不依不饶的样子，嘟起小嘴道：“不好听，意头不好，小家伙以后又不行军破阵，为什么一定要用这个阵?”

倚弦被烦得头痛，道：“这样吧，不用这个行军破阵的阵，用威震天下的震，大家觉得如何?”

“雷震子!”众人异口同声望向小家伙，小家伙不明所以地回望众人，眨巴着大眼睛，一脸的无辜。

耀阳道：“既然大家都不反对，那就这样定了，这小家伙以后就叫雷震子了。”小紫龙神兽嗷嗷叫了几声，也不知是高兴还是懊恼，不过，它小小年纪自然是无法抗争的，注定以后它都叫雷震子。

土行孙挥手大笑道：“好了，大家进去吧。好久没跟耀大哥见面了，今天我老土要陪你喝个痛快!”

耀阳哄然应声道：“好，不醉不归!”

四人带着小雷震子进了主帐，土行孙早已命令亲兵准备好酒菜。

四人围在桌案旁，紫菱自然抱着雷震子挨着倚弦坐下来。等酒菜备齐后，土行孙下令谁都不能进营，他这才恢复本来面貌，身子立即矮了下来，恢复成从前的矮小模样。

耀阳大奇，一问之下这才知道原来土行孙虽然将禁制解除，但是毕竟受制太久，原本难以恢复，但是经过倚弦冰晶火魄的元能疗治后，原本已经无碍，只是在牛头山一役为了杀死祝蚺受了重伤，这才导致前功尽弃，所以以土行孙现在的能力而言，一天最多只有连续三个时辰保持高大彪悍的模样。

耀阳闻言安慰了土行孙一番，并称一定会帮他想到更好的办法，助他恢复本命原身，土行孙大喜过望，两人一来一往间自是喝了不少，加上倚弦从旁不停陪酒，兄弟俩也是喝了不少。

酒过三巡，土行孙借着三分酒意，问道：“耀大哥，听闻你最近在西岐混得很是不错，什么时候也让老土我也跟着威风威风？我这么久都快闷疯了！”

耀阳一口将整杯酒喝干，叹了一息，苦笑道：“以前还勉强过得去，至于现在嘛，恐怕我比你这个濮国大将军还不如！”

土行孙惊愕道：“怎么可能？你怎么说也是西岐的大将军，为西岐立下了汗马功劳，比起老土这个中看不中用的将军来，不知强了多少倍！”

耀阳又喝了一口酒，冷哼道：“功劳有个屁用，这个所谓的龙腾大将军也只是个名字而已，现在我是连一点兵权也没有，至于姬发那小子肯定不会重用我。如果不是忌惮我的法道修为，他怕是早就阴谋将我除掉。”

倚弦道：“姬发此人虽然有点虚，但表现还算不错，或许不至于太过为难你。”

“是吗？”耀阳哈哈大笑，道，“大家都被骗了。如果姬发那家伙只是有点虚，还算不错的话，那九尾狐岂不就是大好人一个了。”

土行孙和紫菱不知九尾狐之事，但倚弦却清楚得很，他没想到耀阳憎恨姬发的程度居然远胜于九尾狐，不由惊讶地问道：“怎么回事？”

耀阳冷笑着将在金鸡岭之巅的见闻一一道出，听得在座三人莫不愤慨非常。土行孙更是直接破口大骂姬发卑鄙无耻，一个欺师灭祖、将西岐城陷于水深火热的家伙，谁不厌恶痛恨。想来也是，对于土行孙而言，胆小懦弱的他尚肯为了有炎氏全族牺牲自己，他实在想不出为何姬发会为了一点私利而要将姬氏的祖宗家业出卖？

紫菱亦沉思道：“现在我总算知道为什么外公就是不肯随着我龙族入神宗，如果神玄两宗的人都是这副德行，那就难怪外公会这样了，换了是我，也是绝对不肯的。”

倚弦却对神玄两宗的人略有失望，心中想到的却是，关于姬发出卖西岐城基业和百姓的事情，不知神玄两宗是否清楚？但回头再一细想，就算东窗事发，姬发也完全可以将责任推到“邪神”幽玄头上，所以神玄二宗知不知道都已经并不重要，重要的是姬发上位了。

耀阳自然也有这种想法，不过他不存有其他想法，毕竟除了姜子牙等少数人外，他本来就对神玄两宗不抱什么好感，现在更不会去管神玄两宗支持姬发的好坏结果，只是心中更觉不爽而已。

倚弦略有忧色，沉吟道："不管姬发多有才华，又或仰仗神玄二宗的支持，同样有妖宗高手支持的伯邑考和姬旦肯定不会服他，而其他姬氏子弟，也绝非甘于平淡之人。就如同圣祖母闭关前所说的那样，西岐难逃分裂之恶果！不过想来应该还是以姬发、伯邑考和姬旦为主。"

耀阳喝了口酒道："这几乎是可以肯定的！"

倚弦问道："那你准备怎么办？"

耀阳轻叹道："本来我想借姬昌之力，一统西岐大军，同时想将西岐百姓安定的生活推广到整个天下。但现在已经是不可能了，姬昌死了，西岐城被破，一切都变了。姬昌死后的西岐已经不再是从前繁荣和平的西岐，而将是一个充满战乱纷争的地方。老实说，连我自己也不知道应该怎么办。不过有一点可以确定，不管姜先生再如何劝我，我也绝对不会去帮姬发！"他摇摇头，再次喝下一杯酒，心中迷茫至极。

倚弦却露出犀利的眼神，沉声道："小阳，不是我打击你，其实就算姬昌在世，你也不可能做到你心中所想的一切。"

第一百一十二章　热血男儿

“为什么?”耀阳大讶，刚举起的酒杯又放了下来，问道。

倚弦淡淡道：“你要知道一点，对于西岐而言，你始终只是一个外人，别说像你只在西岐呆了几个月的时间，就算你真的在西岐生根数十年，对姬氏而言，你还是一个外人。你的功劳虽然会带给你荣誉和地位，但也会带来别人的猜忌。功高震主是永远都不会错的明言，不管你表现得怎么样，西岐解围后，你最后也终将被闲置。”

耀阳闻言大震，道：“你这话怎么说?”

倚弦缓缓道：“我刚从南域军那里回到西岐时，就见过姬昌和圣祖母太姜。姬昌倒是仁心慈厚，可能因为毕竟是你救他出朝歌的原因，他对你没有什么心机忌惮。但是圣祖母太姜却是个厉害角色，从她的言辞中可见，一旦西岐解围，她绝对不会让你有机会再掌握兵权的。”

倚弦看看耀阳的反应，继续说道：“如果不是南域军突袭西岐城，你怕是就会被解除军权，只能做个无一兵一卒的闲官，待遇虽好，但恐怕难再有你发挥才能的时候。我甚至怀疑她是在通过我警告你，莫要对西岐做出什么不利的事情，否则会让你吃不了兜着走。我看太姜绝非简单人，她现在闭关恐怕另有目的。”

耀阳懊恼地苦笑道：“早知道这老太婆会对付我，没想到这么快。不过，我丝毫不会怕她，管她闭关生什么鸟蛋。”

“噗哧!”紫菱被耀阳的话逗笑了，但想到耀阳的话有点粗鲁，她这样笑了出来似乎不太雅观，忙闭嘴不再说话。

倚弦看耀阳沮丧的神情，试探地问道："既然如此，你不如就此放弃吧，不若我们去了朝歌救出王奕他们之后，寻个逍遥天地过些平静的生活，岂不乐哉？"

耀阳摇头道："你应该知道我的性子，如果我自己觉得无趣，自会像你所说的那般放弃。但是让我这么窝囊地失败后退缩离开，我绝对不会甘心。越是这种情况，我就越是不肯轻言放弃，我要让他们知道我耀阳的去留并不是由他们来做决定的。"

倚弦举起酒杯，道："既然这样，我不勉强你，不过你总要有什么办法应付眼前不利的局面吧？"

耀阳摇了摇头，眉头深锁，他现在还是一筹莫展。

这个时候，土行孙开口道："其实以耀大哥的才能，又何必屈居于人下呢？以老土我的意见，耀大哥不如干脆离开西岐，自己去闯一番事业。何必为姬氏作牛作马这么辛苦，最后还要遭人猜忌。为自己成大事，又不必受人驱使，那才好啊，我老土第一个支持你，也会会同所有有炎氏族人全力助你。"

耀阳苦笑道："说得容易？我有何尝不是这么想，可是现在的形势却不是我所能控制的。当前天下，看似全部是各方势力的斗争，但其实真正的掌控者是三界四宗。就以西岐为例，现在姬发是神玄两宗唯一支持的人，姬旦和伯邑考都是分属妖魔二宗的人。而正在攻击西岐城的南域军，老土也应该知道是得了魔宗支持，金鸡岭的崇侯虎背后也有魔妖两宗的人支持。三界四宗已将天下瓜分，早已轮不到其他人。"

土行孙哼道："我就不信以耀大哥你的能力，会受困于此。"

耀阳摇头道："在三界之内，四宗已把握全局，一人能力再强也没用，每个人的背后都有强大势力支持。九尾狐跟'梅山七圣'合作，手下群妖无数不说，就像那个被姬发出卖的幽玄，别看他似乎都是自己一人独来独往，但我敢说他隐藏的实力未必会比九尾狐差。有他们的支持，各方势力才能迅速起来抗争，相互抗衡。我的身后并无任何靠山，本身就差了一大截。"

土行孙无言，只能就势安慰道；"耀大哥其实不必沮丧，就算没有什么靠山，相信以耀大哥的能力，只要假以时日，定然还是可以起来的!”

耀阳道：“我这不是沮丧，而是要看清局势，不能盲目。所谓的三界四宗，还不是些只看别人身份之辈。轩辕剑本是轩辕黄帝平天下之物，据说持之可安天下。如果按照这样所说，得到轩辕剑承认的我应该能得到神玄两宗支持才对，但现在却根本比不上一个传说不知是轩辕黄帝第几代曾孙的姬发。对他们而言，我再怎么样，也只配做一个为他人卖命的小人物。轩辕剑还有什么用？如果我不看清这点，还对神玄两宗抱有幻想，将来一定会后悔莫及。当然，如果去相信魔妖两宗，也是自掘坟墓。”

有炎氏全族的遭遇让土行孙无论是对神玄两宗，还是对魔妖两宗都无任何好感，闻言亦喝道：“耀大哥这话说得好，如果相信神玄两宗说的话，迟早连怎么死的也不知道，至于阴险毒辣的魔妖两宗也要多多防备。不过，耀大哥，你接下来要怎么做呢?”

“顺其自然吧!”耀阳喝了一口酒。

倚弦沉吟道：“不如这样，我们等西岐局势稳定后就立即告假休养，不参与西岐内斗。我想姬发也断不会阻拦，他杀你不得，又怕你留下来会对他的计划有阻，所以你提出来他还巴不得。趁此机会，我们再做考虑，可能会有转机出现。”

耀阳沉默片刻，缓缓道：“这或许是个办法，无论是姬发、姬旦还是伯邑考，我都不想去帮。趁这个机会，我好好思量一番，随便也当作散散心吧。我们很久没回过老家，是不是应该回去看看了。”

倚弦点头道：“不错，年关已近，我们既然现在是自由之身，那当然要回吴地去拜祭一下花子爷爷，如果花子爷爷知道我们现在的成就，想来他在九泉之下一定会很开心的。”

耀阳怀念道：“我们不孝，许久没去见花子爷爷，这次回去要好好跟花子爷爷说说我们的遭遇，也让爷爷也为我们高兴。”

说到花子爷爷，兄弟俩免不了黯然神伤，相对又再痛饮了几口酒。

土行孙和紫菱面面相觑，都不知道该怎么安慰他们。

倚弦道：“小阳，你到底要做什么决定其实并不急。我们随后还有天庭蟠桃盛宴要去应付，在现在这种情况下，恐怕会引起三界的很大变动，而且究竟三界形势会变成如何，谁都没有办法预知得到，你现在做什么并不是很有用。以我的想法，不管怎样，都等这些事情搞定之后再说。到时助谁成势，或是如何自立，都可以好好思量。”

耀阳想了想，道：“的确如此，现在也没有更好的办法，就依你了，什么事情都等蟠桃盛宴之后再说吧。虽然不觉得神玄二宗怎么样，但毕竟是天庭盛事，去增广见闻也好，反正也就这么点时间，我倒想看看这三界四宗到底会玩出什么花样来。哈，大家来干一杯！”

四人举杯同饮。

紫菱问道：“易大哥，你们都在西岐待着，那我跟老土还有这一万濮国军队该怎么办？要不干脆大家都跟着你们算了。”

倚弦笑道：“这么多兵马全跟着我们干吗，别人还以为我们是去打仗哩！”

土行孙皱眉问道：“那我们怎么办才好？难道真的等虎遴汉兵败，然后顺便来将我们带回南域吗？”

倚弦沉思半晌，道：“我想你们还是先将兵马带回濮国去吧。我的身份已经被虎遴汉认出，一旦他回到南域，恐怕会因此对濮国不利。你们将军队带回濮国后，先不要急着来找我，好好地待在那里，想办法保全濮国。毕竟濮国之祸是因我而起，所以断不能袖手旁观。”

耀阳也道：“对，此事其实最终还是为了我，如果坐看南域灭亡濮国，我于心何忍，又如何能安心？”

“这个……”紫菱还在支吾，土行孙已经开口道：“易大哥，不是我们不想，只是以我们的能力，恐怕难有什么作用，你也知道以我们的修为，对付些普通妖魔角色还没什么问题，但若真来个法道高手，我们恐怕就不是对手了。而且关于领兵作战，也非我所长。”

耀阳思量片刻，道：“这个没事，我会想办法让姜先生劝服姬发与濮国结盟，到时有姬发派兵相助，南域军未必敢对濮国怎么样。你们现在去那边也是尽尽人事，万一真的不行，记得首先要保住自家的安全。”

倚弦附声道：“你们过去千万记得小心点。对了，把雷震子也一并带去吧，我们在西岐带着它不方便。”雷震子在紫菱怀中听了老大不愿意，嗷嗷大叫，不过它哪有什么发言权。

紫菱撇嘴道："我可从没打算将咱们的小宝贝让你这个大忙人去管，怕是会被你饿坏了，你还不知道!"言罢，紫菱用幽怨的眼神看了看倚弦，话虽这么说，但他还是知道正事要紧，只能有些不大情愿地点了点头。

土行孙自然没什么意见，立即答应下来。

"来，就这么说定了，我们干杯。"耀阳举杯饮下。

四人的法道修为注定不会醉倒，酒倒是喝掉了几坛子，一直喝到临晨，耀阳和倚弦才离开。

回到西岐，新一轮的交战早已结束，双方暂歇。耀阳一眼扫过西岐城池，脸上微有笑容出现。

到了岐山宗庙，休息不过半炷香的时间，便得知姬发召集群臣议事。倚弦作为圣祖母的客人在太庙暂住，也有资格参加，虽然他对此没有什么兴趣，但为了兄弟，也想听听到底是要讨论何事，自然没有拒绝。

宗庙大殿之中，姬发坐了伯侯主位，他旁边坐的便是姜子牙。其余两两对坐开，耀阳与倚弦坐在一起。由于已经是清晨，所以还备了简略的酒席。

命人摆上简陋的酒菜，姬发首先出言道："今我西岐处境艰难，诸位社稷重臣只能委屈一些，吃得随便一点，还请各位见谅!"

众将皆道无妨。

"连日作战，我西岐不少将士为国捐躯，让西岐城还保留最后一条防线。第一杯酒，应该先敬他们。"姬发说罢，起身将酒洒在桌案前。

众将凛然起身，无不照做。

耀阳和倚弦心中暗骂这一切都是姬发搞得鬼，现在还来假做好人。不过心中愤慨归愤慨，表面上他们也得照做。

姬发道："接下来的这一杯酒是敬给西岐万千无辜被杀的黎民百姓，是姬氏亏欠他们的，姬发今日就此立誓，只要战乱一平，西岐免征赋税三年!"洒酒时，他神色肃穆，似乎真的为这些百姓而伤心不已。

众臣皆举杯洒落，齐赞姬发仁义不输其父。

知道姬发真面目的耀阳和倚弦顿感心中气闷，却也无可奈何。

“最后这一杯是敬在座各位将士，对于你们为西岐奋战，坚守西岐城至今，姬发感激不尽！”姬发一口将酒喝下，眼神含着感激，真挚地望着众将。

众将一饮而尽，齐声道：“多谢公子，我等愿为西岐流光最后一滴血！”

随后，姬发领先与众将草草进餐完毕。

姬发命人将桌案清理干净，左右扫视了一眼众将，道：“今日，我们先来讨论一下战局。争取尽早将南域军击退，望各位将军奋力。”

众将齐声称是。

耀阳乘机站起身来，不大情愿却还是向姬发行了个礼，铿声道：“耀阳已经休息完毕，今日特来请战！”

姬发眼中闪过一丝凌厉之色，以感慨的口气道：“耀将军屡次保我西岐城，为我西岐可谓劳苦功高，平常连休息的时间都没有。再则在金鸡岭与西岐两地之间连日劳顿，还是先好好休息一下吧。我西岐岂能不照顾有功之臣，让你以疲惫之躯冒险用兵？耀将军为我西岐的尽忠心意，姬发很是明白，但是这个时候，耀将军更要好好休息，以应付来日更残酷的战事才行！”

耀阳心中勃然大怒，这明显就是推诿，但现时西岐还未摆脱困境，他也只能忍气吞声，眼望众将看来的异样眼光，他发现多数将领眼中流露出的居然是陌生的无所谓神情，甚至有些人眼中多得是欣喜。

耀阳暗忖道：“难道他们对我都像太姜那样有所猜忌不成？”一念及此，他口头上仍然附和道，“那耀阳就多谢侯爷体谅，如果侯爷在保卫西岐之上事有什么用得着耀阳的地方，耀阳一定全力以赴。”

姬发做出欣慰的样子道：“如此甚好，姬发代西岐感谢将军的一片赤诚！”

耀阳索然道：“这是耀阳应该做的！”

姜子牙虽然辅助姬发，但还是很看重耀阳，这时趁着耀阳还没坐下，便问道：“不知耀将军对当前形势有何看法？”

耀阳道：“耀阳的想法简陋，恐怕众位大臣有更好的看法，在下就不献丑了！”

姬发道：“耀将军莫要谦虚，既然先生请耀将军一论当前形势，那就是认同了将军的能力，姬发对将军也甚感佩服，将军不妨直言！”

“既然侯爷执意要让耀阳献丑，耀阳也只能恭敬不如从命了。”耀阳淡笑道，“虽然现在我西岐城仍在沦陷，在与南域军苦战，西岐城半数以上都在敌军的控制之下，但是此时形势已经向有利于我军的方向转变。此战南域军已成败局，我西岐军胜局在握。”

一将质疑道：“但现在西岐城大部分还在南域贼军手中，我军恐怕很难再承受几次攻击，无法挨到金鸡岭援兵抵达，耀将军如何认为我军必胜？”

耀阳道：“虽然金鸡岭援兵还未到，但其他附近城池的援兵已陆续赶到，虽然可能一时无法统合，但已经足以让南域军自顾不暇。南域军哪有余力再攻岐山宗庙？现在各地援兵已将南域军拖住，开始逐渐反攻，加上即将到来的金鸡岭三万精兵。南域军如果还不退，那无疑是自取灭亡。现在，耀阳敢说公子已经有十足的胜算。”

“其他城池的援兵到了？”众将大是震惊和兴奋，也充满了疑惑，相互交头接耳，窃窃私语，因为没人通知他们他城援兵已到。

副将王守向姬发问道：“侯爷，其他城池的援兵真的已经抵达？”

姬发点头道：“不错，今晨得到消息，周围各个城池各派援兵，共达四万之多，虽是良莠不齐，但足以让南域军头痛。但奇怪的是这个消息我还未发布，更没通知包括耀将军在内的其他诸人，不知耀将军如何知晓此事？”

耀阳微笑道：“这个容易，刚才我经过宫廷之时，发现内城楼上的旗帜易了几面，显然是周边郡镇将领的番号，想来南域军不会自己挂上去的吧？而且城中各处明显可见刚进行过不同规模的战斗，而战况也越趋稳定。故而耀阳斗胆猜测，定是周围其他城池的援兵赶到。南域军经过连日苦战，身心皆疲，一时恐怕还未必是这些援兵的对手。我们暂时可以高枕无忧，而等金鸡岭三万精兵一到，南域军非亡即退。”

众臣无不吃惊，都赞耀阳察微杜渐之能，不愧为龙腾大将军之名。

“你的眼力还真行!”倚弦轻声对耀阳道，他也不由暗暗吃惊，没想到耀阳的洞察力这么强，刚才所说之事，连他都没有注意到。

耀阳撇撇嘴，也是压低声音道:“废话，连这个也没注意，还谈何为将之道?你老大我的才能岂是常人可比的?”

“算你小子行……”倚弦会心一笑。

唯独姬发眼底露出谁都无法察觉的嫉恨，不过谁都难以发现，就算是早知他脾性的耀阳也只是略感不舒服而已。当然姬发表面上绝对不会表现出来，反而现出佩服的神色道:“耀将军果然是非常人所能及，对战局掌握得如此之精准，战场上一切变化都能洞悉无遗，姬发佩服。”

“耀阳只是一时侥幸有所发现而已。”耀阳的语气略有冷淡。

姜子牙看在眼里，点头赞许有加。

姬发站了起来，群臣也要随之起身，被他阻止了。姬发负手而立，平和地道:“各位，现在我们分析一下当前的情况，现在南域大军尚有三万多可战兵力，占据我西岐城大半。不过援兵已将宫廷和将军府等地收复，现在南域军只是集中在一起勉强还占了一点上风。但是当援兵统合后，已经疲累不堪的南域军断不是我西岐援兵的对手。”

接下来的时间就在议事之中度过，姬发再次发挥其出众的能力，将各个事务安排得极为恰当，偶有一点小纰漏，便有姜子牙提醒，几乎可说是算无遗策。

最后姬发定下所有方案计划，但是耀阳还是没有被分派到任何军务，自是又一套休息以应付更大战局的到来的说辞。

等群臣议事完毕，各自回去开始准备。耀阳也拉着倚弦告辞，下山之时碰上金吒，才得知他的将军府已经成功被援兵收复。

既然将军府已经被收复，耀阳想去看看。虽然城中还是战乱，但是对他们这样的法道高手而言，会有麻烦才叫笑话。

将军府竟是被伯邑考带回西岐的援兵所收复，幸好九尾狐和伯邑考暂时并不在这里，自然免了不少见面时候的尴尬。

此时负责整理将军府邸的兵士认出耀阳龙腾大将军的身份，自然不会加以阻拦，耀阳顺便谢了援兵将领一番，然后走入已是一片狼藉的将军府，心中顿时大生感慨。

整个将军府的大门也只剩下了半截，暗红色的血迹到处都是，屋檐半颓，矮墙塌倒，进了府邸里面，只见各式桌椅等物早就倒翻在地，残缺得不成样子了，大多屏风壁画都被糟蹋得支离破碎。

耀阳扶起一张看起来勉强还算完整的椅子，将它靠在被暗红色血液涂抹了一边的墙边，苦笑道："想不到这个将军府我还没住多久，就已经变成这副模样了！"

说到这里，他难免想起这段时间每次回府，都有妲己等女等他，在他心中也已经将这个将军府当作了自己的家——生平第一个家，可是没想到拥有的时间竟是这么短暂。

倚弦岂会不明白这种感受，轻拍了拍他的肩膀，宽慰道："小阳，你也不必难过，这里的一切不都是可以修复的吗？凭你龙腾大将军的身份，这点好处还是应该会有的！"

耀阳摇了摇头，道："我心中不舒服并不是这个原因，破旧的东西就算扔掉，还能继续再买回新的来，但是现在的西岐已经不再是以前的西岐了。这房子就算全塌了也可以重建，但是以往安定繁荣的西岐已经不复再见。我留下来也不再有任何意义？"

说罢，耀阳再度环顾了一遍整个将军府，拍了拍满是血迹污垢的墙壁，神色黯然，叹了口气，道："小倚，我们走吧！"言罢转身向外面走去。

倚弦并没有说话，他知道这个时候根本不必再说什么。

出了大门几步，耀阳又忍不住回头看了看已经破落的将军府邸，眼中的神色显得异常复杂。

倚弦看着耀阳这副模样，心中也凄然有加，一把搂紧了耀阳的肩膀，大笑道："其实只要你愿意，我会全力助你打出一片天地，到时你不只是有自己的家，还会有属于自己的土地、子民和军队，再也用不着去看人的脸色行事，如何？"

耀阳没想到一向都反对他参与四处征战的倚弦都说出这样的话，做兄弟的真的是没话说了，心中大是感激："小倚……"

两人相视而笑，相互击掌，两只手紧紧握在一起，那股患难与共的兄弟之情在此时此刻流露无疑。

就在兄弟俩返回内廷宗庙之前，两人又做了一件事情，竟联手硬闯南域军营虎遴汉所在之处。不过，身为主帅的虎遴汉身边自有不少妖魔二宗的法道高手保护，加上数千南域兵士围攻，耀阳和倚弦实在难以接近虎遴汉，最终只能杀伤上百人，然后才安然离开。不过只是借此机会，耀阳发泄了一番心中的郁闷。

说起来，这也算是耀阳替西岐做的最后一件事情，尽管并没有成功。

半夜，南域大军做最后一搏，虎遴汉指挥所有兵马全力进攻岐山守备所在，可惜后方始终遭致西岐援军的不断骚扰强袭，加上姬发指挥若定，最后让南域军抛下数千兵士的尸身再次无功而回，退守在西岐一隅，这时，南域军连日作战的疲态已经显露无疑。

到了早上，已是西岐城被攻破的第三日。

随着各州镇的西岐援兵还在增加，外加法道高手的助阵，援兵与姬发已经取得联系，各方配合之下更显威力。南域军久攻不下，反而在巷战中不断落于下风，更加损兵折将，兵将连日疲累，况且因为城中粮草早已挪至内城，南域兵马遭遇粮草短缺的窘境，士气再无一贯的高涨。

虽然，各方援兵的素质跟南域军有不少差距，但是他们的人数已经超过身心疲惫的南域军，对南域军仍然有很大的威胁。在这种情况下，南域军根本不可能再继续强攻内城。而金鸡岭的援兵更是日夜兼程地赶来，这才是南域军最大的威胁所在，金鸡岭的精兵即使是长途跋涉之后也有惊人的作战能力，谁都知道西岐兵力之强冠绝殷商四方诸侯八百镇，三万西岐精兵即使不加休息，也不会比疲劳作战的南域大军差。

姬发断言南域军必退，姜子牙和耀阳也表示确实如此，这又令西岐将士上下一心，士气大增。在这种情况下，任谁都知道西岐城的收复近在眼前，就等南域大军何时知难而退罢了。

正当姬发在跟群臣讨论如何联系援兵，给南域军来个迎头痛击之时，外面急匆匆的宫奴满面喜色来报，说是南域大军终于退兵，西岐城已经完全被来援的万千将士收复。

姬发闻讯赫然起身，大喜道：“好！我姬发总算没有辜负列祖列宗，西岐城最终还是守住了！”

群臣无不起身，齐声祝贺道：“恭喜侯爷终能打退南域贼子，光复我西岐城千秋万代的声威！”他们这么一说，无疑是将所有功劳都算在了姬发一人身上。当然，如果从姬发已是西岐伯侯的身份来说，这并无过处。

此时，所有援兵将领都已经到了殿前，姬发当即将众人齐齐宣进殿中。姬发赶忙行下殿来，与一个个将领相互倾谈片刻，以示关切之情，着实令众多将领大受感动。

姬发返身回到殿堂之上，心存感激地说道：“其实，今次能收复我西岐城，多亏了各位将军与四方来援将士奋不顾身，是你们率我西岐大军硬顶住了南域贼军的攻击，乃我西岐之表率。若无各位将军和无数西岐将士的付出，此时恐怕连我岐山宗庙也将被贼寇攻下，所以最大的功臣应该是在座列位将士与万千西岐热血男儿！”

众臣闻言心中大受感动，齐声称颂姬发领导之功。

耀阳在旁看着这一切，心中暗呼厉害，姬发这一席话不只是能够更加深得人心，更为他平添了谦逊平和之名。

事不宜迟，姬发立即带领群臣下了岐山，径直去往内城宫廷，现在最重要的当然是要控制整个西岐的局势。

耀阳却不想再插手此事，但现在西岐已经被收复，他自没有理由再留在宗庙，只有随姬发众臣下山。下得山后，耀阳借口休息，先行拉着倚弦离开。姬发也乐得让他自行离去，还假惺惺地嘱咐两人一定要好好休息。耀阳一面假意谢过，一面和倚弦暂时告退。

耀阳和倚弦随便找了个地方休息，后来才知道，原来内城宫廷最早是被姬旦带着援兵占据，待到南域军退兵之时，姬旦却放弃宫廷亲率万余大军追击，伯邑考又乘机侵占宫廷，直到姬发下山，这“兄弟俩”起了一点小冲突，最后伯邑考迫于姬发和群臣的压力，只能让姬发入主，但伯邑考仍不肯退离宫廷。

直至下午时分，出击时机极为恰当的姬旦得胜而回，以一万兵力杀敌五千，夺回无数南域掠夺的金银财宝等物。不过，南域军毕竟势大，兵力大有不如的姬旦也不敢孤军深入，只能让南域军携带剩下的大批财物离去。

耀阳和倚弦一再讨论之下，均认为姬旦甚是明智，姬发一早受姬昌传位，又在昔日望天关一战中树立起颇高的威望，所以就算姬旦独占宫廷对他而言也并无好处，反而容易引起他跟姬发的冲突。此时，他以强援联合其他援兵光复西岐城的身份追击南域军，最后大胜而回，功劳甚至不在姬发之下。

而且，姬旦中途将宫廷让出，也无疑给人一个极好的印象，平添了他不愿抢占功劳的好名声，更让伯邑考跟姬发在表面上有了分歧和冲突。如此一石数鸟，足见姬旦也非是池中之物，更说明日后的姬氏皇廷之争远非想象中那么简单。

当然，这只是耀阳与倚弦兄弟俩随便聊聊，耀阳已经没有心思掺和其中，所以，姬发、姬旦与伯邑考之间的纷争自然也就不关他的事情了。

转眼，时间又过了一天，收复西岐城的第二日下午，姬发在军事上最强的底牌三万金鸡岭精兵赶到，这些兵马自然是归姬发直接管辖，由辛免将军带兵驻扎在西岐城外，至此，姬发已将整个西岐城牢牢控制住了。

姬旦自是不用说，就连伯邑考也没这么蠢，胆敢在这个时候跟姬发闹翻。西岐的警戒终于解除，万千军民一心，开始着手修复千疮百孔的西岐城，热闹的街道似乎一时也恢复了往日的情景，人来人往甚是繁闹，筑墙的筑墙，修葺的修葺……姬发下令打开国库，发放灾银。

西岐经年富足，城池再大也不过只是一个城池，加上姬昌执政素来节俭，所需的银两花费自然不会有什么问题，一切的一切都向着以前的轨迹恢复着。但明眼人都知道，即使西岐城平静下来，接下的西岐领地都会有大变。

耀阳和倚弦自然不想蹚这个混水，此时识机一同去宫中见姬发。

首先被修复的自然是内城宫廷，大批人手的投入，不过半天多的时间，便令原本狼藉不堪的宫廷已经恢复了一定的样子。

文华殿中，当耀阳两人见到姬发的时候，愕然发现姬发身上已经穿上了王袍，而非是伯侯之服。

姬发身着王袍的确有几分威严，连耀阳也不得不承认，姬发与姜子牙等几位将军大臣的谈吐之间意气风发，甚有指点江山的气势。

见到耀阳与倚弦上殿，姜子牙率先迎了过来，与兄弟俩一阵客套，道：“耀将军来的真好，侯爷和老夫正要找你！”

姬发见到两人，也立即迎上，很是客气地说道：“两位卿家可休息得好么？西岐城收复日浅，本侯的事务繁忙，所以有怠慢之处，还请两位原谅！”

只听话中之意，浑然将耀阳当作客卿了一般，似乎全然忘了耀阳此时仍然位居西岐龙腾将军一职。

耀阳浑然毫不在意，也没有因此行晋见伯侯之礼，只是略微抱拳道：“托侯爷的福，我们兄弟已经休息得很好了，不知侯爷和先生找耀阳有何要事？”

姬发毅然道：“崇侯虎联合南域、鬼方攻我西岐，这一切都是朝歌从中作梗。殷商既然对我西岐不仁不义，我姬发之命可以不要，但西岐基业和西岐百姓却决不可为此葬送，而且想那纣王荒淫无道，横征暴敛，穷奢极侈，实也不配做这天下之主。连日来多得各位臣将之言，为了西岐和天下苍生，我姬发决定听从诸臣之意自立为王，决意从此反了商纣。不知耀将军以为如何？”

姬发说完双眼直视耀阳，大是真诚之色。但耀阳清楚得很，姜子牙等众臣无不同意，他就算有所反对也是无用，之所以对他说一下，也只因他毕竟还是龙腾大将军的身份，而且还倍受姜子牙看重。

耀阳根本没想到再牵涉西岐政务之中，岂会出言反对，反而恭贺道：“那就要恭喜侯爷了，耀阳以为也该如此才是，这样一来西岐将会迅速壮大，纳四方诸侯人心所向，终可取代暴虐的商纣！”

姬发闻言精神大作，双目精光展现道：“承耀将军吉言！”

耀阳又再敷衍了几句，倒是姜子牙看出他心不在焉，便问道：“老夫今日看耀将军似乎有话想说，不知有何事，当着侯爷与众臣都在，不妨直接道来。”

耀阳环视众臣一眼，沉声道：“先生，现在时已近在年关，耀阳与小易已经多年未曾回家，此次前来是想向侯爷告假，回去给亡故的家人拜祭一番，希望侯爷能够准奏！”

姜子牙周身一震，略有疑问的眼光看向耀阳，耀阳并没有回避，只是淡然一笑，他晓得姜子牙已经看出他话中不详不尽之处，因为他以前便跟姜子牙说过自己的身世，今日却在姬发面前说起家世，这毫无疑问就是托词。

姬发也是一愕，微有沉吟，最后还是点头道：“祭奠先祖乃人伦之大，耀将军想要回去，本侯甚是理解，岂有不准之理。耀将军尽管回乡祭祖，这里的一切事务，相信各位将军一定会很好接手！”

其实，如果没有耀阳在西岐碍手碍脚，姬发更有把握掌握西岐大局，所以听得耀阳说起离去，自然不会自找麻烦还继续留他在西岐。

耀阳揖身谢礼道：“如此甚好，耀阳多谢侯爷准奏！”

姬发不无感慨地说道：“说起来，耀将军为保西岐曾经废寝忘食，尽忠职守，今次回乡祭祖之大事，本侯岂有阻拦的道理。只是耀将军为守西岐立下大功，不知耀将军要本侯给你什么奖励呢？”

耀阳微一沉思，道：“耀阳也不求奖励，只是此次濮国大军虽随南域军而来，却因为不肯攻我西岐城而受到南域军之嫉，可能因此会受到南域迁怒。而现时南域可谓是濮国、西岐共同的敌人，以耀阳愚见，希望西岐能与濮国结盟，派遣兵力前去助阵，也同样可以联合濮国共同对付南域，增一友军，减一敌军。此是最佳之事，不知侯爷是否赞同？”

“这……”姬发沉思片刻，虽有决定，但事关重大，他还是象征性地回头看了看姜子牙，姜子牙见状点了点头，表示此事可行。

姬发欣然道：“既然濮国是因为不肯参与南域军进攻我西岐而遭南域嫉恨，那我西岐岂能不顾他们，就依耀将军之意，我西岐愿意与濮国交好，共同对抗南域以及殷商。这样吧，本侯会首先修书一封遣人递呈濮国，只要濮国愿意，三日后我们便会派兵援助濮国！”

得到姬发的同意，耀阳与倚弦对望一眼，总算放下了一件心事，与倚弦同时上前揖礼道：“侯爷英明！”

耀阳道：“年关将近，而且路途遥远，耀阳想今日这就启程！”

姬发应声道："耀将军果然孝心可嘉！时间的确不多，将军尽可以放心前往。不过将军府被毁，将军恐已身无外物，来人，赐耀将军和易先生百锭金铢，以作盘缠！"

"多谢侯爷！"耀阳也不拒绝，一是因为当面拒绝姬发，恐怕会给姬发难堪，另一个原因的确是因为他们兄弟俩身上的确没多少钱了，再则以他们为西岐所做的事情，受这百锭金铢也绝对是应该的。

耀阳和倚弦收了金铢盘缠后便告退出殿，姜子牙请辞亲自出来送兄弟俩。

三人行走在王廷御苑中，望着满目疮痍，姜子牙回身看了看耀阳，沉声问道："耀将军何以突然要离去？"

耀阳不敢对姜子牙有所欺瞒，道："希望先生能够明白耀阳的处境，现时西岐并未像表面所显示的那样安宁，我不过是知难而退罢了！"

姜子牙皱眉道："从老夫认识将军的第一天开始，就知道将军绝非知难而退之人！今日为何却要以此托词？"

"多谢先生看得起耀阳！"耀阳道，"我当然绝非知难而退之辈，只是现今西岐局势多变，晚辈身份卑微，纵算有心也多半不能尽力，况且侯爷原本就是不世英才，加上手下猛将如云，多一个耀阳少一个耀阳都无伤大雅。再则，我在西岐也算略有薄名，但又非西岐本土人士，所以庙堂上下遭人猜忌更是在所难免。既然如此，我又何必多此一举？"

姜子牙曾与圣祖母太姜一番倾谈，自是知道他所言非虚，摇头叹息道："你既然去意已决，老夫也就不再强留于你，只是不知你日后有何打算呢？"

耀阳仰面一笑，扬手迎风，道："先生请看这风，风起风落实是归于天地本身，不受任何人或物的影响。耀阳天性不是个受拘束之人，向往自由的天空。能助西岐与西伯侯，甚至谋得一点尘世的富贵也算是有缘，此时西伯侯已然不在，耀阳再留下来也无意义。"

姜子牙双眼神光烁然，盯着耀阳道："这是耀将军的心里话？"

"无论是与否，至少也算是个理由！"耀阳知道姜子牙不会相信这番话，但他也没再继续解释下去。

姜子牙仍然不愿放弃最后的努力，道：“耀将军，你有无想过能助姬发一臂之力，让天下回复千百年来的太平盛世呢?”

耀阳笑着反问道：“先生让我助姬发一臂之力?”

姜子牙点头道：“不错，姬发虽然年轻，却是西岐最杰出的新秀，亦是轩辕黄帝之后裔，身份非同小可。况且他才能出众远胜常人，此次能保住西岐，其指挥若定有着极大的作用。而且他处理政事非常妥当，能征善政，大有其父姬昌之风，甚至更加过之。现在我神玄两宗已经决定全力支持他，如耀将军也能辅佐姬发，定可扫平天下贼乱，将殷商连根拔起，创下西岐的不世基业，还黎民百姓一个朗朗乾坤。耀将军同样也能因此一展所长，立下赫赫威名，成就一番大事。”

耀阳心中虽然暗想神玄两宗支持的又不是他，这一切又关他何事呢。他淡笑一声道：“耀阳的确有这样想，只是我天生就不喜欢受羁绊，所以先生再说什么业已没用。不过耀阳还是要多谢先生长期以来的指点和照顾!”

姜子牙目光炯炯地看了耀阳半晌，道：“这是因为你自身所具备的才华，老夫不过是从旁稍加指引而已，并无多大的功劳可言。只是老夫想知道，难道你真的决定要走吗?”

耀阳道：“随缘吧，不必强求。万物万事皆有其性，我想以龙腾大将军的身份离开西岐，这可能是一开始就已经注定下来的。同样说不定这次的离开，或许又是一个很好的开始哩!”

姜子牙终免不了一声长叹，道：“既是如此，耀将军日后多加保重!”

“西岐事务要紧，先生请停步吧，我们兄弟俩走哩!”将出西岐内廷宫门，耀阳和倚弦向姜子牙告别。

姜子牙最后就蟠桃盛宴的事情叮咛了他们几句，这才就此先回了宫廷，毕竟西岐初定，姬发的确还有很多事情需要他的帮手。